KB251755

유리벙커

김정주(金貞珠, Kim, Jeong-Joo) 2003년 소설집『을름에 관한 소묘』를 내며 작품 활동을 시작했다. 중·단편집『곁눈질』, 장편소설『그러나 설레는 걸』,『환』을 냈다. 책 읽기와 철학을 기웃대며 글쓰기에 전념한다.

김정주 소설집 **유리벙커**

초판 1쇄 인쇄 2015년 3월 20일 **초판 1쇄 발행** 2015년 3월 25일
지은이 김정주 **펴낸이** 공홍 **펴낸곳** 케포이북스 **출판등록** 제22-3210호
주소 서울시 서초구 반포대로14길 71, 302호
전화 02-521-7840 **팩스** 02-6442-7840 **전자우편** kephoibooks@naver.com

값 15,000원 ⓒ 김정주, 2015
ISBN 978-89-94519-56-2 03810

김정주 소설집

식물이 이파리를 열고 꽃과 열매를 만드느라 분투하듯이,

이 계절의 움직임도 열정적이다.

소설의 혈도 이와 같다는 생각이 든다.

지칠 줄 모르는 열기로 늘 새로운 기지를 만드는 역동성.

압도하며 매혹시키는 그 힘에

나는, 끌려가기를 자청한다.

다섯 번째 쓰는 '작가의 말'이다.

그동안 세상의 젖줄을 무던히도 탐했다.

책에 이마를 대고

책의 이마가 되고 싶은 꿈도 꾸었다.

내장 어디쯤이

머리 어디쯤이 화끈거린다.

이 정체불명의 것은 분명 살아있게 하는 불꽃.

나와 끝까지 손잡고 갈 친구.

원고지에서 몇 계절인가를 보낸 글들이
세상 밖으로 나왔다.
마음이 아릿하다.

고개를 꺾어 사방을 돌아본다.
글로 인해 맺어진 인연들이 눈 위의 발자국으로 선명하다.
이 글이 발자국 하나하나에 따뜻한 보답으로,
오랜 길을 걸어가길 바란다.

마음으로 기꺼이 책을 펴내주신 케포이북스 사장님께 감사드린다.
내 글인 양 정성을 다해 다듬고 편집해준 김하얀 씨와 편집부
식구들께도 고마움을 전한다.

2015년 3월 김정주

객실   7

R   39

얼음호수   79

유리벙커   109

은유   195

이것은 루머라네   221

루시의 딸   297

객실

이상한 사람이 들어왔단다. 정말 이상한 놈이란다. 어제 오후 411호에 들어와선 지금까지 꼼짝을 안 한단다. 밥도 먹으러 나오지도 않고 대체 저 좁은 방에 틀어박혀 뭘 할지 모두가 괴롭단다.

이상하다는 사람은 이럴 것이다. 먼저 사방을 둘러본다. 세 평 남짓한 방, 누르께한 벽지, 좌변기와 세면대만 있는 욕실, 코딱지만한 수납장 하나, 방 한쪽에 개켜져 있는 꾀죄죄한 이부자리와 베개. 411호는 순간 황당하고, 후회하고, 허탈해 하며 이렇게 외칠 것이다. "에게게? 이게 다야? 육시럴헐 놈들! 한 달에 얼마를 받아 쳐먹으면서 겨우 이거야?"

다들 그렇다. 짧으면 반나절, 길면 하루, 그렇게 적응기간 혹은 통과의례를 거친 다음 머쓱한 얼굴로 식당에 나타난다.

식당이야말로 사교장이다. 411호가 아직 식당에 나타나지 않았으니 사교장의 멤버들은 걱정이 태산이다. 끼니를 걸렀으니 뭘 먹으며 하루를 버텼을까. 배를 곯고도 나오지 않는 걸 보면 자기 살을 뜯어먹고 있는 건 아닐까. 뭔가 꼬불쳐 온 게 있을 텐데 그게 뭘까. 뭔지 발표하지 않으면 궁금증이 심장마비를 모셔오는 건 아닐까.

이 사교장은 걱정으로 시작하지만 걱정 때문에 친목이 두터워진다. 걱정거리를 많이 제공하는 신입회원일수록 단연, 주인공이다. 잘 믿어지지 않는 얘기겠지만 여기에선 그렇다. 걱정은 호기심을 유발하고, 호기심은 관심을, 관심은 사랑을, 때론 질시를 생산한다. 올드 멤버들은 걱정의 제공자 신입회원을 두고 패가 갈리고 아옹다옹 옥신각신하다 결국 친목에 기여하게 된다. 참 볼 만하다.

411호는 친목을 갈구하는 사람들 때문에라도 어서 방구석을 떨치고 등장해 주어야 하건만 아직은 조용하다. 누르께한 벽지에 눌려 죽은 모기를 보고 있나? 이부자리를 펼쳐놓고 요것이 누가 쓰다 간 것일까 관찰하고 있나? 서지도 않는 걸 억지로 세워 그렇고 그런 짓을 하다 흘린 무엇이 눌어붙어 있진 않을까 시약이라도 떨어뜨려보고 있나? 이리 샅샅 저리 샅샅, 이리 쿵쿵 저리 쿵쿵, 탐정질에 탐닉하고 있나?

이곳에 처음 온 사람들이라면 적응 단계에서 으레 한 번쯤 해보는 것이라는 걸 411호는 모를 것이다. 411호가 신입 딱지를 떼고 즉 다른 신입이 들어올 때가 되면 저절로 알게 되는 것이니, 시간이 답이요 세월이 깨달음이라는 말은 이곳의 헌법이다.

사교장의 멤버들은 저녁을 먹고, 저녁을 먹으러 나오지 않는

411호를 잔뜩 걱정하며 자기 방으로 돌아간다. 그들의 등판에 아쉬워 죽겠다는 아우성이 빗물처럼 흘러내린다. 먹지 않고 사는 사람 없으니 오직 그 생리 철학에 기대를 걸며, 내일 아침에 만날 411호를 상상하며, 이 밤도 무사히, 신께 감사드리며 잠자리로 들어간다.

잠이 올까? 당연히 오지 않는다. 들리는 소문에 의하면 411호는 대단한 과학자라고 한다. 무엇을 연구하다 왔는지는 몰라도 라이벌 국가의 납치를 피해 왔다고 하니 어마어마한 사람임엔 분명하다. 이곳 멤버들이 눈을 밝히고 있는데도 스리슬쩍 들어온 것이라는 귀엣말이 둥둥 떠다닌다. 근심은 또 있다. 그런 엄청난 양반을 신입으로 받아야 하나 고문으로 모셔야 하나 침이 꼴깍 넘어가게 걱정이다.

411호 옆방의 412호는 더하다. 저토록 으리번쩍한 분이 옆방에 있으니 툭하면 터져 나오는 해소기침을 어찌 처치해야 할지 전전반측이다. 스펀지 베개로 입만 틀어막아야 하나 얼굴까지 틀어막아야 하나, 아들놈에게 전화로 물어보는 수밖엔 없지만 고분고분 얘기나 들어줄지 그게 또 고민이다.

412호, 기도로 잠자리에 들긴 했지만 기도와는 철천지원수인 근심이라는 요물이 머릿속에 똬리를 튼다. 412호는 기침이 터져 나오려는 걸 베개로, 그 위에다 이불을 끌어다 막는다. 아들에게 전화할 것도 없이, 무안당하면 어쩌나 염려할 것도 없이, 해결책은 자연발생적으로 나오니 그저 411호에게 감사한다. 이게 체험

학습의 효과라는, 돈 주고도 못 살 위대한 경험이다. 경험은 경험이고, 기침은 애간장을 바작바작 태우며 속절없이 터져 나온다. 이러다 질식사 하는 거 아냐? 하는 생각을 아흔아홉 번 했을 때까지 기침을 하다, 엉금엉금 기어 겨우 자리끼로 물 한 모금을 마시고야 시뻘겋게 달아오른 얼굴을 진정시킬 수 있었다. 물 따르는 소리도 조심조심, 컵 놓는 소리도 가만가만, 생으로 징역살이를 하자니 몸의 촉이란 촉은 전부 411호로 뻗친다.

411호에서 고양이 발걸음소리가 난다. 과학자들은 원래 저런다. 눈에 보이지도 않는 분자가 자신의 체중에 부서질까 망가질까 사물을 진지하게 대한다. 과학이 우리를 안전하게 해주는 건 저런 과학자가 있어서다. 존경스럽기도 하지.

412호, 옆방의 과학자에게 행여 민폐라도 끼칠까 살그머니 이불을 끌어 덮는데 번뜻 돌연변이 생각 하나가 떠오른다. 과학고에 들어가겠다고 불철주야 공부에만 매달리는 막내 손자 놈을 저 과학자에게 소개시켜? 411호 과학자는 과학고 시험관들을 총지휘하는 과학자 대표일지도 모른다. 같은 과학자 라인에 있는 다른 과학자에게 예비 과학도를 잘 챙겨주라고 입김을 넣을 수 있는 꽤 세력 있는 분일 수도 있다.

412호는 입이 바짝 마르고 가슴은 툭탁거린다. 에라이, 한밤중에 뭘 워째. 내일이 와야 침이라도 묻혀볼 수 있을 테니 일단 자기나 허자.

412호, 질끈 눈을 감고 가슴에 두 손을 얹지만 잠은 멀리, 머얼

리 달아나고 머릿속엔 초록별, 노랑별, 분홍별이 초롱초롱 반짝인다. 초롱거리는 색은 어여쁘기만 한데 어째 장미 가시처럼 따끔따끔 찔러댄다. 잠은 오지 않지, 사념의 바늘은 콕콕 찔러대지, 바야흐로 412호의 포부는 총천연색으로 물든다.

412호, 일곱 빛깔 무지개에 자진 굴복하여 부짐부짐 일어나 앉는다. 412호는 다 낡은 수첩 뒷장을 찢어 자신의 주소와 살던 집 전화번호를 적는다.

412호, 종이쪽지를 손에 꼬옥 쥔 채 살곰살곰 문을 연다. 복도는 바퀴벌레도 잠이 든 듯 꼴딱 조용하기만 하다. 412호는 공기 밟는 소리라도 내면 어쩌나, 발레 걸음으로 411호 앞으로 간다.

412호는 411호 문 앞에다 종이쪽지를 놓고는 차렷! 거수경례를 한다.

413호는 어떨까. 얼굴도 목소리도 접하지 못한 411호 과학자가 여간 궁금한 게 아니다. 과학자의 종류도 여럿인데 대체 뭐하는 과학자일까. 천문학자, 컴퓨터공학자, 물리학자, 지구과학, 유전공학, 의학, 화학 등등 많기도 한데 과학자 하면 천체과학자가 제일이다. 세상의 잡다한 분야를 연구하는 것보다 하늘의 이치를 연구하는 것이야말로 과학 중의 과학이다. 하늘 위에 하늘은 없지만 모든 것은 하늘 아래에 있다는 말이 이래서 나온 것이다.

413호, 저런 과학자와 같은 건물, 같은 층에 있는 것만도 황송해

몸 둘 바를 모른다. 천체과학자야말로 모든 과학자를 평정한, 명실상부 으뜸표 과학자다. 헌데 날은 언제 밝아오려고 이리 더디나. 어서 날이 밝아야 저 위대한 과학자에게 눈도장이라도 찍을 수 있을 텐데, 거참 시간 한 번 굼벵이로다.

413호, 일각이 여삼추라 똥마려운 강아지로 방안을 서성인다. 이때 캄캄하기만 한 건너편 숲에서 뭔가 번쩍 한다. 우주의 기가 413호의 전두엽 측두엽 후두엽을 강타한다. "하, 그분이 오셨구나 그분이!" 413호는 그 자리에 탁 무릎을 꿇고 머리를 박는다. 숲 어디선가 빠지직 알 깨지는 소리가 난다. "박혁거세다!"

이 말을 듣는 이들은 웃지 마시라, 비웃지 마시라. 박혁거세는 우주를 깨고 나온 초능력자이며 차원으로 거론할 수 없는 무차원의 분이시다. 늑대가 칠차원을 볼 줄 안다고? 마야인이 팔차원을 보았다고? 흐흐, 박혁거세는, 박 씨의 시조 박혁거세는 이단옆차기로 알을 깨고 나신 분이다. 알이란 뭐냐. 우주이자 세계다. 다시 말해 박혁거세는 세상의 본질 내지 원리를 몽땅 압축해 인간에게 접수시킨 분이다. 성씨가 박인 413호가 박혁거세의 출현에 충격을 먹는 것은 어찌 보면 마땅하다.

413호, 411호 천체과학자에게 박혁거세의 존재를 알리고 싶어 몸이 단다. 411호는 벌써 박혁거세와 담소를 나누고 있는지도 모른다. 방에서 나오지도 않고 끼니를 걸러도 살아있는 이유가 바로 거기에 있다.

413호, 더는 아무 소리도 나지 않고 머리에 쥐도 나자 고개를 든다. 밖은 캄캄하고 번쩍 했던 빛은 보이지 않는다. 분명, 박혁거세는 411호에게 늑대와 마야인을 훈련시켜 칠차원 팔차원의 세계를 볼 수 있게 하느라 고단했던 에피소드를 얘기하는 중이다. 앞으로 나올 로봇에게는 십이차원의 세계를 볼 줄 아는 눈을 달아주어야 하며, 그리하려면 이리저리 해야 한다는, 천기누설과도 같은 지식을 알려주고 있을 것이다. 그럴 때 옆에서 커피라도 타 주며 귀동냥이라도 하면 오죽이나 좋을까만은 초청장도 없이 간다는 건 예의가 아닌 고로 413호는 참고 또 참는다.

참는 건 아무나 하나. 413호는 분노도 더위도 배고픔도 참을 수 있지만 참견하고 싶은 마음만큼은 엉덩이가 들썩거려 참는다는 게 고문이다.

413호, 고개를 외로 꼬고 심각하게 생각에 빠진다. 어째서 초대장도 전화도 인편을 통한 기별도 오지 않는 것일까. 심오한 이야기를 알아먹을 사람은 박혁거세의 정통 후손인 나밖에 없는데 왜지? 왜지? 오호, 그것이로구나. 그것이었어! 두 분이 얼싸안고 감격의 눈물을 흘리는 중이었어. 그런 회포 자리에 꼽사리를 끼면 간격이 훼손되지, 암만 그렇고말고.

413호, 벙싯벙싯 웃어가며 오지도 않는 잠을 손짓해 억지로 꼬옹한다. 그렇다고 잠이 올까? 413호는 손도 꼽고 마음도 꼽아가며 내일을 기약한다. 잠을 자면 내일은 올 것이고, 내일이 오면 411호를 만날 수 있을 것이고, 411호를 만나면 오늘의 비밀을 살짝 귀띔해줄 참이다. 413호는 내일과 하이파이브 언약을 맺자 그렇게 안 오던 잠이 꼬르륵 찾아와선 자장자장 잘도 재운다.

얼마나 잤을까. 413호는 옆방 문소리 같은 것에 설핏 잠이 깬다. 불길한 예감이 이불 대신 먹구름으로 413호를 누른다. "이것이 대체 무슨 연고인고." 413호는 이불을 걷어차고 눈을 부릅뜨고 좌불안석 방안을 돌아다닌다. 불길한 기가 슬몃슬몃 문 쪽으로 쏠린다. 413호는 기의 에스코트를 받아 문에 귀를 찰싹 댄다. "오올치, 그것이구만."

413호, 소리 죽여 문을 열고 복도를 휘휘 둘러본다. 움직이는 건 하나도 없는데 불길함을 농축한 기가 411호 앞에서 멈춘다. "저런, 시상에나 이런 변고가 어디 있을꼬."

413호, 불길한 기의 적극적인 인도에 끌려 411호 앞으로 간다. 411호 앞엔 꼬깃꼬깃한 부적 한 장이 놓여있다. "이이이이런 고연 것!"

횡액도 이런 횡액이 없다. 박혁거세와 같은 차원을 논하는 분에게 이런 재수 없는 부적이라니. 413호는 종이쪽지를 냉큼 집어 빡빡 찢는다.

부적 나부랭이를 없앴다고 다 되는 게 아니다. 잠시나마 더러움을 탄 기를 없애자면 완벽한 부적으로 때밀이 목욕을 시켜줘야 한다.

413호, 너무나 소중해서 아무에게도 보여준 적이 없는, 너무나 부담스러워 아무도 거들떠보지 않을, 손수 그린 박혁거세 초상화를 들고 411호 앞으로 간다.

413호, 종이 속에 고이 잠든 2미터 남짓 되는 박혁거세를 와삭 와삭 펴 문 앞에 펼쳐놓는다. 펼쳐놓기만 하면 서운하지. 413호는 그림에 대고 원산폭격 자세로 기도한다. 이때 그림 속의 박혁거세가 기도 소리에 놀라 종이를 탈출한다. "야 이눔아, 곤히 자는 나를 왜 깨우고 지랄이냐? 니 소원 다 알아들었느니 그만 자빠져 자거라." 박혁거세가 413호의 뒤통수를 냅다 갈긴다.

413호, 얻어맞은 게 무지하게 좋아 기절하려는 찰나, 119를 불러줄 그 누구도 없음을 깨닫고 간신히 일어난다.

413호, 자기 방으로 들어가며 기쁨에 부르르 떤다. "소원성취, 만사형통이라… 흐흐, 소원성취, 흐흐, 만사형통… 흐흐, 소원… 흐흐, 만사… 흐흐… 형통… 흐흐…."

414호는 또 어떤가. 식당에 제일 먼저 와 제일 늦게 나간 게 414호다. 411호가 이제나 올까 저제나 올까 식당 입구에 눈을 박고 기다렸다. 밥을 먹으랴 입구를 보랴 밥알을 뚝뚝 흘리고 국물을 질질 흘렸건만 411호는 나타나지 않았다. 괘씸했다. 조금 지나자 화가 났다. 조금 더 지나자 자존심이 상했다. "지까짓 게 과학자면 과학자지 사람을 이리 농락해도 된단 말이여 뭐여?"

혼자 구시렁거리며 자기 방으로 들어와야 알아주는 이는 없다. 거기다 이부자리에 벌렁 누운 지 일 분도 안 돼 여기저기가 쿡쿡 쑤신다. "몸땡이는 아프라고 생긴 거시여 뭐여?" 투덜투덜 입방아를 찧어가며 이 팔로 저 팔을, 저 팔로 이 다리를 주물러보기도 하

고 탁탁 때려보기도 하나 온몸은 그저 아프다고 촛불 시위를 한
다. "이럴 때 주치의라도 있으문 을매나 좋을꼬." 한숨을 들이쉬고
내쉬는데 저절로 사돈의 팔촌의 육촌의 사촌까지 떠오른다. 떠오
르면 뭐한담. 의사는커녕 양호교사도, 간호사도, 간호조무사도,
의무병도, 호스피스간호사도 없다.

414호, 이리 아프고 저리 아픈데 약도 없고 의사도 없자 엉큼하
게도 야무지게도 이런 생각이 난다. 그랴, 저 411호에 온 과학자는
의사가 틀림없어. 의사도 과학자니께.

때맞춰 411호 쪽에서 달칵, 스테인리스 통에 일회용 주사기 던
지는 소리와 꼭 닮은 소리가 난다. 414호의 귀는 쫑긋, 413호 412
호를 건너 411호에 도착한다.

411호는 최고급 영양제를 맞으며 천상의 세계를 거닌다. 천상
의 세계는 무릉도원이며 무릉도원엔 복숭아는 있어도 복숭아를
갉아먹는 해충은 없다. 그게 다 최고급 영양제 때문이다.

414호, 혀를 끌끌 찬다. "제기럴, 부럽기도 허지. 언놈은 영양제
로 떡을 치는데 평생 정직하게 살아온 게 뭔 죄라고 얻은 건 병 밖
에 없단 말이여. 신도 너무 하신 거 아녀? 영양제는 하사하지 못할
망정 아프다는 소리라도 맘 놓고 허게 허면 어디가 덧나남?"

식당에서 만나는 인간들은 어째 그리 잘 살고 잘났는지, 아프다
는 낌새라도 보일라치면, 어따 뭐 저런 구질구질헌 놈이 다 있냐,
하는 투로 상대도 안 하려 든다. 아픈 것도 억울한데 말도 못하게
하니 414호의 가슴엔 피멍이 맺힌다.

아프다는 소리를 해서 낫는 건 아니다. 말 한마디에 천 냥 빚을 갚는다는 말은 어언 쉰내 나는 얘기가 됐지만, 쉰내 나는 세대에겐 쉰내 나는 얘기가 먹힌다. 헌데 언어를 차단하는 무뢰배들이 진을 치고 있는 한 천근만근 누르는 통증은 덜어지기는커녕 곱하기로 더한다. 끄응~

411호에서 다시 달칵, 소리가 난다. 414호의 상념은 일시에 증발한다. "어허, 의사 과학자가 또 한 번 영양제를 맞았나?" 414호의 관심과 오감은 잠자리를 팽개치고 411호로 달려간다.

411호는 달칵, 볼펜을 눌러 그동안 연구했던 내용을 적는다.

노인의 병은 간과하면 안 된다. 그들은 사회의 공로자며 젊은 인생들의 교과서다. 개인의 아픔이 아니라 지구인 전체가 관심을 기울이고 치료해야 할 의무다. 그들에겐 영양 좋은 음식과 보송보송한 이부자리가 절대적으로 필요하다. 그보다 더 필요한 건 애정이다. 애정을 표하는 가장 기본자세는 그들의 소리를 들어주는 일이다. 아프다는 소리를 들어주는 것은 물론, 백수를 넘기는 것도 식은 죽 먹기라고 말해주어야 한다. 말하는 데 돈 들어가는 것도 아닌데 사람들은 (특히 젊은 것들은) 노인들을 냉대한다. 노인도 사람이다. 애정과 돈을 먹고 사는 인간이다. 사회는 이 점을 각별히 인식하여 인식을 바꿔야 한다. 아픈 것도 서러운데 그들을 소외시키는 짓은 천벌을 받아도 약과다.

414호의 가슴은 벌렁벌렁 뛴다. 이토록 고상하고 인간적인 의사 선생님이 아직도 살아있다니 세상은 너무나 아름다워라. 아름답게 만드는 사람에게 아까울 게 무엇이더냐.

414호, 쿡쿡 쑤시는 몸을 끄으응 일으켜 팬티에 꿰맨 속주머니를 뒤진다. 주머닛돈 쌈짓돈을 꺼내 손가락에 탁탁 침을 뱉어 세어보지만 그저 몇 푼.

414호, 요 아까운 걸 아깝지 않은 의사 과학자한테 줘 말아 고심하며 문을 연다. 복도는 시체 냉동실만큼이나 써늘하다. 414호는 조금은 난이도가 있는 걸음걸이로 411호 앞까지 다가간다.

"아아아아니, 이거시 다 머시여?" 414호는 기다랗게 누운 박혁거세 초상화를 보곤 질겁한다. "아아아아니, 으떤 다리 몽뎅이를 분질러놓을 작것이 요런 요망시런 걸 갖다났당가? 과학을 허시는 우리 의사 선상님헌티."

소문은 맞다. 라이벌 국가의 요원은 실력파이자 휴머니스트인 과학자를 납치하러 왔다 그 인간성에 납죽 기가 질려 그만 줄행랑을 치려다, 빈손으로 가기 뭣해 이리 정신을 홀까닥 빼놓을 만한 물건을 남기고 간 것이다.

414호, 411호에 대한 존경심으로 머리는 뜨끈, 정의감은 불끈, 아픈 것도 잊고 늘어진 근육에 힘이 들어간다. "요씨, 요 싸가지들을 기냥 …."

존경심과 정의감이 활활 훨훨 타기만 하면 뭘 하나. 과학자 의사를 보호해 줄 보호 장비 하나 없지, 택견이나 유도, 검도 실력도 없지, 권총도 테이저건도 없지, 피신시킬 안가도 없지, 있는 건 없는 것투성이라 414호는 순간 머리가 띵 해온다.

"일단 이 재숫대가리 없는 것들이나 치워야것어." 414호는 박혁거세 초상화를 와삭 쥐고는 자기 방으로 들어간다.

초상화를 북북 빡빡 찢는다고 다 되나. 위대한 의사를 도와줄 그 무엇도 없는 처량한 신세. 신세 한탄이 넝쿨을 올리는 사이, 넝쿨의 속도보다 속성으로 자라는 생각 하나가 있었으니, "그려, 돈 몇 푼으룬 해결이 안 나니께 어음을 써다 줘야겠어".

414호, 고이 간직해 둔 철 지난 달력을 사등분으로 찢는다. 찢은 것 중 한 장에다 볼펜을 꾹꾹 눌러 어음을 쓰기 시작한다.

〈약속어음〉

발행인 414호

수취인 411호

발행인 414호는 당일로부터 일 년 안에 일억 원을 411호에게 지급할 것을 명시함.

414호, 다 쓴 어음을 들고는 공중부양 걸음으로 411호 앞에 선다. 414호는 문 앞에다 약속어음을 놓고는 가볍게 돌아선다. "이거시 다 정성이니께."

414호 옆방 415호는 어떤가. 급한 마음으로 치면 정수기에서 쫄쫄 나오는 물을 기다릴 것도 없이 수도꼭지에 입을 대고 벌컥벌

컥 마실 판이다. 허나 415호는 식당 사교장에서 올라온 후 토굴에
서 동안거 하안거에 정진하는 수도승의 자세다.

자, 보라. 이부자리에 떠억하니 가부좌를 튼 모습은 영락없는
보리수 아래의 석가모니다. 자세만 그렇다면 좀 싱겁다. 석가모니
의 주위를 요괴가 얼쩡거렸듯, 415호를 교란시키는 것은 상념과
소리라는 요괴다. 오호, 어쩔거나. 415호는 석가모니처럼 자신을
넘어설 것인가 아니면 자신을 모범택시에 태워 다시 속세로 돌려
보낼 것인가? 자신을 넘어서는 것은 물구나무서기로 석가모니와
바둑 열 판을 둘까말까한 시간이 걸리므로, 415호는 어느 새 일반
택시를 타고 상념의 세계를 차선 없이 질주한다.

411호는 과학자라며? 과학자가 뭐겠어 사람이지. 사람이면 오
욕칠정을 가졌다는 말이니까 돈도 많이 모았을 거야. 연봉도 빵
빵, 인센티브도 빵빵, 노후는 튼튼 보험에 가입하지 않아도 될 거
야. 노후, 듣기만 해도 소름끼치는 그따위는 없는 것들이나 입에
올리거든. 돈으로 양말을 해 신고, 장갑을 해 끼고, 모자, 마스크,
아니, 양복이며 코트를 해 입는 부자들은 노후가 오면 더 좋아할
걸? 다 빈털터리로 있을 때 돈의 군계일학으로 있을 테니까. 그런
부자와 한 지붕 한 복도를 쓴다는 건 이웃사촌보다 더 가깝다는
말 아니겠어? 거럼, 거럼. 돈에 치인 사람은 돈보다는 진실한 동무
를 곁에 두고싶어 하는 게 인지상정이거든. 진실한 동무에게 외제
차 한 대 뽑아주는 건 일도 아닐 거야. 그뿐이면 약소하지. 곁에
두려면 같은 동네에 살아야 할 테니 그와 비슷한 급의 집도 사주

겠지? 과학자가 뭐겠어. 과학만 하다 돈은 뒷전으로 둔 사람이 아니겠어? 아인슈타인도 그랬다지? 과학만 하느라 돈 같은 건 있는지 없는지도 몰라 쑤셔 박은 돈이 아무 주머니에서나 나왔다고. 으아, 부러워 죽겠다. 부럽다고 덜컥 나가면 안 될 것이야. 모든 일은 적당한 때가 있는 법. 우리의 선조 415415415호가 뭐라 했게? 황금 알기는 겉으론 돌 같이, 속으론 갈퀴 같이 하라고 하지 않았어? 참 지당하신 말씀이야. 급하게 대쉬할 수록 깨진다는 건 지침서 없이도 지금의 이 꼬락서니만 봐도 알 수 있잖어. 그러니까, 그러니까, 으아, 뭘 어떻게 하라는 말이지?

길게 늘어졌던 415호의 입가가 바짝 쪼그라든다. 걱정이 많다. 사교장의 저 많은 경쟁자를 제치고 알부자 과학자를 내 편으로 만들자면 탁월한 뭔가가 있어야 하는데, 그 뭔가가 무엇인지 가부좌로도 알아낼 재간이 없다. 내천川 자가 이마에 획을 긋고 캐릭터가 되도록 좋은 생각은 떠오르지 않는다. 선조 415415415호의 말씀은 이 시대에 맞는 예언인가? 정부가 공증해준 주식과 펀드라는 돈놀이로도 따라잡지 못하는 돈의 흐름을, 내색 없이 군불 때듯이 잡는다는 게 가능한가?

415호, 회의의 흙탕물이 벌컥벌컥 솟구친다. 흙탕물에 떠내려가기 직전, 415호가 간신이 지푸라기를 잡는다. 나잇살이나 먹어가지고 이러면 안 되는 것이야.

415호, 가부좌를 정돈한다. 정돈한 자세에서 평범한 진리 하나가 싹튼다. 잘 입은 거지가 얻어먹기도 잘한다더라. 415호의 머릿속에서 백화점 양복 코너에 번드르르 걸린 양복이 줄줄이 떠오른다. 떠오르기만 하다니 야속도 해라. 현재나 미래는 제쳐두고 과거에도 입어본 적이 없는 걸. 기초가 너무 없구나. 이 일을 어쩔거나. 종잣돈도 밑밥도 없이 맨입으로 어쩔거나.

415호의 내천 자가 더욱 깊게 팬다. 내천 자가 패이면 패일수록 가부좌는 흐트러지고, 상념은 괘념이 되어 옥토가 되어 줄지 말지 모를 문서가 날아갈 지경이다. 이때 가부좌를 필터 없이 흐트러뜨리는 또 하나가 있었으니, 고양이 발걸음 소리, 달칵, 뭔가가 움직이는 소리, 와삭, 뭔가를 구기는 소리가 난다. 대체 이것이 무슨 소리더냐.

415호, 분연히 가부좌를 떨치고 일어난다. 415호는 살아온 모든 지식과 경험을 끌어 모아 소리의 진상을 진찰한다. 그렇다. 이 소리는 과학자가 머무는 곳에서 나는 소리다. 고양이 발걸음 소리는 과학자가 과학을 하다 지쳐 이부자리에 눕는 소리고, 달칵 소리는 수납장을 여는 소리고, 와삭 소리는 수납장에서 꺼낸 돈을 구겨 휴지통에 버리는 소리다. "아이쿠야 돈! 아까운 내 돈!"

415호, 선조 415415415호의 지론도 깜빡 잊은 채 본성 그대로 거침없이 문을 연다. 복도는 눈은 내리지 않지만 고요한 밤 거룩한 밤의 정취를 물씬 풍긴다. 분위기를 깨면 천하잡놈이 되는 줄 아는 터라, 415호는 분위기에 맞춰 눈 내리는 걸음걸이로 411호 앞으로 가 본다.

이건 또 무신 깽깽이더냐. 신권을 닮은 빳빳한 쪽지 한 장이

411호 앞에 놓여 있다. 복도는 언제 갈아 끼웠는지 모를 형광등 하나가 캄캄한 수준을 겨우 면할 정도로 켜있고, 415호의 눈은 평생 써먹은 대가로 희미하니, 쪽지의 정체가 무엇인지 알아내기란 여간 어려운 게 아니다.

415호, 일단 쪽지를 형광등 밑으로 가져가 눈을 크게 떴다 가느스름하게 떴다 부지런을 떤다. 돈은 아니다. 돈이란 맹인도 백 미터 전방에서 알아볼 수 있는 거니까. 415호는 앞을 살피다 뒤를 살피다 가물가물한 눈이 더 가물가물해지자 쪽지를 들고 방으로 들어간다.

415호, 전등 바로 아래서 쪽지를 이리저리 살핀다. 이 건물과 수명을 같이 한 형광등 아래선 모든 게 지렁이 꿈틀거림이다. 누구 판독기 없나. 아니지, 이것이 보물지도라면 언감생심 판독기를 빌려준 놈이 꾸울꺽 할지도 모른다.

415호, 불안과 기쁨이 동시상영 하는 통에 그만 넋이 나간다. 지렁이 기어가듯 뭔가가 적혀 있는 쪽지는 분명 보물지도다. 원래 보물지도란 척 보면 알아볼 수 있는 게 아니다. 요리 보고 조리 보고 이것일까 저것일까 궁리하게 만드는 게 보물지도다. 보물지도의 속성이자 트렌드는 역시나 아리송함이다.

415호, 보물지도를 가슴에 품고 또 가부좌를 튼다. 이 보물지도가 어째서 그 시간 그곳에 있었을까. 411호는 과학자니까 모든 걸 과학으로 말할 것이다. 루트와 삼각함수와 시그마, 그 중 어떤 공식을 썼는지는 모르지만 좌우간 외로움을 달래 줄 동무는 415호에 있다는 걸 과학으로 풀어낸 모양이다. 지금까지 꼬박 방에 틀어박혀 있었던 이유가 그런 것에 있는 줄도 모르고 다리 저리게 가부좌만 틀고 있었으니 고지식하게 살아온 놈은 어쩔 수가 없다.

415호, 얼른 가부좌를 푼다. 풀긴 풀었으나 생각이라는 깜찍한 아동이 자꾸만 상투를 잡고 흔든다. 411호는 무슨 과학으로 이 시간에 내가 올 줄 알고 이토록 귀한 보물지도를 내놓았지? 무슨 공식이면 어떻고 무슨 과학이면 어때. 우정을 중시하는 부자에겐 돈보다 우정이 더 소중한 걸. 415호는 번드르르한 옷을 빼입을 것도 없이 번드르르한 웃음으로 치장한다.

415호, 보물지도를 베갯잇 속에 넣다 말고 화다닥 정신이 든다. 보물지도를 준 양반에게 고맙다는 표시를 해야 하는 것은 당연한 도리. "사람이 염치가 없으면 안 되는 것이야."

415호, 성의를 표할 무엇이 없을까 눈을 번득인다. 몸 아래위를 샅샅이 뒤져봐야 나오는 건 묵은 먼지뿐. 415호는 수납장을 열고 이리 뒤적 저리 뒤적 손바닥에 불이 난다. 어렵사리 빨간색 카네이션이 415호의 손에 잡혀 나온다. 이곳으로 오기 전, 처음이자 마지막으로 받았던 카네이션 조화.

415호, 빨간색 카네이션을 덥석 집어들고는 희희낙락한다. 영원히 시들지 않는, 시들 줄 모르는 카네이션 조화. 우정의 징표로 이보다 더 의미 있는 물건이 어디 있을까.

415호, 411호 앞에다 빨간색 카네이션을 엄숙히 내려놓는다.

둥근 해가 떴습니다~ 자리에서 일어나서~

자, 아침이다. 밤잠을 설친 방방의 어르신네들, 이부자리에서 분분히 일어나 문부터 열어본다.

412호, 411호 앞에 조신하게 놓여있는 빨간색 카네이션을 보자 입이 벌어진다. 저 카네이션은 과학자님이 주소와 전화번호를 적은 쪽지를 인수했다는 뜻이다. 손자 놈을 과학고에 입학시켜주겠다는 사인이자 그쪽 동네에 편입시켜주겠다는 암시다. 더불어 가까운 시일 내에 그 영특한 놈을 제자로 삼겠다는 내심의 표시다. 그렇지 않고야 카네이션을, 그것도 흰색이 아닌 빨간색을 놓아둘 리가 없다. 과학자는 역시 과학자다. 아무도 뜻을 헤아리지 못하게, 너와 나만이 알아챌 수 있게 센스를 부린다. "보아라, 뻥이나 까는 추접스런 놈들아. 과학자님이 이렇게 나를 알아봐주셨다. 클클~"

412호, 두 눈을 가진 자라면 모두가 볼 수 있게 빨간색 카네이션을 그대로 둔 채 식당으로 내려간다.

413호는 우주의 기를 듬뿍 받고 자는지 마는지 한 터라 아직도 머리가 멍하다. 창밖에 떠오르는 해를 보고서야 어제의 일이 순간의 일로 떠오른다.

413호, 바지 지퍼도 제대로 올리지 못한 채 문부터 연다. 411호 쪽으로 고개를 빼기 무섭게 황홀경이 어른어른 휘감는다. 빨간색 카네이션이 불타는 기를 꽃으로 피우며 사랑을 속삭인다. "저런, 저런, 아이구야! 저런, 저런, 아이구야!" 413호는 탄성에 탄성을 삼키며 411호 앞으로 가본다.

박혁거세 초상화는 간 데 없고 보고 또 봐도 질리지 않을, 보고 또 봐도 또 보고 싶어지는 빨간색 카네이션이, 떠오르는 태양의 차원을 압축·복사해놓고 있다. 이것은 신호다. 꼬깃꼬깃한 부적인지 나발인지를 박혁거세 초상화가 내쫓은 답이다. 과학자 신령님께서 소원성취 만사형통을 이십삼차원에서 보내준 것이다. 역시나, 411호 과학자는 차원 없는 박혁거세의 후손이며 그의 메신저임에 틀림없다. 박혁거세 초상화를 받았다는 답례로 꽃을 놓아둔 것만 봐도 그렇다.

413호, 흐흐, 흐흐, 목으로 넘어오는 웃음을 삼키느라 얼굴이 새빨개진다. "사 층에 있는 얼간이 오종종이들아, 이 꽃을 보고도 모르느냐? 열심히 보고 413호가 누구인지 알아 모시렷다!"

413호는 어지간해선 보기 힘든 기상으로 식당에 간다.

414호 역시 잠다운 잠을 자지 못하긴 마찬가지다. 사대육신은 안 쑤시는 데 없지, 정신의 각 분야들도 들썩들썩 쑤시지, 몸과 정신이 폐차시킬 차를 타고 비포장 길이 아깝다 하고 달렸다.

414호, "아구구구 끄으응~" 무릎을 짚고 일어나다 주저앉는다. 이 충격으로 어제의 일이 번갯불로 떠오른다. "그려, 참, 과학자 선상님은 어찌 허고 기시나? 약속어음을 받아주긴 허셨나?"

414호, 아픈 것도 잊고 양말을 신나 마나 하며 문을 연다. 저기 저쪽 411호 앞에 무언가가 놓여 있다. 414호는 한달음에 411호 앞으로 가 본다. 약속어음은 간 데 없고 빨간색 카네이션이 건강을 보장하며 빨갛게 웃는다. "이런, 이런, 이렇게 고마울 데가."

411호 과학자는 역시 휴머니스트다. 약속어음의 약속을 이렇게 재치 만점 꽃으로 대신한다. 414호는 의사도, 양호교사도, 간호사도, 간호조무사도, 의무병도, 호스피스간호사도 졸지에 우스워진다. 더 우스워지는 건 식당 사교장의 사람들이다. 겉으론 아닌 척하지만 속으론 얕잡아보는 그 눈치를 더는 볼 필요가 없어졌다. "예끼, 떨떨이 잡놈들아 똑똑히 보거라. 의사 선상님께서 요로코롬 나를 챙겨주셨다." 414호는 윤활유 없이도 어깨가 절로 펴진다.

414호, 조금은 거만한 걸음걸이로 식당으로 내려간다.

415호는 보물지도를 행여 빼앗길까 아찔하게 자느라 진땀을 쪽 흘리며 일어난다. 꿈에서 해적이나 산적을 만나지 않은 건 다 과학자 분께서 과학으로 지켜주신 덕이다.

415호, 우선 베개 속부터 뒤진다. 빳빳한 감촉이 이렇게 신선하고 청량할 수가 없다. 415호는 보물지도를 꺼내 부둥켜안는다. 이 소중한 걸 어디다 모셔야 안전하며 안심이 될까. 금고가 있을 리 만무요, 자물통이 있을 리 만무다.

415호, 식당에 내려갈 시간이 코앞인데도 가부좌를 튼다. 두 손으로 보물지도를 펼쳐 높이 들었다 무릎에 내려놓았다 보물지도의 안식처를 찾는데, 욕실엔 변기와 쓰레기통이 있어 불결하고, 방은 보물지도가 숨기엔 벅차게도 좁다. 이리저리 눈동자를 굴리며 방안을 둘러보던 중 마침 천운이 발해 식사 시간마저 단축시킨다. 보물지도들이 흔히 몇 세기를 숨어 지낸다는 바로 그 천 년의 장소, 벽이 눈에 들어온 것이다.

415호, 가부좌를 일시에 털고 벽 여기저기를 더듬는다. "오올치, 바로 여기렸다." 415호는 벽의 제일 구석진 곳에다 비밀지도를 댄 다음, 면도칼로 비밀지도보다 조금 더 크게 벽지를 자른다. 수납장에서 딱풀을 꺼내 비밀지도 뒷면에다 덕지덕지 바른 후 벽에다 찰싹 붙인다. 그런 다음 잘라낸 벽지 가장자리에다 풀을 바르고 비밀지도 위에다 덧대어 붙인다.

415호, 보물지도의 안식처를 손바닥으로 문대며, 뜯었다 붙인 자국이 드러날까 지문과 함께 마음도 닳는다. 보물지도를 완벽하게 모셨다고 여기는 415호, 411호 과학자에게 고마움이 물밀 듯 밀려온다. 이런 고마운 분께는 선조 415415415호의 가르침대로 아침 문안을 드려야 옳다. 문안을 드리자면 예를 갖춰야 하고 예를 갖추려면 예복이 있어야 한다.

415호, 수납장을 열어본다. 예복은 언제 도둑맞았는지 종적이 없고 어느 시절의 목도리인지 모를 털목도리가 뚤뚤 감긴 채 들어있다. 415호는 초여름임에도 불구하고 털목도리를 탁탁 털어 목에 둘둘 감는다.

415호, 411호 앞으로 가 예를 차리려는데 어젯밤에 놓아둔 카네이션이 그대로다. 415호는 감동의 뇌성벽력을 맞는다. 411호 과학자는 얼마나 속이 깊은지 단박에 카네이션을 치우는 게 아니라 모든 이가 볼 수 있게 놓아두셨다.

415호, 411호 문에 대고 큰절을 올린다. "쫄쫄이 나부랭이들은 모두 보시오! 우리의 관계는 이렇게 돈독하다오."

415호는 양어깨를 좌우로 흔들어가며 제일 늦게 식당으로 내려
간다.

식당으로 착착 도착한 방방의 어르신네들, 식판을 들고 긴 테이
블로 가 자리를 잡는다. 모두 홍조가 만연하다. 봄꽃은 당치도 않
을 얘기며 새싹도 따라잡지 못할 기운이다. 묘하게도 불가사의한
분위기지만 누구 하나 입을 떼지 않는다. 입을 떼지 않는 대신 생
각은 바쁘게 띈다. 아니, 저 인간은 뭐 좋은 일이 있나 왜 저 꼴로
싱글거려? 홍, 그래 봐야 나한테 굽실거리려면 앞으로 허리 간수
좀 해야 할 걸? 등등.

제일 먼저 식사를 끝낸 412호, 413호를 돌아보며 입을 연다.
"거, 날씨 참 좋다. 나 어렸을 때 그러니까 일정 때 말입니다, 유치
원에서 원족을 갔더랬습니다. 오늘이 그 날맨치로 화창합니다 그
려. 그때 아버님이 일본서 사온 가죽구두를 신고 가느라 발뒤꿈치
가 까진 걸 생각하문 지금도 얼얼합니다. 대학교 다닐 때는 또 어
땠구요. 같은 과 여학생한테 혼이 빠져설랑… 결국은 마누라가 되
긴 했지만 지금 생각해도 참 어처구니가 없습니다. 벌이 꽃을 찾
드끼 춘정을 못 이겼던가 봅니다."

413호는 수저를 놓으며 대꾸한다. "좋은 시절을 보내셨구먼요.
그것이 다 우주가 우리에게 베푼 은덕 때문입니다. 저는 박혁거세
의 직계손인데 아, 정말 그렇습니다. 잡피라곤 한 방울도 섞이지

않은 순수혈통입니다. 그래 그런지 하는 일마다 어찌나 잘 풀리는지, 자식 놈 일곱이 다 외국 유학을 가설랑 박사를 따 지금은 미국에 두 놈, 캐나다에 두 놈, 독일에 한 놈, 불란서에 한 놈, 영국에 한 놈, 그렇게 삽니다. 애들이 일 년에 한 번씩 집에 모이는데 지들끼린 영어로 말합디다. 내가 그 말을 알아들었다는 거 아닙니까. 그랬더니 그 다음엔 독일어로 말합디다. 그 말도 내가 다 알아들었지요. 그랬더니 그 다음엔 또 불어로 얘기하더라 이겁니다. 그 말도 알아들으니까 자식들이 이상하게 봅디다. 외국어 배우셨냐고 하는데 웬걸요. 오차원의 세계만 볼 줄 알아도 외국어 같은 건 다 알아듣게끔 되어 있습니다."

414호가 물로 입안을 소리 나게 헹구더니 말한다. "그거 참, 자식농사 잘 지으셨습니다. 지 자식도 잘 풀린 경운데 선생 자식에 비하면 아무 것도 아닌 거 같습니다. 우리 자식은 셋인디 다 의사입니다. 하나는 내과, 하나는 외과, 하나는 안과 전문의랍니다. 안과 하는 딸년은 백내장 녹내장 걸리면 안 된다구 나만 보면 지가 하는 병원으로 끌고 가 진찰을 하지 뭡니까. 내과 하는 아들놈은 또 어떻구요. 속이 더부룩하다는 말도 못 합니다. 내 표정만 보구 두 죄인 잡아가드끼 잡아설랑 내시경이며 엠알에이며 내장을 홀랑 까뒤집어 찍고 난리도 아닙니다. 외과 하는 놈도 똑같어요. 퇴행성관절이 아닐까 베라벨 이유를 붙여설랑 진찰을 해대는데 이거 어디 구찮아서 살 수가 있어야지요. 그래 일루 내뺀 게 아니겠습니까. 일루 올 때 영양제며 존 약들을 한보따리 싸들고 왔습니다. 약 안 가져가면 새끼들이 쳐들어와 떠메 갈 게 뻔하니까요.”

415호는 마지막 남은 호박볶음을 딱딱 긁어먹으며 말한다. “다들 남부럽지 않은 자식들을 두셨습니다. 그에 비하면 저는 할 말이 없습니다만 자식들 덕에 오늘까지 돈 하나만큼은 궁색해 본 적이 없습니다. 이번에도 뉴욕에서 변호사로 있는 아들 녀석이 십만 불을 보내왔지 뭡니까. 국산차 타지 말고 외제차로 바꾸라나요. 아들놈이 돈을 보내오니까 워싱턴에 사는 딸년들도 오빠한테 지면 안 된다나 뭐라나 십오만 불씩 도합 삼십만 불을 부쳐왔습디다. 지들한텐 껌값도 안 되니까 맛있는 거 사 자시라고 하는데 혼자 무슨 맛에 먹으러 다니겠습니까. 동무 사귀려구 일루 들어왔드니 여기 계신 분들은 저보다 수준이 높으시니 어디 입을 떼겠습니까.”

방방의 어르신네들, 쫘르르 품위 교환식만 하느라 분주했던 건 아니다. 말을 하면서, 식판을 가져다 놓으면서, 이쑤시개로 이를 쑤시면서, 휴지로 입을 닦으면서, 마신 물컵을 제자리에 놓으면서, 식당 입구를 흘깃거린다. 411호 과학자가 어째서 아직 안 나오는지, 콧구멍만한 가게도 없는 이곳에서 무엇으로 먹고 견디는지 견딜 수 없게 궁금하다.

어르신네들은 식사도 마쳤겠다 논 맬 일도 밭 갈 일도 없자 공동 휴게실로 간다. 누군가 텔레비전을 튼다. 연휴라 행락객들이 논을 지나 밭을 지나 바다가 있는 곳으로 몰린다고 한다.

여긴 바다가 끔찍하게도 먼 산, 산 중에서도 척박한 산이다. 인가도 없지, 골짜기라야 물 한 방울도 흐르지 않지, 지나가는 사람도 길을 잃거나 마음을 먹어야 올 수 있는 데다. 지리적 조건으로 치면 과학자가 피신하러 오기엔 최상급이다.

헌데 과학자 양반은 무얼 하기에 이토록 꼼짝도 하지 않는지, 어르신네들의 속은 그을리다 못해 완전 연소로 재를 날린다. 과학고에 선이 닿아있는 사람들에게 연락을 취하고 있는 건 아닐까. 박혁거세와 통신을 하고 있는 건 아닐까. 세계 인류 노인 건강 센터에 보낼 논문을 쓰고 있는 건 아닐까. 우정을 표하러 스위스 은행 계좌를 뒤지고 있는 건 아닐까.

모두 텔레비전에 눈을 꽂고 있긴 하나 신경은 온통 사층에서 내려올지도 모를 발소리에 꽂혀 있다. 식당을 가려면 이 공동 휴게실을 반드시 거쳐야 하는 터라, 어르신네들은 텔레비전 프로가 지루해져 몸이 꼬이도록 버티고 버틴다.

버티는 것도 재주라, 방방의 어르신네들은 평생 한가락 한 기질로 다시 이야기꽃으로 인내의 시간을 버무린다.

412호, "거 411호 과학자는 무슨 과학을 하는지 모르지만 생화학 쪽이 아닌가 싶습니다." 413호, "과학이 어디 생화학만 있겠습니까. 과학 하면 천체과학이지요." 414호, "요즘 의사들은 컴퓨터로 수술을 한답디다. 그러니 의학 쪽이 아니겠는지요." 415호, "제 생각으론 사물의 작동원리, 그 중에서도 돈의 작동원리를 연구하는 공학자가 아닌가 싶습니다만."

이 정도의 대화로 이불 털듯 지루함을 털 수 있었던 건 아니다. 어르신네들은 발가락이 가려울 정도로, 머릿속이 근질거릴 정도로, 살갗이 뜨끔뜨끔할 정도로, 너무, 너무, 지루하다. 나중엔 지루함을 견디다 못해 의욕상실증을 겁내한 듯, 무기력증을 무서워한 듯, 중구난방 떠들어댄다.

이 일은 공동 휴게실에서 남몰래 텔레비전과 싸움을 하다, 점심때가 되면 점심을 먹고, 저녁때가 되면 저녁을 먹고, 다음 날 아침을 먹고, 점심을 먹고, 저녁을 먹기까지, 내려오지 않는 과학자를 기다리며 한 대화, 아니 거의 일방적인 얘기다.

"내 딸하고 젤 친한 친구가 송혜교 아니요. 송혜교가 우리 집에 왔는데 날더러 아빠 아빠 하는데 정말 얼굴이 조막만 하니 이쁩디다. 그리구 박지성이, 개가 또 우리 아들하고 단짝 아니오. 우리 집 음식을 하두 좋아해서 영국 가기 전에 한 번 멕였더랬지요. 참, 나훈아 아시죠? 내 친구 동생이 나훈안데 개하고 술을 같이 한 적이 있었댔지요. 술자리가 끝나자 훈아가 슬쩍 나한테 옵디다. 신곡을 발표하려는데 들어보고 평을 해달라구요. 훈아 실력이야 다 아시겠지만 그날따라 으찌나 간드러지고 구성지게 뽑아대던지. 그때 불렀던 곡이 대 히트 쳤다는 거 아닙니까."

"허, 그렇소? 우리나라 최초의 우주인 이소연 씨는 아마 삼십 몇 차원의 세계를 만나고 왔을 겁니다. 거기엔 김알지도 있었겠지난 박혁거세도 계셨을 겁니다. 매스컴에다 말할 수 없어서 그랬겠지만 이소연 씨는 분명 보고 왔을 겁니다. 그 세계는… 아, 그 세계는… 절대 말할 수 없습니다. 대중에게 알려지는 즉시 손을 타게 되니까요."

"그 말씀은 현실과 거리가 있는 거 같으니 현실적인 얘기를 좀 해 볼까 합니다. 내 아들놈 잔치 때 말이오, 내가 뿌린 부조금에 비하면 얼마 안 들어왔습디다. 겨우 삼억 칠천이 들어왔는데 아, 그것도 돈이라고 거래 은행에서 직원 다섯을 파견해 접수를 봐 주지 뭡니까. 화환은 뭣 땜에 또 그리 보내는지, 삼백여 개가 들어와 식장 입구부터 놓았는데 다 놓을 수가 없어 피로연장까지 놓았더란 말입니다. 이게 말이 됩니까? 이런 과소비는 절대 안 됩니다."

"아, 그렇지요. 과소비 할 돈이 있음 질병으로 고생하는 아프리카 사람들을 도와주는 게 훨씬 낫습니다. 우리 큰애는 작년에 일 년 연차를 내 아프리카 어린애들을 무료로 치료해 주고 왔습니다. 작은 놈도 지 형이 그러니깐두루 일 년 연차를 내 필리핀 빈민가 애들을 치료해 주고 왔더랍니다. 딸년도 그렇고… 커, 이런 건전한 얘길 411호 과학자도 들어야 하는데 이분은 어째 나오지 않을까요?"

"글쎄요, 돈이 되는 과학을 하느라 때가 지나는 것도 모르시는 건 아닐까요?"

"거 무슨 소리요, 안드로메다와 교신을 하느라 시간 가는 줄도 모르고 있을 겁니다."

"어허, 과학자에게 무슨 그리 어울리지 않는 말씀을 하십니까? 411호 과학자는 밀가루로 노인성 관절염이나 치매를 치료할 신약을 개발하느라 못 내려오는 걸 겁니다."

"아니, 소문도 듣지 못했소? 라이벌 국가의 납치를 피해 오셨다니 국정원과 수시로 연락을 주고받느라 안 내려오는 걸 겁니다.

얼굴이 팔리면 안 되니까요."

"그럼 누가 411호 과학자에게 먹을 걸 대주고 있다는 말입니까? 아무도 온 사람이 없는데."

"글쎄요, 글쎄요…."

방방의 어르신네들, 일시에 계단으로 시선을 돌린다. 계단엔 오래 전부터 짜득짜득 찌든 땟국만 있을 뿐 과학자 비슷한 그림자도 비치지 않는다.

잠시 정적이 흐른다. 누군가 정적을 깨며 말한다. "혹시… 어느 첩자가 과학자를 납치한 건 아닐까요?" "글쎄 그게 문제라니까요. 백날 얘기해 봐야 실물을 보지 않으면 다 허당입니다." "허, 그렇군요. 그럼 우리 모두 411호 과학자한테 가 보는 게 어떻겠습니까?" "아닙니다, 연구를 하고 있을 텐데 방해가 될 겁니다." "그래도 벌써 일주일이나 지나지 않았습니까. 만약 납치나 피살을 당했다면 우리에게도 책임을 물을지 모릅니다. 방관만 하고 있었다고 말입니다." "아, 그럴 수도 있겠군요. 그럼 우리 다 같이 가보는 게 어떻겠습니까?"

이르신네들이 소파에서 막 일어나는 순간 사 층에서 애 우는 소리 같기도 하고 젊은 여자 우는 소리 같기도 한 소리가 난다. 이르신네들은 반쯤 입을 벌린 채 서로의 얼굴을 번갈아보기만 한다.

다시 울음소리 비슷한 소리가 난다. 누군가 비장하게 말한다. "이럴 게 아니라 우리 단합해서 우리의 과학자를 지키러 갑시다!"

방방의 어르신네들, 무서움을 달래려 발소리도 요란하게 우르르 쿠당탕탕 411호 앞으로 간다.

411호 앞에 몰려선 어르신네들, 누가 먼저 노크해야 하나 서로를 존중해주는 척하다, 순서를 정하는 척 티격태격하다, 이러다 날 새겠다 하곤 다 같이 문이 부서져라 두드린다. 아무리 두드려도 인기척이 없자 어르신네들은 누구라 할 것 없이 한꺼번에 문을 연다.

"어? 어? 어? 어…?"

이상한 사람들이 들어왔다. 정말 이상한 놈들이다. 어? 어? 어? 하며 놀라는 꼬락서니라니 정말 이상하다.

그 중 한 사람이 방이 무너져라 소리친다. "과학자가 없어졌다! 납치다!"

옆에 있던 사람이 침을 튀며 손가락질한다. "저, 저, 저, 고양이란 놈이 과학자를 납치해 간 거다!"

또 다른 사람이 소스라치듯 울부짖는다. "과학자가 나한테 준 카네이션을 저 괭이새끼가 물고 간다! 잡아라!"

사람들이 동시에 같은 소리를 내지른다. "저 카네이션은 과학자가 나한테 준 것이란 말이닷!"

사람들은 카네이션을 물고 도망치는 고양이를 쫓아 이리 뛰고 저리 뛴다.

왜들 저럴까. 참 이상도하다. 꼬질꼬질한 이 요양원에서 저렇게

혈색 좋은 소리를 들을 수 있다니 되게 이상하다. 이상하다 싶으
니 이렇게 꺼들꺼들 얘기하는 목소리도 이상하게 들린다. 빈 객실
이 찌끌찌끌 노닥거리니 이 또한 이상하긴 이상한 일이다. □

R

　그 정도는 알고 있었다. 못생겼지, 말 없지, 나이는 많지, 빈티는 쫄쫄 나지, 거기다 난치병까지. 결혼 조건으로 치면 빵점이지만 난 망설임 없이 그와 결혼했다. 왜 그랬을까. 보는 것만도 냄새 나고 융통성이란 눈곱만큼도 없고, 덜떨어진데다 불치의 병을 달고 있는 사람과 나는 왜?

　주변 사람들은 하나같이 말했다. 그런 사람과의 결혼은 안 봐도 비디오라고. 불행하디는 얘기다. 나는 불행을 좋아하나? 쳇, 불행을 좋아할 사람이 어디 있담.

　사람들은 이런 말도 했다. 동정을 하다하다 지쳐 사랑으로 발전한 모양이라고. 어쭈쭈 제법 웃겨요. 나는 누군가를 동정할 정도로 착하지 않다. 감상이 지나쳐 현실을 꿈으로 착각할 정도로 순진한 것도 아니다.

그이에 비해 나는 한참이나 젊지, 어여쁘지, 활달하지, 건강하지, 부자지, 부족한 게 없다. 그런 내가 비호감의 대명사인 그런 남자와 어째서 결혼을?

후후, 그는 말이지 내가 가질 수 없는 딱 한 가지를 가지고 있었다. 나는 그것에 반했고, 탐이 났고, 훔치고 싶었고, 차지하고 싶었다. 그러니 뭐 결혼할밖에.

어느 누가 이런 나를 이해할까. 이해를 바라진 않는다. 나는 갖고 싶어도 가질 수 없는 바로 그 점에 매료되었고 놓치기 싫었을 따름이다.

사람들은 말했다. 너 같은 여자는 연봉 십억은 된 남자여야 하고 신혼집은 한다하는 연예인 급 수준의 아파트에서 시작해야 한다고. 또 이런 말도 했다. 썩을 년! 그런 놈이랑 결혼할 바엔 나가 뒈져라!

나는 집에서 나왔고 호적에서도 나왔다. 허전하다거나 쓸쓸하다거나 소외감이 든다거나, 약간은 그런 류의 감정이 들길 바랐지만 전혀 그렇지 않았다. 간섭자의 수가 줄었다는 사실이 미안하지만 그냥 즐거웠다. 이렇게 해라 저렇게 해라, 이러면 안 된다 저래야 된다, 수도 없이 늘어놓는 잔소리를 매 끼니 먹듯 듣노라면 저 사람은 전생에 무슨 죄를 지어 저렇게 말하나, 나는 또 전생에 무슨 죄를 지어 저런 말을 들어야 하나, 의구심이 대중탕의 수증기만큼이나 올라온다. 역시, 혼자 사는 건 좋은 일이다. 랄라~

그가 그렇게 보였다. 그는 비록 지지리 궁상파이긴 했지만 초연히, 떠돌이처럼, 내가 바라던 대로 사는 파였다. 내 동공은 그를 보는 순간 화들짝 열리고 내 마음은 그에게로 피웅~ 한 방에 꽂혔다. 와우, 저 미친 존재감이라니, 위대한 찌질이일세.

나는 마음이 식을까 깨질까 먹은 게 체하도록 급히 그와 결혼해버렸다.

그와의 결혼식은 정말이지 재미가 좋았다.

한겨울, 거기다 한밤중.

공원 벤치엔 아무도 얼씬대지 않았다. 나와 그는 얼음덩이 위에 앉은 듯 차고 딱딱한 벤치에 앉았다.

내가 그에게 청혼했다.

"우리 결혼해요!"

그는 스스럼없이 고개를 끄덕이는 걸로 내 청혼을 받아들였다.

이제 결혼식을 할 차례.

당연히 주례사도 하객도 교환할 패물도 없었다. 나는 이 환상적인 결혼식을 환상적으로 할 뭐가 없을까 궁리했다. 그렇지, 물 한 대접이 있었지.

말이 좋아 물 한 내집이지 아무리 가난한 사람이라도 물 한 대접만 놓고 결혼식을 하진 않는다. 나도 물 한 대접은 간소화한다는 뜻이라는 정도는 안다. 하지만 이 결혼식이 어떤 결혼식인가. 세상의 모든 언어와 표현을 동원해도 도달할 수 없는 결혼식이 아닌가. 나는 옛날 옛날 그 옛날의 얘기처럼 하는 게 좋겠다는 생각이 들었다.

옛날 옛날 그 옛날에 어떤 일이 있었냐 하면, 첩첩산중을 헤매던 사냥꾼 남정네가 다리를 다쳤더란다. 사냥꾼은 다리를 질질 끌고 가던 중 초가삼간의 불빛을 보았더란다. 남정네는 노크 귀순자처럼 초가삼간을 똑똑 노크하고는 그 자리에 쓰러졌더란다. 초가삼간의 쥔장 처자는 남자 구경도 못하던 터라 이게 웬 떡인가 싶어 남정네를 안으로 들였더란다. 그 다음은 다 아는 얘기고, 그렇게 저렇게 남정네와 처자는 정분이 두터워졌더란다. 음, 헤어질 수 없지. 헤어질 수 없으면 혼인을 해야지. 남정네와 처자는 물 한 대접만 놓고 혼인식을 치렀더란다.

후후, 전설 따라 삼천리에 나오는 얘기지만 진실성은 꽤 있어 보였다.

나는 청혼을 한 후 물과 대접을 찾았다. 공원의 수도는 꽝꽝 얼어붙어있었고 대접도 찾기가 쉽지 않았다. 번뜻 좋은 생각이 떠올랐다.

나는 그에게 몇 번이고 당부했다.

"여기 그대로 있어요. 내가 올 때까지 꼼짝 말고 있어야 해요."

나는 그가 가버릴까 마음을 졸이며 편의점으로 달렸다. 생수 한 병과 종이컵을 사들고 그가 앉았던 자리로 갔다. 다행히 그는 그 자리에 그 모습으로 앉아있었다.

나는 두 개의 종이컵에 생수를 따라 하나는 그에게 주고 하나는 내가 들었다.

"우리의 결혼을 축하합니다!"

내가 먼저 말했고 그가 내 말을 따라했다. 우리는 생수가 든 종이컵을 서로에게 먹여주었다. 내가 니가 되고 니가 내가 된다는 의식은 참으로 훌륭했다. 재미도 끝내주게 달콤 고소했다.

나는 결혼식을 마친 후 그의 겨드랑이에 내 팔을 꼬옥 끼고 집으로 갔다. 호적에서 나오자마자 구한 나만의 아담한 아파트였다.

우리의 신혼은 결혼식을 올렸던 장면만큼이나 대단히 신나게, 무척이나 흥미롭게 이어졌다.

*

첫날밤을 생각한다. 지금도 가슴이 콩닥콩닥 뛴다.

나는 누웠고 그도 내 옆에 누웠다. 그가 내게로 몸을 돌렸다. 마른침이 꼴깍, 또 꼴깍. 내가 듣기에도 민망할 정도로 꼴깍 소리는 컸다. 꼴깍 소리가 내 기억을 빠르게 회전시켰다.

엄마 뱃속에 있을 때였다. 무엇인가가 쿡쿡 찔러댔다. 나는 흥분하고 엄마 역시 흥분했다.

그와 똑같은 흥분이 나를 흥분시켰다. 그런 다음,

그와 나는 무사히 잤다. 남들이 하는 것처럼 그렇게.

아침, 그가 나를 흔들어 깨웠다.

"저… 댁은 누구세요?"

그의 얼굴은 백지였다. 점 하나, 얼룩 하나, 먼지조차 내려앉지 않은 백지.

큭, 멋져버려라. 짐작은 했지만 이렇게 기똥찬 인사를 받게 될 줄은 정말 몰랐다.

나는 그의 목을 두 팔로 감고 입을 맞췄다. 그는 이런 경험이 별로 없었던지 나를 조심스레 떼어놓았다. 아직도 감이 잡히지 않는다는 얼굴이었다. 나는 그런 얼굴이 왜 또 그렇게 당기는지, 계속 웃어대며 그를 이부자리에 쓰러뜨렸다.

"내가 누구냐고? 당신의 신부! 우리 어젯밤 결혼했잖아요!"

그는 미심쩍다는 듯, 그러나 긍정적인 고갯짓으로 끄덕였다. 아이, 귀여워라. 나는 그의 코를 비틀며 다시 한 번 입을 맞췄다. 그는 비로소 실감이 나는지 일어나려는 나를 쓰러뜨렸다. 키키키, 우리는 또 한 번 자고야 말았다.

연봉이 빵빵한 나, 출근 준비를 서두른다.

나는 집을 나서며 그에게 몇 번이고 같은 말로 당부한다.

"내가 올 때까지 집에서 한 발짝도 나가면 안 돼요 알았지?"

그가 빙긋 웃으며 고개를 끄덕였다.

나는 그를 위해 산 만화책을 낑낑 안아다 그의 앞에 놓으며 말했다.

"내가 올 때까지 이거 읽고 있어요 알았지?"

그가 또 빙긋 웃었다. 허허도 아니고 하하도 아닌 빙긋. 아무나 흉내 낼 수 없는 빙긋. 내가 감쪽같이 홀리고 그 미소를 본 사람이라면 다 홀릴 빙긋. 혼자 보기엔 아깝지 뭐야. 무형문화재로 신청해도 되겠는 걸? 대충 그런 생각까지 들었다는 거지.

나는 버스를 타고 가면서 그와의 첫 만남을 떠올린다.

회사 일을 프로젝트로 맡아하는 모 대학 연구실에 들렀다 나오는 길이었다.

나는 그 연구실을 들를 때마다 어쩐지 병원이 생각났다. 우리가 알고 있는 병원이란 의사와 환자, 질병과 치료, 이런 개념이 응축된 곳이다. 내가 일주일에 한 번 들르는 모 대학 연구실은 병원이 아니다. 병원이기는커녕 최첨단 산업에 필요한 컴퓨터와 그에 따른 연구와 실험을 하는 곳이다. 그곳에선 하드웨어와 소프트웨어의 개발은 물론, 각종 센서와 자동화시스템의 적용과 오류에 관련된 데이터 관리, 원격중앙감시제어 등을 맡아한다. 그런데도 나는 그 연구실에 갔다하면 어쩐 일인지 병원에서 주사를 맞으려 기다릴 때처럼 두려움이 일었다.

담당 교수와 몇 마디를 나눴다. 내용은 별 것도 아니었다. 그저 잘 지냈냐는 말과 회사 일을 묻거나 대답하는 게 전부였다. 매 주마다 이것 참 고달파라. 그래 그런지 얘기 도중이년 나도 모르게 깜박 졸기 일쑤였다. 교수의 말은 너무나 따분해서 수면제 더하기 마취제였다. 재미없는 대화 때문인지 뭔지 그곳에 있다 나오면 머리가 아팠다. 두통도 교수의 말만큼이나 짜증스러운 두통이었다. 쿡쿡 쑤시는 것도 아니요 욱신거리는 것도 아니요 지근지근 밟히는 느낌이랄까 뭐 그랬다.

두통약을 사러 약국으로 들어갔을 때였다. 내 옆으로 한 남자가 다가왔다. 이 남자, 내 눈을 사로잡았다. 키는 훤칠한데 분위기는 완전 헌 이불이었다. 못생기긴 했지만 좋은 체격이었고 한쪽 눈은 속 쌍꺼풀이, 다른 쪽 눈은 그마저 없이 밋밋했다. 세수는 한 일주일쯤 하지 않았나? 수염 역시 일주일쯤 자라면 저 정도겠지 할 만큼 자라있었다. 머리칼은 제법 긴 것이 서너 달은 족히 미용실 혹은 이발관에 가지 않은 게 틀림없었다. 떡 진 머리칼에선 금세라도 기름이 뚝뚝 떨어질 듯했고, 옷으로 말할 것 같으면 한 철을 내리 입었는지 꼬질꼬질했다. 먼데서도 고약한 냄새가 풀풀 날 것 같았는데 신기하게도 끌렸다.

약사가 내게 두통약을 줬다. 나는 약국에 비치된 생수통에서 물을 받아 두통약을 삼켰다. 내가 그러는 동안 그는 약사에게 파스를 달라고 했다. 그가 파스 한 통을 받아들고는 고개를 갸웃거리며 나갔다.

나는 회사로 들어가야 했기에 버스 정류장으로 갔다. 그가 바로 내 앞을 걸어가고 있었다. 그는 버스 정류장에 서더니 연신 고개를 갸웃거리며 파스 곽을 이리 보고 저리 보았다. 그가 한동안 뭔가를 잔뜩 망설이는 듯하더니 파스 곽에서 파스 한 장을 꺼냈다. 그는 파스 한 장을 이리저리 살펴보고 만져보더니 문득, 나를 돌아봤다. 도저히 짐작이 가지 않는 눈빛이었다.

나는 한동안 어정쩡하게 있다 눈빛의 뜻을 알아차렸다. 도와주시오~.

나는 그의 손에서 파스를 빼내 비닐 팩을 떼어 주었다. 그의 입가에 빙긋, 웃음이 떠올랐다. 아무 것도 들어있지 않은 빙긋. 나는 그 웃음에 덜덜 떨게 반해버렸다.

그는 내가 준 파스를 또 고개를 갸웃거리며 보기만 했다.

나는 불같은 호기심이 불같이 일었다.

"어디가 불편해서 이걸 샀나요?"

그는 맹한 눈으로, 좋게 말하면 천진함과 낭만이 반죽된 눈으로 파스를 보는가 싶더니 눈 깜짝할 사이 이마에 탁 붙였다.

어어어어어… 장난하나? 나는 웃음이 터지려는 걸 참아가며 말했다.

"이마가 결리세요?"

그는 예의 고개를 갸웃거리며 머리를 긁적였다. 남자들이 멋쩍을 때면 단골로 하는 제스처.

그는 잠시 머리를 긁적이다, 배를 쓱쓱 훑다, 이마를 손바닥으로 탁탁 치다, 혼잣말을 했다.

"배가 아파. 배가 고파."

짐작이 갔다. 그는 배가 고팠고, 배가 고프니 아프다고 느꼈고, 아프니까 파스라도 붙이려고 했던 것이다. 이런 추측은 그가 파스를 이마에 붙였던 것만큼이나 신선하다고 생각한다. 오우, 신선.

버스가 왔다. 그는 이마 한가운데에 허연 파스를 붙인 채 버스를 탔다. 나는 그런 그가 무지 슬퍼보였고, 행복해보였고, 안쓰러워보였고, 부러웠다.

나는 회사도 뒷전으로 한 채 그를 따라 버스에 올랐다. 운전기사며 사람들이 그와 파스를 흘깃거렸다. 큭, 저 당혹해 하는 눈빛이라니, 완전 감동이야.

그가 빈자리에 앉았다. 그는 아무리 봐도 생각이나 느낌이 없는 사람처럼 보였다. 그게 또 그렇게 마음을 끌 수가 없었다.

그가 차에서 내렸다. 나도 뒤따라 내렸다. 그는 비실비실 가는가 싶더니 멈칫 섰다. 또 몇 발짝인가를 가는가 싶더니 섰다. 그는 미행자가 있나 없나 확인하려는 폼이랄까, 그런 식으로 가다 서다를 반복했다. 그럴 때마다 그는 고개를 좌우로 갸우뚱거리기도 하고 길 양쪽이며 골목 저 끝을 보기도 했다.

그가 골목 어귀 구멍가게 앞에 섰다.

가게에서 아줌마가 나와 말했다.

"또 집을 잊어뿐졌구만. 저기 아녀 저기! 저기 외등 바로 앞에 있는 뺄건 철대문집 말이여. 잊어뿐지기 전에 얼렁 가. 싸게싸게 달려가라고!"

가게 아줌마가 그의 등판을 철썩 때렸다. 그는 그 힘에 떠밀리듯 싸게싸게 달려갔다.

나는 그 모습을 보자 사랑에 빠지고야 말았다. 왜 파스를 샀는지도 모르고, 파스를 어디다 붙이는지도 모르고, 머리를 감는 것도 모르고, 옷을 갈아입는 것도 모르고, 집이 어딘지도 모르는 사내. 기억을 붙들지 못해 아무 것도 하지 못하는 사내. 얼마나 사랑스러운지.

나는 회사에서도 집에서도 그를 생각하느라 뭐 하나 제대로 하지 못했다. 어그그~ 짝사랑에 빠진 거였다. 짝사랑은 외사랑, 외사랑은 외로운 것. 나는 별로 외롭고 싶지 않았으므로 그를 찾아나섰다. 약국과 버스 정류장과 구멍가게와 그의 집 근처를 계절이 바뀌는 줄도 모르고 싸돌아다녔다.

나는 구두 밑창이 닳아 새 구두로 바꿔야 할 때쯤 그를 찾아냈다. 계절까지 헌납하며 발품 했으니 살콤 보기만 하면 억울하지.

나는 그를 보자 납치하다시피 공원으로 데리고 갔다. 그를 만나기만 하면 결혼해버려야지 생각했던 그대로, 결혼을 해버렸다.

*

나는 버스에서 내려 회사로 간다. 이놈의 직장은 돈을 준답시고 사람을 끝도 없이 부려먹는다. 내 일과는 무관하게 개발팀이며 전략사업팀이며 기획팀, 인사팀이 할 일까지 물어본다. 그것도 까마득한 때의 데이터베이스까지 말이다. 그런데 말이지, 유감스럽게도 말이지, 나는 복잡한 숫자와 설계까지 척척박사로 토해낸다.

회사는 내가 한 일은 무슨 취미였다고 생각하는지 신제품이 나오면 소비자를 제쳐두고 흥흥 콧방귀를 뀐다. 신제품은 언제 나오느냐고, 지금 것은 구닥다리라고 개발팀을 닦달한다. 개발팀은 얼씨구나 나를 볶아치는 것으로 회사를 대신한다. 회사도 이런 단계를 밟는다는 것쯤은 넉넉히 알고 있을 것이다.

내 기억은 튼튼한 바리케이드처럼 끄떡없다. 잘릴 염려가 없는 건 다행이라 치고 그 기억이라는 녀석이 차곡차곡 쌓이는 게 문제다. 연봉이 점점 두터워지는 이유가 여기에 있다. 한 번 보면 절대 잊지 못하고 하나하나 벽돌 쌓기로 쌓아지는 기억력. 시간이 없어도 시간 좀 내서 생각해 보라. 한 번 본 것이 절대 잊히는 법 없이 생각날 때의 그 고통을, 그 처절한 꼬락서니를.

회사 사람들은 이런 나를 사전 또는 지식 창으로 여긴다. 자기네들끼리 있을 땐 나를 지칭해 리멤버라고 속닥이기도 하고 줄여서 알이라고 부르기도 한다. 그 사실을 나라고 왜 모를까. 모른 척할 따름이지.

어제만 해도 그렇다. 부장은 파일을 열어볼 생각도 않고 (물론 귀찮기야 하겠지만) 나부터 찾았다.

"재작년 이집트에서 수주한 게 총 얼마지?"

나는 머뭇거림도 없이 얼마라고, 끝에 붙은 십 원까지 말했다. 부장의 입이 헤 벌어졌다. 다시 부장의 질문.

"작년 회사 창립기념일 때 말이야, 우리 부서 단합대회에 할당된 금액이 얼마였지?"

나는 얼마라고, 만 원 단위까지 거침없이 대답했다. 부장의 입이 또 헤.

부장만 그렇게 물었다면, 딱 두 개만 물었다면 나도 참을 수 있다. 부장이 그러니까 나도 해보자는 건지 다른 사람들도 내 업무와는 무관한 이야기를 아무 가책도 느끼지 않고 물어봤다.

"지난 번 박 과장 집들이 간 날이 무슨 요일이었지?"

"총무과 한 대리가 입사한 게 몇 년 몇 월 며칠이었지?"

"24기 연수생 중 제일 성적이 좋았던 게 누구지?"

"그러니까… 내 결혼기념일이 언제였더라?"

"아랍어로 너랑 일 해먹기 구리다는 말은 어떻게 하지?"

정말이지 저렇게 나오는 인간들하곤 구려서 일하기 싫다. 묻기만 하면 그 자리에서 톡톡 튀어나오는 답이 있다 해도 그렇지 어쩌자고 저 작자들은 나를 이용해먹지 못해 안달할까. 마우스를 잡거나 이 사람 저 사람을 찾아다니는 수고가 괴로워서 그렇다면 약간 이해해 줄 수도 있다. 하지만 그건 아니다. 그저 장난질이 치고 싶은 것이다. 에이, 신경질 나서 못 해먹겠다.

나는 기어이 사표를 내고야 만다. 부장이 이유를 묻는다. 나는 빙긋, 그의 웃음을 흉내 내며 대답한다.

"결혼을 했답니다."

사표가 반납된다.

"우리 회산 능력을 치지 기혼인가 미혼인가는 따지지 않아. 자네 같은 인재가 퇴사를 하겠다니 말이 돼? 그리고 결혼은 언제 소리 소문도 없이 했어? 부조금이 안 나가서 좋긴 한데 너무한 거 아냐? 군말 말고 계속 일이나 해."

사람들은 내 고충을 모른다. 어려서 읽은 파브르의 곤충기에서 쇠똥구리가 어떻게 쇠똥을 굴려 어디다 써먹는지를 기억하는 것은 물론, 완두콩의 각지가 불룩해질 5월 하순에는 완두바구미가 알 낳는 일을 마친다든지, 자벌레의 발의 개수며 담쟁이덩굴의 길이며 꽃 색깔, 개화 시기까지, 핵이 융합되는 과정에서 질량과 에너지의 산출 공식도 기억한다. 공부를 해서 아는 건 아니다. 한 번 보거나 들은 건 절대 까먹지 않는 이 기억력이 사고뭉치다.

기억력이 왜 고충이며 사고뭉치냐는 사람들은, 배부른 소리 작작하라는 사람들은, 기억에 좋다는 보약은 물론 첨단 기기까지 총동원하는 마당에 자랑질이 하고 싶어서 그런다는 사람들은, 그렇게 말하지 마라. 아니, 해도 상관하지 않겠다.

아까도 말했다시피 내 기억에는 에러라는 게 없다. 틀리거나 잊는 사고가 단 한 번도 없었다는 뜻이다. 고충은 또 있다. 밥을 먹으면서 때론 길을 가면서, 혹은 누군가와 대화를 하는 중에도 저장된 기억들이 불쑥 불쑥 떠오른다. 분위기가 생길 리 만무요 제대로 된 정서가 마련될 리 만무다.

나는 노래도 듣고 싶고 책도 읽고 싶고 영화도 보고 싶다. 하지만 그 어떤 것도 할 수 없고 하지 못한다. 보는 족족, 듣는 족족, 모든 게 입력되니 나는 내 맘대로 사는 게 아니라 보고 듣는 정보에 구속되어 사는 셈이다. 거기다 회사라는 데는 내가 하는 일과는 별개의 것들을 끊임없이 묻고 또 묻는다. 기억력 테스트를 방불케 할 질문들이나 하고 있으니 직장을 때려치우고 싶을 수밖에. 이래도 할 말이 있는가.

부장이 사표를 북 찢어 쓰레기통에다 던진다.

"며칠 쉬었다 나오고 싶을 때 나와. 퇴사는 꿈도 꾸지 마."

직장을 못 잡아 대인기피증에 걸린 사람들은 내 사표에 가래침이라도 뱉고 싶을 것이다. 사표를 종용 받는 시절에 반납 받다니, 며칠 쉰 다음 나오고 싶을 때 나와도 된다니, 이거야말로 약 올리는 말이 아니고 무엇일까. 죄송하지만 여태 한 말을 재탕하긴 싫으니 가래침을 택하겠다.

나는 사표를 거절당한 채 내 자리로 돌아온다. 나를 기다리고 있을 그이가 그 어느 때보다 그리워진다. 회사를 관두고 그이와 함께 뒹굴뒹굴 어슬렁어슬렁 있을 걸 생각하면 회사에 있는 단 십 분이 아깝다.

다음 날, 나는 회사에 나가지 않는다.

나는 그이와 함께 이불을 끼고 레슬링도 하고 눈곱이 낀 채 밥도 먹는다. 단, 텔레비전이나 만화책, 글자나 영상이 나오는 것은 뭐가 됐든 하지 않는다.

그이와 노는 일은 끔찍할 정도로 행복하다. 꼴꼴하게 냄새나는 그이의 옷에 군침이 돈다.

"여보야, 우리 게임할까? 어떤 게임인가 하면 알아맞히기 게임이야. 내가 뭔가를 물어보면 여보야가 대답하는 거야. 여보야가 대답을 못하면 여보야는 여보야의 옷을 벗는 거야. 어때 재미있겠지?"

그이가 빙긋 웃는다.

나는 그이에게 질문을 던진다.

"여보야가 나온 초등학교 이름이 뭐 게?"

그이는 고개를 갸우뚱하며 아랫입술을 빤다. 나는, 모르는구나? 모르는구나? 해가며 재빨리 그의 티셔츠를 벗긴다. 그이는 러닝 바람이 된다.

나는 그이의 티셔츠를 입으며 또 묻는다.

"여보야가 나와 결혼식 올린 게 어디 게?"

그이는 또 갸우뚱, 아랫입술 빨기. 이번에도 나는, 모르는구나? 모르는구나? 해가며 그이의 러닝을 벗긴다. 그이의 윗몸은 알몸이 된다. 자잘한 소름이 팔뚝에 목덜미에 돋는다. 큭, 재미지기도 해라.

나는 그이의 러닝을 티셔츠 위에다 덧입으며 조금은 쉬운 질문을 한다.

"좀 전에 먹었던 게 뭐 게?"

그이는 눈만 끔벅끔벅. 요래 사랑스러울 수가! 나는 점점 신이 난다. 그이의 바지를 벗겨 내 바지 위에 입는다. 그이는 팬티 바람이 된다. 그이의 허벅지로 오돌오돌 소름이 돋는다.

나는 그이의 소름을 손바닥으로 쓸어가며 나로선 아주 중요한 질문을 던진다.

"내가 누구게?"

그이는 끔벅끔벅 갸우뚱, 또 끔벅끔벅 갸우뚱. 그이는 끔벅끔벅 갸우뚱이 미안했던지 내 얼굴에 자신의 얼굴을 닿을 듯이 대고 본다. 그래봐야 끔벅끔벅 갸우뚱.

내가 힌트를 준다.

"아는 여자 중 한 사람, 여보야가 제일 좋아하는 여자, 여보야를 제일 좋아하는 여자, 이 게임이 끝나면 여보야가 제일 좋아하는 게찜을 해줄 여자. 이게 누구게?"

그이는 마지막 말, 여보야가 제일 좋아하는 게찜이라는 말에 빙긋 웃는다. 그 정도쯤이야 다 안다는 듯, 지금까지 능청을 떤 것뿐이라는 듯, 내 입술을 손가락으로 콕콕 찌르기까지 한다.

결국은 모른다는 뜻이다. 나는 그이의 태도가 미치게 마음에 든다. 나는 큭큭 숨넘어가게 웃으며 그이의 팬티를 벗겨 그이의 바지 위에 입는다. 그이는 완전 알몸이 된다.

"나는야 여보야의 누나지롱~ 엄마지롱~ 메롱!"

나는 말을 하며 그이의 알몸을 덮친다. 그이가 벌렁 자빠진다. 나는 그이의 배에 올라타고선 손뼉을 치며 노래를 부른다.

날 찾아오신 내님 어서오세요 당신을 기다렸어요 라이라이야~ 어서
오세요 당신의 꽃이 될래요 어디서 무엇하다 이제 왔나요 당신을 기다
렸어요 라이라이야~ 어서오세요 당신의 꽃이 될래요

어쩐지 구슬프다. 찰랑찰랑 흔들흔들 가볍기만 한 음조가 어째
이리 슬프기만 할까. 기어이 눈물 한 방울이 톡, 떨어진다. 그이는
이런 나를 멀뚱히 보는가 싶더니 눈물을 닦아준다. 눈물을 닦아주
니 욕심이 생긴다.

"여보야, 이 노래 나한테 불러줄래요? 불러주라."

그이는 나를 멀거니 보기만 한다. 나는 기분 전환이 급하게, 강
하게 필요해진다. 나는 그이의 손을 잡아 일으킨다.

"우리 산책이나 갑시다. 산책하다 배고프면 핫도그나 스파게티,
아님 순대, 아님 피자 먹읍시다. 자, 자, 빨리 나가십시다!"

그이와 나는 결혼식을 올렸던 공원 벤치로 간다. 평일이며 대낮
이라 그런지 무드를 팍팍 내며 식을 올렸던 때와는 분위기가 다르
다. 나는 그이의 손을 꼬옥 잡고 공원을 한 바퀴 돈다. 이른 봄의
공원은 공원이 되기엔 아직 을씨년스럽다.

내가 돌을 막 지난 그때도 을씨년스러웠다.

엄마는 엄마가 짠 분홍색 스웨터를 내게 입힌 후 공원으로 갔
다. 이른 봄의 바람이 공원을 쌩하니 돌아다녔다. 엄마는 나를 안
고 벤치로 갔다. 가느다란 햇빛 한 줄기가 흐리터분한 대낮을 비
추는가 싶더니 숨어버렸다. 내 코는 빨개졌다.

엄마가 벤치 위에다 나를 앉혔다. 그 모습을 지켜보기라도 한 듯 저쪽에서 검정 패딩 점퍼를 입은 남자가 다가왔다. 엄마는 나를 엄마 쪽으로 조금 당겼다. 남자가 내 옆에 앉았다. 나는 엄마와 남자 사이에 끼어 앉은 꼴로 그들의 대화를 들었다.

먼저 엄마가 말했다. 오래 기다렸어요? 남자가 내 머리를 쓰다듬으며 대답했다. 아니. 얘가 니 애란 말이지? 엄마는 나만이 들을 수 있는, 얕은 한숨을 내쉬었다. 그래요. 당신은 어때요? 남자가 대답했다. 나야 뭐 그렇지.

엄마와 남자는 이런저런 얘기를 무난하게 나누었다. 내가 듣기엔 꼴 난 대화였지만 이야기는 그치지 않았다. 나는 꽁꽁 얼었다. 내가 칭얼댔다. 엄마가 나를 안아 엄마 옆, 그러니까 남자를 볼 수 없는 벤치 끝에다 놓았다. 남자는 내가 앉았던 자리로 옮겨 앉았다. 엄마와 남자는 딱 붙어 앉은 꼴로 조금은 형이상학적인 얘기를 본격적으로 진행했다.

엄마 : 당신 생각에 일이 손에 잡히질 않아요. 남자 : 나도 그래. 엄마 : 당신에 대한 기억이 남아있는 한 나는 행복해지지 않을 거예요. 남자 : 나도 그래. 엄마 : 당신을 기억하는 내 머리가 미워요. 남자 : 나도 그래. 엄마 : 당신에 대한 추억이 지금인 것처럼 느껴져요. 남자 : 나도 그래. 엄마 : 당신과 결혼하는 꿈은 영영 접어야 할까요? 이 애가 당신 애라면 얼마나 좋겠어요.

이 대목에서 나는 칭얼대던 울음을 앙앙 터뜨렸다. 그래도 엄마는 나를 내버려두었다. 나는 울다, 울다, 벤치에서 떨어졌다. 그제야 엄마가 나를 안아 일으켰다. 짜증이 다닥다닥 붙은 얼굴이었다.

엄마와 내가 앉았던 벤치, 그이와 내가 결혼식을 올렸던 벤치엔 검정 패딩 점퍼 차림의 남자가 웅크려 누워있다.

나는 그이를 돌아본다. 멀뚱멀뚱. 갑자기 심술이 난다.

"저기 누워있는 저 남자 보이죠? 패서 내쫓아줄래요?"

그이는 누워있던 남자를 잡아 일으킨다. 남자는 잠이 덜 깬 얼굴로 그이를 올려다본다. 그이는 다짜고짜 남자의 멱살을 움켜잡는다. 남자는 어리어리한 눈으로 그이를 보기만 한다. 그이는 남자의 얼굴이며 가슴을 마구 친다. 남자가 윽! 윽! 가슴을 움켜잡더니 벤치에서 도망간다.

나는 그이와 함께 검정 패딩 점퍼가 누웠던 벤치에 앉는다. 음울하기만 하던 봄이 뜨뜻한 열기로 차오른다. 아응~ 평화로워라. 나는 눈을 감고 그이의 어깨에 머리를 기댄다. 생각지도 않게 회사 풍경이 와락 들이친다. 입사 때부터 퇴사 때까지의 일과 대화와 사람이 정확하게 나열된다. 숫자로 빡빡했던 파일도 모조리, 또렷이, 소수점까지 생각난다. 에이, 화딱지 나. 눈을 뜬다.

눈앞엔 숫자나 파일 대신 벤치에서 쫓겨났던 남자와 경찰관이 나란히 서 있다.

경찰관이 그이와 내게 묻는다.

"이 사람을 폭행했습니까?"

그이는 멀뚱멀뚱. 나도 멀뚱멀뚱. 맞았던 남자가 거품을 물며 자신의 얼굴을 가리키다 점퍼를 벗어 가슴팍을 열어 보이다 한다.

경찰관이 다시 그이에게 묻는다.

"이 사람을 폭행했습니까?"

나는 그이에게 묻는다.

"저 사람 본 적 있어요? 때린 적 있어요?"

그이는 고개를 갸우뚱 또 갸우뚱.

경찰관이 내게 묻는다.

"옆에 계신 분과는 어떤 사이이십니까?"

나는 모르는 사이라고 대답한다.

경찰관은 의심쩍어하는 눈빛을 노골적으로 드러내며 그이에게 묻는다.

"이 여자 분과는 어떤 사이이십니까? 아는 사이 아닙니까?"

그이가 나를 돌아본다. 생전 처음 보는 듯한 눈길, 그 눈길을 보는 사람은 다 믿어버리고 나도 믿어버릴 눈길.

그이는 모르는 사람이라고 대답한다. 경찰관은 그이의 말과 눈빛을 믿을까 말까 십 초쯤 망설이더니 맞았던 남자를 돌아본다.

"댁이 저 사람한테 맞았다는 걸 증명할 수가 없습니다. 증인을 대던지 증거가 될 만한 자료를 찾아오세요."

경찰관이 간다. 매를 맞았던 남자도 간다.

나는 그이에게 묻는다.

"내가 누군지 알아요? 본 적이 있다는 것도 알아요?"

그이는 고개를 갸우뚱하더니 모른다고 대답한다. 아웅~ 신나라. 나는 그이가 샘이 나게 예뻐서 숨이 넘어간다.

내 기쁨을 시샘이라도 하듯 전화가 온다. 회사다. 일주일이면
쉴 만큼 쉬었을 테니 나오란다. 전화를 끊기 무섭게 내 기억의 모
터가 쌩쌩 돌아간다.

*

내가 엄마 뱃속에서 육 개월 세 시간 이십육 분 십구 초, 딱 그
시점에 있었을 때 아빠는 말했다.

"당신 뱃속에 있는 아이는 천재일 거야. 당신의 천재적인 기억력
과 나의 천재적인 기억력이 곱하기로 만들어질 테니 안 그렇겠어?"

아빠의 말은 맞다. 나는 초등학교 때부터 대학교를 졸업할 때까
지 백 점과 일등을 놓쳐본 적이 없다. 전국에서 수능 점수 최고를
기록했으며 대한민국 최고의 대기업에도 일등으로 들어갔다. 걱
정할 그 무엇은 없다. 다만 괴물이라는 별명을 달고 살았던 것만
빼면 그럭저럭 괜찮았다.

회사에 나왔지만 미적 감성은 제로다. 점심시간에 클래식이 나
온다. 저 곡은 누구의 곡이며, 누가 연주했으며, 몇 악장엔 어떤
악기가 주로 나오며, 몇 분 연주며, 지휘자의 이력과 사생활까지
훤하다. 하지만 곡에 빠져들지는 못한다. 그림도 마찬가지. 누구

의 그림이며, 언제 그렸으며, 어디를 배경으로 어떤 모티프에 의
해 그렸으며, 위작은 몇 개나 되는지 다 꿴다. 그러나 그림 속으로
들어가지는 못한다. 영화도 마찬가지.

사람들은 이런 나를 부러워하며 칭찬한다. 이유는 오직 하나,
연봉이 세다는 것.

일주일 만에 나왔어도 달라진 건 없다. 내 업무는 기억의 저장
고를 뒤지고 팀원들은 쓸 데 없이 물어보는 것으로 입담을 대신한
다. 그럴 때마다는 나는 두 가지가 생각난다. 내가 하는 일은 다른
무엇이 아니라 잡다한 말을 들어주고 그에 따른 정보를 알려주는
것. 또 하나는 그이가 보고 싶어진다는 것.

텔레비전을 틀어주고 나왔지만 그이는 단 한 편의 드라마도 뉴
스도 개그프로도 기억하지 못할 것이다. 보는 대로 그 자리에서
빠져나가는 망각의 힘은 내 기억의 힘보다 월등하다.

내가 기억의 중심에서 헐떡이는 것에 비해 그이는 여유만만이
다. 나는 천하태평인 그이에게 내 연봉의 전부를 쓴다. 나와 살아주
는 것만도 행운인데 연봉쯤이야. 그이가 짜릿하게 보고 싶어진다.

나는 일주일을 휴가 보낸 턱으로 점심을 사기로 한다. 무얼 살
것인지 어디로 갈 것인지 묻던 사람들이 패밀리 레스토랑을 씹는
다. 그래, 가자. 패밀리 레스토랑에 가서 우리가 패밀리인 것을 과
시하자.

패밀리 레스토랑으로 가는 길, 부장이 내 옆으로 다가온다. 심
심풀이 땅콩 까먹는 얘기가 시작된다.

"작년에 회사 홈피에다 회사 비판하는 글 올렸던 사람이 누구였지? 사장님이 용기 있는 사람이라고 칭찬하더라고. 그런 사람이 많아야 회사가 발전한다면서 부상으로 유럽여행을 주겠다는 말이 돌아. 그 사람 혹시 누군지 아나?"

나는 마케팅팀 아무개라고 일러준다.

부장이 고개를 끄덕이며 질문한다.

"우리 부서에서 지각 젤 많이 한 사람이 누구지? 송 차장인가? 그 사람 집에 무슨 일 생긴 거 아냐? 은근히 걱정이 돼. 내가 도와줄 일이면 도와주려고 하는데 무슨 소리 들은 거 없어?"

송 차장이라면 지각 한 번 없고 늦게까지 일하며 가정파이기로 유명세를 떨치는 사람이다. 부장은 이제 늙다리가 되어 가는지 나를 믿어서 그런지 기억이 점점 엉망이다. 나는 송 차장이 아니라 배 아무개 대리라고 말한다.

부장이 내 어깨를 툭툭 치며 말한다.

"난 자네 없음 젬병이라니까. 괜한 사람 도와줄 뻔했네. 나한테 아들 놈 하나만 있었어도 자네를 며느리로 삼았을 건데 참 아깝단 말이야."

부장은 내가 결혼했다는 것마저 잊어먹은 모양이다.

부장이 하품을 쩌억 하더니 눈을 비비며 또 말을 시킨다.

"재작년 전산팀하고 총무팀하고 축구시합 했을 때 말이야, 공을 제일 많이 넣었던 게 누구지? 왜 이사님보다 더 많이 넣었던 친구 말이야. 실력이 참 대단해. 이사님이 그 사람을 주축으로 축구부를 만들고 싶다는군.”

부장의 말은 아직 끝나지 않았다.

“한 달 전인가… 홍보팀 회식 끝나고 대리 불렀을 때 말이야, 신입 하나가 팀장 제치고 타고 갔다던데 그 사람 이름이 뭐였지? 배경이 빵빵한 집 아들이라 건들면 안 된다는 소문이 자자해. 조심해야겠어.”

부장의 말은 계속 이어진다. 심하게 말하면 꼬리를 살랑살랑 흔들며 알랑방귀를 뀔 때처럼 말한다. 자신의 아이들은 원어민 영어 과외를 시키고 있다는 둥, 자네처럼 머리가 좋다면 과외 같은 건 시키지 않아도 될 거라는 둥, 장모가 차를 바꿔주겠다는데 어떤 차가 좋겠냐는 둥, 아내가 생일선물로 이 캐럿짜리 다이아몬드 반지를 사달라는데 어이가 없다는 둥, 이런저런 잡다한 얘기를 패밀리 레스토랑 입구에 도착할 때까지 한다. 참으로 수다스러운 부장 같으니라고.

드디어 패밀리 레스토랑.

여직원이 사뿐 다가와 무엇을 주문할 것인지 묻는다. 부장은 메뉴판을 보더니 프리미엄 스테이크를 시킨다. 과장은 보통 스테이크를 시키고, 팀원들은 부장과 과장을 할끔 보다 나를 보다 하더니 런치 메뉴를 시킨다.

여직원은 사람들이 말하는 걸 작은 종이판에다 적어가며 묻는다.

“에피타이저는 하시겠습니까 안 하시겠습니까? 음료는 어떤 걸로 하시겠습니까? 오렌지 콜라 아이스티가 있습니다. 디저트로는 무엇을 하시겠습니까? 아이스크림과 치즈케이크가 있습니다. 아이스크림에는 초콜릿시럽과 휘핑크림이 있는데 다 얹어드릴까요 하나만 얹어드릴까요? 아니면 그냥 드릴까요?"

나와 우리 팀원들은 어떤 걸 어떻게 하겠다고 말한다. 여직원은 종이판에다 일일이 적어가며 묻는다.

"추가주문은 없으십니까? 없으시면 주문하신 내역을 확인해 드리겠습니다."

여직원은 종이판에 적었던 내용을 빠짐없이 읊는다. 팀원들이 여직원과 나를 번갈아보며 픽 웃는다. 지금 R 앞에서 재롱피우냐?

스테이크도 음료도 잘 먹고 계산할 차례.

여직원이 계산서를 내밀며 말한다.

"결제카드는 어떤 걸로 하시겠습니까? 할인이 되시는 멤버십 카드로는 S카드가 15% 할인되시구요, H카드는 20%가 할인되시구요, O카드는 20%가 할인되시구요⋯."

나와 팀원들은 여직원의 말을 건성으로 듣는다. 어느 카드가 몇 퍼센트 할인되는지, 누가 무얼 먹었으며 가격이 얼마 나오고 할인이 얼마 되는지, 모든 건 내가 알기 때문이고 그런 사실을 팀원들도 알기 때문이다. 이런 건 절대 즐거운 일이 아니다.

나는 지갑을 연다. 칸칸이 들어찬 신용카드들 중에서 S카드를 뽑는다. 이 카드를 마지막 썼던 때는 지난 달 십칠 일 오후 일곱 시 삼 분 신촌에 있는 백화점에서다. 구두를 십구만 오천 원에 샀으며 결제일은 이십 일이고 그에 따른 적립금은 얼마나 되는지 생각난다. 다른 카드들 역시 언제 어디서 무엇을 얼마에 샀으며 총 결제 금액이 얼마가 되는지, 가맹점마다 적립금은 몇 퍼센트가 되는지 줄줄이 떠오른다.

그뿐이면 걱정할 게 없다. H카드로 청바지를 살 때 매장 여직원의 아이세도우 색도 생각난다. 모자 가게에서 야구 모자를 살 때 매장 아줌마의 와인색 블라우스도 떠오른다. 앞서 걷던 여자의 어깨에 금세라도 떨어질 듯 매달려 있던 노란색 머리칼도 눈앞에서 보는 것처럼 보인다. 나, 왜 이 모양일까. 그이가 무척이나 부럽고 아롱아롱 보고 싶어진다.

점심을 먹고 회사로 돌아온다. 다시 빤한 질문이 빤하게 이어지고, 빤한 기억이 빤하게 떠오른다. 참신한 기획안을 내놓지 못해 상사에게 야단을 맞는 사람들이 존경스러워진다. 빨리 퇴근 시간이나 돼라. 집에 가서 여봐란 듯이 그이와 산책도 하고 짓궂은 장난도 칠 테다.

*

하루가 지난다는 게 겁이 난다. 기억이라는 놈은 지나간 만큼 새어나가는 게 아니라 그만큼 늘어난다. 더하기 더하기가 계속되면 나는 무엇이 될까. 지독히도 우울해진다.

문을 열고 집으로 들어간다.

"여보야! 여보야가 왔어요!"

그이는 어디에 있는지 보이지 않는다. 화장실, 베란다, 이 방 저 방을 열어본다. 그이는 숨바꼭질이라도 하려는지 나타나지 않는다.

밖으로 나가 아파트 입구며 주차장이며 곳곳을 돌아다닌다. 가슴이 서서히 내려앉는다.

차도로 나간다. 그이는 버스 정류장에도 보이지 않는다. 공원으로 가본다. 컴컴한 공원을 이리저리 뒤진다. 그이의 종적은 묘연하다. 공원 화장실로 가본다. 화장실 건물 구석진 곳에서 신음소리가 난다. 그이는 피투성이가 된 채 땅바닥에 구겨 박혀 있다.

그이를 잡아 일으킨다.

"여보야! 여보야가 왔어요. 눈 좀 떠 봐요. 대체 왜 이렇게 된 거야? 어느 놈이 우리 여보야를 이렇게 한 거야?"

그이는 퉁퉁 부은 눈두덩이를 내게로 돌린다. 부은 눈두덩이 속의 눈동자는 어느 때보다 맑고 천진해 보인다. 어떤 놈이 저런 눈을 가진 사람을 반죽음시켰을까.

나는 그이의 눈두덩에 입을 쪽쪽 맞춰가며 누가 이렇게 했느냐고 묻는다.

그이는 신음소리를 내며 들릴 듯 말 듯 말한다.

"댁은 누구신데… 친절하십니다. 감사합니다."

아! 그이는 이 와중에도 내가 제일 좋아하는 말을 하고 나는 그 말에 기뻐 어쩔 줄 모른다.

"여보야, 조금만 참아요. 119를 불러야겠어요. 경찰도. 어떤 놈이 이렇게 했는지 꼭 알아내서 혼을 내주고야 말겠어."

112와 119를 부른다. 공원 가까이에 있던 지구대에서 경찰관이 온다. 경찰관이 그이에게 묻는다.

"언제 누구한테 이렇게 맞았습니까?"

그이는 신음만 내며 고개를 젓는다.

경찰관이 수첩을 꺼내며 다시 묻는다.

"모른다는 겁니까 보지 못했다는 겁니까?"

그이는 또 고개를 젓기만 할 뿐 아무 대답도 하지 않는다.

내가 나선다.

"범인의 키는 일 미터 칠십삼. 얼굴은 둥근형으로 눈썹은 가늘고 코는 뭉툭하고 콧방울은 넓고 입술은 두꺼운 편입니다. 상의는 검정 패딩 점퍼에 하의는 검정 기지바지, 머리칼은 흰머리가 드문드문 섞였고 귀밑까지 내려왔습니다."

경찰관은 내 말을 수첩에 적어가며 가해자를 보았느냐고 묻는다. 나는 보았다고 대답한다. 경찰관은 뭐가 또 못 미더운지 이 사람을 구타하는 걸 보았느냐고 재차 묻는다. 나는 보았다고 대답한다.

사실 본 것은 아니지만 벤치에서 쫓겨난 그 검정 패딩 점퍼의 짓이라는 걸 확신한다. 기억이 없는 사람을 기억해 기어이 패다니 그런 놈이야말로 죽어야 하고, 죽어서도 그이를 짝사랑해야 하고, 짝사랑으로 목말라 죽어야 한다.

내가 씩씩거리는 사이 경찰관이 그이에게 묻는다.

"여보세요, 피해자 분, 성함이 어떻게 되십니까? 신분증 있으면 신분증 좀 보여주십시오."

그이는 눈을 감은 채 끙끙 앓는 소리만 낸다.

내가 경찰관에게 설명한다.

"저 사람에겐 난치병이 있어요. 이름도 나이도 기억하지 못하는 난치병이에요. 신분증 같은 것도 없어요."

경찰관의 눈이 휘둥그레지며 질문이 이어진다.

다음은 경찰관과 내가 나눈 대화를 약식으로 정리한 것이다.

피해자와는 어떤 사이입니까? 아내입니다. 그럼 아내 되시는 분께서 진술해 주신 겁니까? 왜요 그럼 안 되나요? 안 될 건 없습니다만 부부 관계에서의 진술은 액면 그대로 받아들이기엔 주관성이 강하기에 하는 말입니다. 아니 그런 법이 어디 있어요? 아무튼 다른 증인이나 물증 같은 게 있어야 합니다. 그럼 됐어요. 범인 찾는 걸 그만 두겠다는 말씀입니까? 예.

경찰관이 가고 119가 온다. 그이와 나는 구급차를 타고 병원으로 간다.

나는 구급차 안에서 그이에게 속삭인다.

"여보야, 걱정하지 마. 내가 그놈을 기억하고 있으니까 반드시 찾아내 지금 당한 거 그대로 갚아줄 게. 아니 배 이상으로 갚을 거야."

나와는 달리 그이는 내가 한 말 때문이 아니라, 누구에게 맞았는지를 몰라서가 아니라, 맞았다는 사실을 잊은 탓에 여전히 평상

시와 다름이 없다. 나는 그이의 한가로운 얼굴과는 반대로 그이를 때린 자를 찾느라 머리가 뜨끈해진다.

그이를 퇴원시킨 후 온갖 영양소가 들어있는 음식을 준비한다. 인터넷으로 뒤진 영양식과 조리법은 편리할 뿐만 아니라 사실적이어서 좋다. 몇 스푼, 몇 그램, 이상한 소스 같은 것을 나열하지 않아 요리하는 사람을 고민에 빠뜨리거나 위화감을 조성하지 않는다.

스푼이라는 것도 그렇다. 집집마다 숟갈의 크기가 다른데 몇 스푼이라고 하니 이거야말로 비과학적이다. 사과 큰 것 하나, 양파 작은 것 하나, 그런 말도 요리를 망치게 한다. 사과나 양파의 크기가 일정하지 않은데 크다 작다를 무엇으로 정하란 말인지. 몇 그램을 넣으라는 말도 웃긴다. 그램이라고, 수치를 들이밀며 대단히 과학적인 척하지만 그 말만큼 오차가 심한 것도 없다. 습도와 온도에 따라 밀도나 농도가 달라지는데 그때마다 달라지는 무게는 어떻게 하라는 것인지. 더욱이 아주 작은 양의 경우 그램으로 달 수도 없고 달만한 저울을 가진 사람도 드물다. 뭐 요리강습 책을 쓰는 사람이나 티브이에서 요리강습을 하는 전문가야 가지고 있겠지만.

요리하는 도중에도 난관은 있다. 한쪽에선 펄펄 끓어대는 찌게 혹은 나물을 달달 볶고 있는데 그때마다 어느 누가 양념의 그램을 달아 칠 수 있는지. 전문 음식점의 주방을 보면 답이 나온다. 그들은 저울 없이 그램 없이 훌륭한 음식을 만든다. 맛이라는 건 스푼과 그램에서 나오는 게 아니라 손맛이라는, 과학이 증명할 수 없고 넘볼 수 없는 경험에서 나온다.

들뜨다 보니 사설이 길어졌다. 나는 휴가를 내고 그이의 간호에 전심을 다한다. 그이가 빨랑빨랑 일어나 예전처럼 죽이 맞게 놀아주었으면 좋겠다. 엎어치기도 하고 옷 벗기기 놀이도 하고 산책도 하고 생각만 해도 숨이 가쁘다. 산책 소리를 하니 공원과 그이를 때린 자가 생각난다. 무엇보다 산책을 가야겠다.

나는 몸에 좋다는 음식을 부지런히 해 먹인다. 그이가 거뜬해진다. 몸이 비비꼬이고 근질거릴 정도로 그이의 건강은 아주 퍼펙트해진다.

나는 그이와 팔짱을 끼고 공원으로 간다.

*

몇 안 되는 벤치마다 한 두 사람이 앉아 있다. 무엇을 회상하는지 모를 눈으로 어딘가를 보는 사람이 있는가 하면, 적적한 시간을 때우러 나왔음직한 노인 몇이 느릿느릿 걸어 다닌다. 늙은 호두나무 아래에선 커다란 카메라로 조선 초기에 만들어진 돌다리를 찍는 사람도 있고, 동상이 있는 계단을 올라가는 연인도 있다. 아무리 둘러봐도 검정 패딩 점퍼는 보이지 않는다.

나는 그이의 팔짱을 낀 채 돌다리로 간다. 돌다리 아래엔 물은 없고 덤불과 잡초만 무성하다. 복판엔 누군가가 갈아놓았음직한 손바닥만 한 밭뙈기도 보인다. 공원 바깥에서 나는 찻소리가 머리 위로 날아와 부서지며 퍼진다. 모처럼 가뿐한 게 그럴 수 없게 좋다.

나는 그이의 얼굴을 올려다보며 말한다.

"여보야, 고마워. 나랑 살아줘서."

내 말이 끝나기 무섭게 휴대폰으로 문자가 온다.

괴물R니덕에구조조정에서짤렸다잘먹고잘살아라.

알 수 없는 전화번호로 날아온 문자는 그것으로 끝이 아니다.

부장이사장조카였다는것도기억못했냐연봉이아갑다.

다시 문자.

니미씨발니년의기억이얼마나오래가는지오래오래살면서지켜볼거다.

다시 문자.

나를사약먹인니년은가정파괴범!

또 문자.

문자는 알 수 없는 번호와 함께 그칠 줄 모르게 온다. 휴대폰 배터리를 뺀다. 문자들은 전각을 하듯 하나하나 머리에 새겨진다. 머리가 터져나간다.

다시 배터리를 낀다. 온 문자들, 오는 문자들, 문자들이 쉴 새 없이 혓바닥을 날름대며 내 목을 핥으며, 감으며, 누르며, 씹어댄다. 집으로 가야겠다. 아니 회사로 가 봐야겠다.

나는 그이를 집에다 데려다 놓고 회사로 간다.

사무실로 갔지만 내게 말을 붙이거나 아는 척하는 사람은 없다. 언제부터 그렇게 책상과 사랑을 나눴는지 모두 책상에 머리를 박고 있거나 컴퓨터를 보고 있다. 이렇게 무서운 분위기도 있었나.

부장이 아는 척을 한다.

"휴가 날짜가 아직 남았을 텐데 벌써 나왔나? 성실하기도 하지."

나는 아무 말도 하지 못한 채 내 책상 앞에 우두커니 서 있기만 한다.

부장이 슬쩍 다가오더니 작은 목소리로 말한다.

"바쁜 일 없으니까 며칠 더 있다 나와도 돼. 자네 곧 핵심부서로 승진할 거니까 준비하고 있어. 내가 연락하는 날 나와. 그날이 승진하는 날이니까."

부장이 내 어깨를 툭툭 두드리며 사무실을 나간다. 부장이 나갔건만 패밀리 레스토랑에서 패밀리로 밥을 먹었던 사람들은 나를 돌아보지 않는다. 하나같이 돌아보지 않는 것으로 돌아보며 타인임을 선언한다. 묵언 앞에 더 있을 재주가 없다. 슬금슬금 뒷걸음으로 사무실을 나온다.

살갗이 으슬으슬해진다. 뼈가 툭툭 부러질 듯이 아파온다. 머리가 여러 개로 쪼개질 것처럼 흔들린다. 여보야, 나 좀 살려줘. 나는 숨이 턱에 닿게 집으로 달린다.

그이는 내가 틀어준 텔레비전을 보다말고 아무 것도 담겨있지 않은 눈으로 내게 말한다.

"댁은 누구세요?"

나는 그이의 품에 와락 쓰러진다. 그이의 품이 이렇게 푸근했던가. 그이의 말이 이렇게 다정했던가. 나는 그이의 품에 안겨 영영 깨어나지 않을 잠을 잤으면 한다. 그이가 나를 어루만진다. 무엇인가로 가득 찬 내 손길과는 비교할 수 없이 깨끗하다. 그이 속으로 들어가고 싶은 욕구가 참을 수 없게 치민다.

"여보야, 우리 옷 벗기기 게임할까?"

그이의 눈엔 아무 것도 담겨있지 않다.

나는 조급해진다.

"좀 전에 우리가 갔다 왔던 데가 어디게?"

그이의 눈엔 한 점의 바람도 일렁이지 않는다. 나는 그이의 티셔츠를 벗겨 내가 입는다. 그이는 러닝 바람이 된다. 러닝 차림이 예전만큼 상큼해 보이지 않는다.

나는 잔뜩 심호흡을 한 다음 다시 묻는다.

"내가 나가기 전에 틀어놓고 간 게 뭐 게?"

그이의 눈은 결혼식 때 따랐던 생수만큼이나 맑다. 나는 그이의 러닝을 벗겨 티셔츠 위에다 입는다.

나는 그이가 알몸이 될 때까지 묻고 그이는 멀뚱멀뚱으로 대답한다. 예전과 같은 놀이를 하는데도 예전처럼 즐겁지가 않다. 단 것을 많이 먹었을 때처럼 속이 느글거리고 차멀미를 했을 때처럼 메슥거린다.

나는 알몸의 그이를 쓰러뜨린다. 어디선가 문자들이 소리치며 파닥이며 나를 습격한다. 내 머릿속 어딘가가 들썩이며 근질거린다. 바늘로 좃듯 뜨끔거리기도 하고 옴에 걸렸을 때만큼이나 가렵기도 하다.

나는 온몸을 비튼다. 떨며, 몸부림치며, 눈을 부릅뜨며, 그이의 몸에 나를 비벼댄다. 내 몸에 잡혀있던 기억들은 여전히 갑각류의 껍질처럼 들러붙어선 나를 콕콕 찍기도 하고 간질간질 핥기도 한다.

나는 고통을 참지 못해 그이에게 소리친다.

"여보야! 가려워 죽겠어! 나 좀 물어뜯어봐."

그이가 무섭게 이를 드러낸다. 그이의 이는 흥분으로 들썩이고 치근은 황홀감으로 시뻘개 진다. 그이가 나를 깨물기 시작한다.

나는 정신없이 말을 쏟아낸다.

"여기 손가락, 그래 맞아 그렇게 막 깨물어봐. 여기 팔꿈치, 그래 그래 그렇게. 여기 눈, 눈도. 여기 입술, 입술도… 그래, 그렇게 막 깨물어봐.”

그이는 내가 말하는 대로 내 몸 구석구석을 깨문다. 내 살점은 그이의 이빨자국으로 문신이 되고 나는 갈증을 토해내듯 애원한다.

“여보야, 고마워. 지금처럼 계속 그렇게 해 줘. 그럴 수 있지?”

그이는 내 귀를, 볼따구니를, 허벅지를, 발가락을, 자근자근 깨문다. 그이의 이빨을 닿을 때마다 내 안에 자리 잡았던 문자와 숫자와 영상들이 하나하나 낱알로 솟구치며 부서지며 그이의 주름 속으로 들어간다. 나는 설명할 수 없는 기분에 사로잡힌다.

나는 벅찬 감정을 그대로 뱉는다.

“여보야는 최고야!”

그이는 연신 나를 물어뜯어가며 깨문다. 연골로 뒤덮인 내 귀는 그이의 입안에서 오도독 소리를 내며 탄력 좋게 씹힌다. 그이의 입에서 시뻘건 침이 줄줄 흘러내린다. 침은 질긴 거미줄인 양 끊어질 듯 끊어지지 않으면서 턱을 따라 방바닥으로 떨어진다.

그이가 피가 섞인 침을 손등으로 쓰윽 닦는다. 입가로 찐득한 침이 붉게 번진다. 꺼억, 그이가 트림을 한다.

그이는 내가 그만두라고 할 때까지 이 야생의 식사를 멈추지 않을 기세다. 그렇게 되면 나는 어떻게 변할까. 눈을 떠 감을 때까지의 모든 기억이 좌르륵 펼쳐지던 때는 종적을 감추게 될 수도 있다. 내가 제일 좋아했던, 항상 듣기 원했던, 언제까지고 원할 바로 그 말, “댁은 누구세요?” 라는 말을 내 입으로 할 수 있게 될지도 모른다.

이제 내 몸은 하나하나 뜯기고 분해되어 그이 속으로 들어간다. 지금의 나를 찾을 수 없게 될 나, 그이를 빼닮을 나, 나는 새로워질 나를 상상하며 기대한다.

기대가 지나쳤나. 나는 들어서는 안 될 말을 듣고야 만다.

부장이 쩟쩟 혀를 차며 말한다.

"거참! 이번 실험은 실패야. 비록 구조조정에 잘 써먹긴 했지만 R1과의 관계에선 엉망이야. R1! 시시하게 깔짝거리지 말고 완벽하게 제거해! R2의 바코드를 뜯어 먹으란 말이야!"

부장의 목소리가 쨍쨍하게 이어진다.

"R2를 프로그래밍 한 게 누굽니까? 아무리 사람이라지만 감성과 양심을 너무 키웠단 말이야. R1을 처음 만들었을 때도 저런 점이 문제가 돼 기억을 빼버린 거 아닙니까. R2도 R1과 다를 바 없이 만들었다면 투자할 가치가 없습니다. 퇴사를 하질 않나 두통약이나 먹고 자신을 반성하질 않나, 더구나 R1을 사랑하고…. 사람 냄새가 너무 난단 말씀이야. 저러다 다른 인간 로봇마저 오염시킬 수 있지 않겠습니까. 김 교수, 혹시 당신의 욕구를 저 R2에게 집어넣은 건 아닙니까? 우리 회사가 원하는 건 인간 로봇이지 사람이 아니란 말입니다."

부장이 인상을 꽉 쓰며 팔을 어긋나게 낀다. 부장의 말에 모 대학 연구실의 김 교수도 만만치 않게 나온다.

"그럴 리가 있겠습니까. 부장님도 아시다시피 R2는 매주 점검했습니다. R2를 수면시켜 두피 아래에 넣은 칩을 점검하기도 하고 업데이트도 했습니다. 어떤 낌새라도 보였다면 제가 가만히 있었겠습니까. 사실 R1은 지금의 R2보다 기억력이 훨씬 좋았습니다. 그대로 두었다면 R2보다 큰 경제성을 주었을 겁니다. R1의 기억을 제거시킬 때가 생각 안 나십니까? 기억 용량이 초과돼 감성이 생긴 게 아니냐고, 기억과 감성을 제거시키라고 한 것 말입니다. 그거, 회사가 지시한 거지 저희 연구소가 자발적으로 한 게 아닙니다. R2를 R1과 결혼시키면 어떤 반응과 결과가 나오는지 알아보자고 한 것도 회사지 저희 연구소는 아닙니다. 저 R2의 에러라면 실존주의자처럼 자신을 돌아본다는 게 문제겠지만 그거야 우리가 어떻게 이용하느냐에 따라 효용성이 달라지지 않겠습니까. 하여간 이번 실험을 바탕으로 사람도 완벽한 로봇이 될 수 있는지 어떤지 면밀히 검토해 보겠습니다.”

R1이 내 두피 아래에 박혀있던 바코드를 으적으적 씹기 시작한다. 맑음도 천진함도 멀뚱거림도 빙긋도 없이 이기적이기만한 식사.

나는 바코드가 R1의 목구멍으로 넘어가려는 순간, 아직은 남아있는 생각이라는 걸 해본다. 이렇게 으깨지고 뭉그러지면 나는 무엇이 될까. R1처럼 “댁은 누구세요?”를 말하게 될까 다른 R1이 되어 또 다른 R2를 씹어 먹게 될까. 이렇게 생각하는 것도 이미 입력되어있는 프로그램의 일부일지도 모르겠다. 설사 그럴지라도 생각의 한 조각은 여전히 “댁은 누구세요?”를 향해 달려간다.

그것도 잠시, R1이 꿀꺽 나를 삼킨다. ▢

얼음호수

　전동차가 온다, 이모를 떠민다, 이모가 철로로 떨어진다, 전동차가 이모를 밟는다, 이모는 죽는다, 사람들이 모여든다, 뒷걸음질로 도망친다, 온몸이 후들거린다, 식은땀이 흘러내린다, 심장이 터진다.

　생각만으로도 살인은 가능한가. 가능하다면 얼마든지. 배고픔과도 같은 본능으로 얼마든지 가능하다,고 우겨본다.

　이모와 나란히 서서 전동차가 오길 기다린다. 머릿속은 살인으로 수많은 컷을 잡고 있는데 이모는 무슨 생각을 하는 것일까. 혹시 기도라도 하고 있는 건 아닐까.

　이모는 종교나 그 어떤 것에도 마음을 둔 적이 없다. 적어도 내가 아는 바로는 그렇다. 한줌밖에 안 되는 몸피, 언제나 단정하게 빗은 머리, 흐트러짐 없는 옷매무새, 하얀 피부와 온화한 표정은 이모를 곱게 늙은, 바람직한 노인의 상으로 시선을 끈다. 그래서 인가? 이모는 검은색 가방을 들고 교회나 사찰을 나가야 어울릴 듯이 보인다. 어떤 정갈함, 숭고함 같은 것이 늘 종교적인 색채로 떠돈다.

이모를 처음 본 순간 그런 이모가 마음에 들었다. 아니, 들지 않았다. 아니, 들었다. 연세에 비해 깔끔해서 마음에 들었고, 그래서 마음에 들지 않았다,면 나쁜 년이 되려나. 아니, 죽일 년이 되려나. 이모를 죽이고 싶다.

전동차가 온다. 이모는 두 손을 모아 잡고 내 옆에 조용히 서 있다. 점점 굽어가는 허리를 반듯이 펴고 평온한 얼굴 그대로 저기 어디쯤인가를 바라본다. 이모는 무엇을 보고 있을까.

이모의 팔을 잡는다. 살보다는 뼈가 잡힌다. 애잔함 비슷한 감정이 짧게 인다. 그리곤 멈춘다. 그리곤 다시 격렬하게 살인에 대한 생각으로 돌아선다. 이모를 죽이고 싶다는 것은 사실인가? 의문은 사절.

전동차가 바람을 몰고 이모와 내 앞을 스쳐간다. 바람이 질긴 생명만큼이나 모질다. 저 바람을 한 손에 움켜잡아 그 속을 들여다보면 무엇이 나올까. 어찌하여 바람이 됐는지, 무슨 연유로 이 터널의 바람이 됐는지, 어떤 경로로 나와 이모 앞을 지나게 됐는지 볼 수 있을까. 바람은 험악하다. 세상의 온갖 것을 훑어 이곳까지 와서 머리칼이며 옷자락을 날린다. 이모와 나는 저 바람을 비켜갈 수 있을까?

전동차가 선다. 이모의 팔을 잡고 전동차에 오른다. 노약자석부터 살핀다. 자리는 텅 비어 있다. 이모를 앉힌다. 이모는 항상 그렇듯 두 손을 무릎 위에서 모아 잡는다. 저렇게 가지런한 모습을 갖게 된 동기는 어디에 있을까. 의식에 의한 것인가 무의식에 의한 것인가. 아니면 습관에 의한? 그럴지도 모른다. 이모를 처음 보았을 때도 이모는 저렇게 두 손을 모아 잡고 있었다. 두 손을 모아 잡는 것은 이모의 습관이다. 습관은 의식으로 시작해 무의식이 된다. 이모의 손은 이미 무의식의 도구가 돼 버렸다. 이모의 정신처럼.

이모 옆에 선다. 자리는 두 자리가 비었지만 남겨둔다. 아직은 노약자석에 앉을 나이가 아니다. 장애인도 아니고 임산부도 아니다. 살인을 생각하는 자는 노약자가 아니므로 보호석에 앉아선 안 된다. 아니, 이모 옆에 앉기가 싫다.

전동차가 서고 사람들이 내린다. 칠십 대 초반으로 보이는 할머니가 지팡이를 들고 이모 곁에 앉는다. 이모는 생각은 들어 있지 않지만 예의 그 부드러운 표정으로 건너편만 본다. 쓸데없이 사람을 보거나 말을 시키지 않는 게 이모다. 누가 말을 걸기 전에 먼저 말하는 법도 없다. 자기관리일 수도 있고 몸에 밴 도도함일 수도 있다.

이모 옆에 앉은 할머니가 백에서 묵주를 꺼내 돌린다. 묵주는 이모에게 종교도 아니고 바람도 장난감도 아니다. 이모는 욕망을 초월했거나 무시하며 산다,고 말하면 같잖은 얘기가 되려나.

할머니가 나와 이모를 올려다보며 일행이 아니냐는 시선을 던진다. 일행이지만 할머니가 가진 지팡이와 같은 일행이라고 말한다,면 배배 뒤틀린 심사가 되려나.

기어이 할머니 입에서 그 말이 나온다. 수없이 들은 바로 그 말.

"거 서 있지 말고 여 앉아요. 자리도 비었는데. 따님이신가 며느님이신가… 두 분이 닮은 걸 보니 따님이신가 보네."

나는 고개를 살짝 저으며 미소를 보낸다. 앉을 수 없다는 뜻으로, 따님도 며느님도 아니라는 뜻으로.

할머니는 빈자리를 손바닥으로 탁탁 두드리며 앉으라는 말을 다시 한다. 빈자리가 아깝다는 듯 이모와 나를 번갈아 보기를 멈추지 않는다.

사람이 사람에 대한 호기심을 갖는 것은 잘못일까 아닐까. 아니라고 치고, 그래도 번거롭다. 짜증난다. 귀찮다. 싫다. 싫지만 한다. 지하철 투어라고 해야 할 이 일을, 당하는 게 아니라 한다. 호기심에 찬 눈초리를 기꺼이 받으며, 딸인지 며느리인지 추측하게 하며, 은근슬쩍 지루함을 덜어준다. 이래도 할 말이 있는가. 없다. 아니, 있다.

있다면 이것이다. 말하는 저 입을 찢어버렸으면.

나는 살짝 미소를 흘리며 괜찮다고 말한다. 이모는 내 말을 듣지 못한다. 아니, 듣지 않는다.

듣든 듣지 않든 나와는 아무 상관이 없다. 이모가 어떤 생각을 하든 말든 나는 내 할 일을 한다. 그것은 이모를 산책시키는 것. 이모 옆에 앉아선 안 된다는 것. 이모 옆에 앉기가 싫다는 것.

할머니 휴대폰으로 전화가 온다. 할머니는 딸네 집에 가는지 곧 내릴 거라며 아파트 동과 호를 재차 묻는다.

이모에겐 휴대폰이 없다. 딸네 갈 일도 없다. 세상과 단절하려는 것인지 세상으로부터 격리당하는 것인지 모르지만, 이모는 소통의 자리에서 점점 멀어진다. 굴절 없는 세계를 타박타박 걸어가며 시간을 통째로 삼킨다. 저런 이모를 나는, 사람들은, 왜 가까이하기를 죽기보다 싫어할까.

신길역이다. 옆에 앉은 할머니가 묵주와 지팡이, 휴대폰을 챙겨 들고 내린다. 옆 자리는 다시 두 자리가 빈다. 이모는 자지 않는다. 졸지도 않는다. 고개를 돌리거나 눈동자를 부산스레 굴리지도 않는다. 목석처럼 앉아 있기만 한 것도 아니다. 어떤 동작을 하는 건 아니지만 이모는 부단히 움직인다. 무엇인지 모를 생각을 잡고 혼자 속살거린다. 저 세계를, 캄캄하지만 무엇인가로 수군대는 저 세계를 볼 수만 있다면.

본다고 해서 달라질 것은 없다. 결코 기웃대지 않는 저 고독한 행성을, 마주치기 꺼려지는 저 암흑의 세계를, 굳이 열거나 볼 까닭이 있을까. 판도라의 상자는 열 때보다 열지 않을 때가 더 안전하다.

전동차가 출발한다. 빈자리는 많다. 나는 서서 간다. 다리가 아프다. 이 정도는 감내해야 할 몫이다.

이제 어디서 내릴까. 다음 역에서? 그다음 역에서? 다음 역이든 그다음 역이든 이모와 내겐 별로 중요하지 않다. 지하철을 산책 삼아 타는 자들에겐 반드시 내려야 할 역 같은 건 없다.

대방역이다. 전동차의 진동음이 멈춘다. 이모를 잡아 일으킨다. 이모의 팔이 앙상하게 가슴에 와 박힌다. 불쑥, 따뜻한 콩나물국이 떠오른다. 다행히, 대방역 승차장엔 콩나물국을 파는 데가 없다.

이모의 팔을 잡고 계단을 내려간다. 이모에겐 힘든 길이다. 계단을 오르내리는 것 자체가 무리다. 무리는 하지 말자. 그렇다고 업고 내려갈 순 없지 않은가. 다음엔 대방역에서 내리는 짓은 하지 말자. 아니, 갈아타려면 대방역 말고도 오르내려야 할 계단은 많다. 어차피 산책이고 운동인데 얇은 감상은 접자.

일 분이면 건너편으로 갈 수 있는 길을 이모와 나는 이십 분쯤이나 걸려 도착한다. 이럴 때는 도착한다는 말이 맞다.

승강장에 선다. 조금 전에 내린 맞은편이 꽤나 멀어 보인다. 철로를 사이에 두고 멀리, 이모와 내가 멀어지길 바란다. 이것은 소욕일까 과욕일까 오욕일까. 소욕이든 과욕이든 오욕이든 그것은 나머지에 속한다,고 생각하기로 한다. 있어도 그만이고 없어도 그만인 나머지로 있는 것, 그게 나와 이모라고 한들 달라질 그 무엇이 있을까.

바람이 이모의 머리칼을 흩는다. 아, 모자를 잊었구나. 노인이 외출할 때엔 모자가 필수인데. 후회를 하는구나. 아니, 후회하지 않기로 한다.

후회할 기회가 딱 한 번 있었다. 땡볕이 내리쪼이던 여름, 시어머니는 양산을 잊고 절에 갔었다. 전화가 왔다. 양산 가져오너라. 버스를 세 번 갈아타고 산길을 올라 양산을 가져다주었다. 양산을 가져다주는 게 아니었다. 후회는 아무리 해도 편안해지지 않으며, 아무리 여러 번 해도 물리지 않는다.

이모는 다리가 아플 법도 하건만 쪼그려 앉지 않는다. 벤치를 찾아 두리번거리지도 않는다. 당당함이 아니라 몸에 밴 자세다. 허망하다는 느낌이 정신의 어느 귀퉁이를 찌른다. 곧추세우기만 한다고 무너지지 않는 것은 아니다. 그래, 그렇지. 넘어질 때 넘어지고, 쓰러질 때 쓰러지고, 죽을 때 죽는 것, 그것이 미덕이다, 라고 내게 속삭여본다.

여의도 쪽에서 부는 바람인지 인천 쪽에서 부는 바람인지 모를 바람이 이모의 머리칼을 들춘다. 검은 머리칼보다 흰 머리칼이 더 많은 머리칼이 바람에 날린다. 이모의 세월이 날리는구나. 진회색의 세월이 떠도는구나.

나와 이모는 저 바람에 들어있을 시간 속에 들어 있을까 들어 있지 않을까. 들어 있다면 살인은 했었어야 했고, 들어 있지 않다면 해야 할 일에 속한다,고 우겨본다.

생각을 바꾼다. 여기서 내려 지하도를 건너는 게 아니었다. 갈 데가 있지 않는가. 꼭 가야 할 데가. 이모를 데리고 다시 건너편으로 간다.

*

전동차가 온다, 이모를 떠민다, 이모가 철로로 떨어진다, 전동차가 이모를 밟는다, 이모는 죽는다, 사람들이 모여든다, 뒷걸음질로 도망친다, 전처럼 후들거리지 않는다, 식은땀도 나지 않는다, 심장도 터지지 않는다.

생각이라는 것도 반복하면 이렇게 떨리지 않는다. 이것은 좋은 징조인가 나쁜 징조인가. 살인을 현실화할 가능성인가 포기할 가능성인가.

이모의 팔을 잡고 전동차에 오른다. 노약자석엔 노년으로 접어든 여자와 중년의 여자가 앉아 있다. 노약자석에 이모를 앉힌다. 으레 그렇듯 두 여자가 이모와 나를 번갈아 본다. 시선이 아프다. 이 정도는 충분히 감수해야 한다.

전동차가 한강다리를 건넌다. 이모는 한강도 다리도 보지 않는다. 저것은 무관심인가 기억의 탈색인가. 이모는 다리를 건널 줄 모른다. 항상 같은 말로, 같은 의식으로 원을 그린다. 원은 직선을 거부하며 돌고 돌 줄만 안다. 이모를 죽이고 싶다.

안경 낀 중년의 여자가 이모에게 말을 붙인다. 이제부터 시작이다.

"할머니, 어쩜 그렇게 곱고 귀여우세요? 젊어선 엄청 예뻤겠어요. 연세가 어떻게 되세요?"

이모가 살짝 미소 지으며 대답한다. 여든여덟이라고, 발음도 정확하다.

이모를 대변하는 건 여든여덟이라는 숫자다. 그 안에서 이모는 곱고 귀여운 할머니로, 예쁜 할머니로, 평생 어려움 모르고 살아온 할머니로 있다.

이 말은 맞는가 틀리는가. 보지 않고 듣기만 한 것으로도 믿음의 기능은 될 수 있는가 없는가. 아마도 되는 모양이다. 내가 그랬던 것처럼, 두 여자도 이모에게 들었던 정보를 토대로 이모에게 말한다.

"할머니, 여든여덟이면 팔팔이네요. 할머니는 팔팔한 나이, 참 젊으세요."

여든여덟이라는 숫자가 칭찬을 받는다. 대단한 수훈을 세운 숫자로, 아무나 다다를 수 없는 숫자로 희망의 꼭짓점을 찍는다.

나는 이모의 젊은 시절을 알지 못한다. 이모도 나의 젊은 시절을 알지 못한다. 앞으로도 알지 못할 것이고 알 수도 없을 것이다. 모르지만 이모와 나의 관계는 이어질 것이다. 지하철 투어를 계속하는 것으로, 살인에 대한 상상을 지속시키는 것으로, 판도라의 상자를 기웃대리라. 이것은 세상을 역류하는 것이 되려나. 아무려나, 그러면 어떤가.

다홍색 점퍼를 입은, 노년으로 접어든 여자가 나와 이모를 번갈아 보며 묻는다.

"친정어머니세요 시어머니세요?"

이럴 때 관계는 정립된다. 친정어머니도 시어머니도 아닌 이모와 조카 사이로. 이럴 때 관계는 미흡해진다. 이모와 조카 사이는 친정어머니와 시어머니보다 한 치 걸러 두 치 되는 관계로. 이럴 때 관계는 미진해진다. 딸도 며느리도 아닌 조카딸이 여든여덟 살의 이모를 모시고 전동차를 타다니 왜? 하는 의문의 관계로.

다홍색 점퍼의 여자가 안경 낀 여자를 돌아보며 말한다.

"그럼 이질녀가 되나? 어쩌면! 착하기도 하지. 요즘 세상에 부모도 귀찮아하는데 조카가 이모를 모시고 나들이를 하다니."

저 소리, 또 저 소리! 저 소리로 내뱉는 입을 짓이겨놨으면.

나는 보일 듯 말 듯 웃음을 내비친다. 두 여자는 내 대답으로는 양이 차지 않는지 이번엔 이모의 정신을 저울질한다. 저기 저 여자 분이 누구냐고, 조카딸이 맞느냐고. 이모는 대답한다. 조카딸이라고, 어투도 또박또박하다.

이모의 정신은 탈이 난 게 아니다. 지금처럼 징그러울 정도로 사실을 사실로 말한다. 이모에겐 행복한 순간인가 불행한 순간인가.

이모를 처음 만났을 때 이모의 며느리는 이모와 내게 말했다. 앞으로 이모라고 부르고 조카딸로 부르라고. 쭉 그래왔고 남 보기에도 좋다고.

이모는 그때를 기억하며 거느릴 줄 안다. 밥줄인 양 명줄인 양. 나도 그때를 결코 잊지 않는다. 밥줄인 양 명줄인 양.

안경 낀 여자가 핸드백에서 막대사탕을 꺼내 이모에게 건넨다. 받을 리 없다. 이모는 집 밖에선 그 어떤 것도 먹지 않는다. 이런 전동차 안에서 낯선 사람이 준 군것질거리라면 더더욱 그렇다. 저러한 동기는 무엇에서 출발했을까.

안경 낀 여자는 이모가 사양하는 것으로 알았는지 막대사탕의 포장을 벗겨 이모 손에 쥐어준다.

"할머니, 이거 빨며 가세요. 왜 안 드세요? 달고 맛있는데."

이모는 마지못해 막대사탕을 쥐기만 한다. 안경 낀 여자가 나를 보며 묻는다. 왜 안 드시냐고. 나는 대답한다. 밖에선 아무것도 드시지 않는다고.

안경 낀 여자가 고개를 갸웃하더니 이모에게 이것저것 묻는다.

"할머닌 어디 사세요? 자녀분은 몇이나 돼요? 아들 딸 다 있으시죠? 자녀분을 잘 키우셨을 거 같아요. 지금은 누구랑 사세요?"

할머니라는 존재는 만만하다. 젊은이에게라면 결코 물어볼 수 없는 말도 쉽게 물어보게 한다. 진지함이 아니라 무료함을 덜기 위한 혹은 어떤 반응이 나올지에 대한 호기심이다.

나는 호기심 때문에 이모에게 간 게 아니다. 절박함이라 말해도 된다면, 나는 절박함에 떠밀려 간병인 교육기관에 들어갔고 간병인이 되어 이모를 만났다.

이모는 막대사탕을 얌전히 든 채 늘 하던 말을 한다.

"우리 큰아들은 의사야. 둘째아들은 교수고. 막내아들은 저기 저 미국 캘리포니아에 살아. 우리 막내가 지난번 왔을 땐 옷이며 고기며 얼마나 많이 사 주었다고. 일제강점기 땐 어림도 없는 것들을 우리 막내가 턱턱 사주었지. 우리 막내는 미국에서 사업을 해. 사업이 잘된대. 돈이 많아. 지난번 들어왔을 땐 사업이 더 잘된다고 했어. 집도 여러 채야. 일제강점기 땐 꿈도 꾸지 못할 호강을 해."

여자들은 놀란다. 내가 처음 그 소리를 듣고 놀랐던 것과 다르지 않다.

"어마나 할머니, 어쩜 그리 총명하세요? 캘리포니아라는 말도 하실 줄 알고. 많이 배우셨나 봐요. 왜정 때라 하지 않고 일제강점기라고 말하시는 것도 그렇고."

여자들은 나를 보며 할머니가 유식하다고, 많이 배우신 거 같은데 학교는 어디까지 나왔느냐고 묻는다.

이러한 질문은 실례다. 아니다. 실례가 아닌 만큼만 대답해준다. 여고를 나왔고 피아노도 치실 줄 안다고 말한다.

이 말은 이모의 계급을 뜻한다. 일제강점기에 여고도 나오고 피아노도 칠 정도로 형편이 여유로웠다는 사실 말이다. 지금도 그 정도의 수준은 유지하고 있다는 일종의 암시이기도 하다. 일단은 우리 사회가 그렇게 흘러갔으므로, 지금도 그렇게 흘러가므로 거짓이기만 한 얘긴 아니다.

헌데 나는 왜 묻지도 않은 말을 했을까. 나는 이모가 피아노 치는 걸 본 적이 없다.

다홍색 점퍼의 여자가 신기한 듯 이모에게 묻는다.

"할머닌 큰아드님보다 막내아드님을 더 좋아하시나 봐요. 막내아드님 얘기만 하시네. 막내아드님은 무슨 사업을 하기에 그리 돈을 잘 벌어요?"

이모의 대답은 여자들을 실망시킨다.

"우리 큰아들은 의사야. 둘째아들은 교수고. 막내아들은 저기 저 미국 캘리포니아에 살아. 우리 막내가 지난번 왔을 땐 옷이며 고기며 얼마나 많이 사 주었다고. 일제강점기 땐 어림도 없는 것들을 우리 막내가 턱턱 사주었지. 우리 막내는 미국에서 사업을 해. 사업이 잘된대. 돈이 많아. 지난번 들어왔을 땐 사업이 더 잘된다고 했어. 집도 여러 채야. 일제강점기 땐 꿈도 꾸지 못할 호강을 해."

이모의 얘기는 멈춘 시계의 시간이며 반복에 반복을 허용하는 카피다. 카피가 나쁘기만 한 것일까. 이모와 나의 관계처럼, 나와 나의 관계처럼, 같은 것을 찍어대는 것을 재생산이라 부르면 안 되는 것일까.

나는 재생산을 노려 간병인을 택했나. 아니, 형벌을 택했다. 형벌도 알고 보면 재생산에 속한다,고 억지를 부려본다. 그렇게 약간은 고상하게 꾸미는 것을 모른 척해주길, 나는 내게 원해본다.

중년의 여자들은 이모의 대답에 뜨악해하는가 싶더니 이내 비슷한 질문을 던진다. 이모의 대답과도 같은, 군것질거리보다도 못한, 날림의 질문들이 연이어진다.

이제 호기심이 채워졌으니 놀아보자는 수작이다. 이질 간이 아니라 간병인과 치매 노인의 관계를, 그 분명한 병명을, 분명하게 알았으니 어디까지가 치매 현상이고 정상인지 알고 싶은 것이다. 관심이 지나치다. 아니, 지나치지 않다. 이모에겐 말을 붙여줄 상대가 필요하고 많은 접촉이 있을수록 호전의 기회는 많아진다.

이모의 며느리는 호전을 바라 간병인을 고용해 지하철 투어를 시켰나. 이모는 예전의 기억을 찾으면 행복해지나. 이모를 위해서가 아니라 주변 사람들을 위해 이모는 예전으로 돌아가야 한다,고 생각하면 욕심일까. 욕심이다. 욕심이 아니다.

가정파괴범이라는 무시무시한 별명을 별처럼 달고 있는 저 치매라는 정신세계는 폭력의 정점을 이룬다. 아내와 남편 사이를 벌려놓고 부모와 자식 간을 이간질한다. 그러니 예전의 정신으로 돌아가는 일은 멈출 수 없다. 설혹 이모가 원치 않는다 해도 무조건, 무조건.

종로3가역이다. 여긴 5호선과 3호선으로 환승할 수 있는 역이다. 이모와 나는, 환승을, 환승을 해야 한다. 가정파괴범의 저 파렴치한으로부터, 캘리포니아나 일제강점기로부터, 버리고 버림받는 그 환멸의 자리로부터 환승해야 한다,고 이를 악문다.

여자들이 내리며 내게 앉으라는 말을 한다. 나는 앉지 않는다. 곧 꺾어질 듯한 다리로 나를 버틴다. 임산부도 장애인도 아니지만 살인을 꿈꾸는 장애인이므로, 장애인 신분을 감추기 위해 앉지 않는다.

이 형벌은 마땅한가 마땅하지 않은가. 얼굴에 똥물을 끼얹어 줄 만큼 혐오스럽다. 혐오스러운 내가, 환장하게 마음에 든다면 그 또한 유희에 속하려나.

곧 회기역이다. 이모가 사는 집이 있고 이모의 보호자인 둘째아들이 교수로 재직한다는 대학교가 있는 역이다.

나는 그 아들을 본 적이 없다. 오전 열 시에 그 집으로 가 이모의 옷을 갈아입히고 간식을 먹여드린 후 이모와 함께 집을 나선

다. 그뿐이다. 그 아들을 본 적이 없는 것은 물론 그 아들이 교수
인지 아닌지도 모른다. 모르는 것은 또 있다. 할머니 앞으로 꽤 큰
집이 있다는 말 역시 확인해보지 않아서 모른다. 이대로 될까. 되
지 않으면 어쩌란 말인가.

　전동차가 선다. 이모를 부축해 내린다. 나와 이모는 역사 계단
을 오르고 내리고, 마을버스 정류장을 지나고, 커피점과 음식점이
즐비한 도로와 학생들이 분주히 오가는 길을 지나, 이모가 살았던
집 앞에 선다.

*

　이모는 사는 집이 아니라 살았던 집이 돼 버린 집 앞에서 말간
표정으로 서 있기만 한다. 얇은 몸피로, 나이만큼 줄어든 키로, 막
대사탕을 손에 쥔 채로 고집불통이다.

　멀미가 올라온다. 이럴 때 대신 악을 써 줄 누구 없을까. 대신
퍼질러 앉아 통곡해 줄 누구 없을까. 그림처럼 서 있기만 한 저 이
모를 후려쳐 줄 누구 없을까.

　이모는 상황이 달라졌는데도 변할 줄 모른다. 마치 부아를 부채
질하려는 듯 외골수로 있기만 한다. 말끔한 외양은 오히려 밉살스

럽고, 기억하고 싶은 것만 기억하는 이기심은 소리 없는 구타를 멈추지 않는다. 어떻게 하란 말이냐 저 이모를, 그리고 나를.

일주일 전만 해도 의심 없이 들어가던 집이다. 이모는 이제 들어갈 수 없게 된 이 엄청난 변화를 모르는 것일까 모르는 척하는 것일까. 나는 의사와 교수, 사업가 아들을 둔 이모가 외딴 섬에 버려진 애완견이 된 사실을 이해한다. 아니, 이해하기 싫다. 아니, 이해한다.

내게 이모를 버린 그들도 나와 같은 심정이었을 테니 이해하라고 생각하라면 무리다. 무리가 아니다.

나는 시어머니의 치매가 심해지던 즈음 시어머니를 요양원에다 버렸다. 요양원에서 나오는 길로 이사를 했고, 일 년이 멀다하고 거주지를 옮겼다. 거주지를 바꿔도 악몽은 이어졌다. 결국 간병인 교육기관에 들어갔고 자격을 얻자마자 치매 노인의 간병인으로 나섰다.

나는 이따위로 무얼 얻을 수 있을까. 무얼 어쩌겠다고 이따위를 멈추지 못하는 것일까. 망각 곡선만 타는 이모처럼 나도 나만의 고집을 부려보겠다는 건가. 이치에 맞든 맞지 않던 상관하지 않겠다. 지금의 내겐 저 요지부동의 이모가 있고, 처치 곤란한 물건보다 더한 존재로 나를 짓누르고 있다는 사실이 중요하다.

이모는 배가 고플 법도 하건만 막대사탕엔 손도 대지 않는다. 말갛기만 한 얼굴로 대문 앞에 오도카니 서 있기만 한다. 들어가자는 소리도, 돌아가자는 소리도 없이 내 처분만 기다린다. 내 처분만! 지겨운 노인네 같으니라고.

이렇게 할 게 아니라 의사라는 아들에게 연락을 취했어야 했다. 교수라는 아들에게도, 사업을 한다는 아들에게도 연락을 했어야 했다. 이미 버리겠다고 마음먹은 사람들의 심리를 너무 잘 아는 게 탈이었을지도 모른다. 내가 그랬던 것처럼, 연락처는 여러 번 바꾸었을 것이고, 말로만 듣던 의사는 누구인지 어느 병원에 다니는지도 모르고, 교수며 사업가 아들 역시 이와 다르지 않은데 어디서 무엇으로 그들을 찾아낼 수 있을까.

그들은 영악하게도 이모와 내가 집을 나서자 이사를 했고, 교활하게도 이모의 거주지를 내 집으로 옮겨놓았다. 이것은 징벌인가 응보인가. 아니, 재난일 뿐이다. 그저 재난일 뿐.

이모를 내 집으로 데려가던 날 살인하는 꿈을 꾸었다. 살인에 대한 최초의 기억이며, 최초의 대담함이며, 최초의 짜릿함이며, 최초의 희열이었다.

꿈속에서 시어머니는 빳빳하게 풀 먹인 모시적삼을 입고 소나무로 만든 좌탁에 앉아 논어를 읽는다. 뒷모습이 풀 먹인 모시적삼보다 빳빳하다. 머리칼이 당기고 가슴이 서늘해온다.

시어머니에게 식혜를 가져다준다. 살얼음이 살짝 올라앉은 식혜다. 시어머니가 논어를 읽다 말고 이마를 찌푸린다. 이거 치워라. 책을 읽고 있지 않니.

식혜를 도로 내온다. 뒷걸음으로 가만가만. 시어머니의 방 창호지로 넘어가는 해가 붉게 번진다. 시어머니가 미닫이문을 연다.

식혜 가져오너라.

시어머니에게 식혜를 가져다준다. 살얼음이 녹은 식혜다. 시어머니가 식혜그릇을 들다 말고 그대로 놓는다. 이거 치워라. 살얼음이 없지 않니.

시어머니가 풀을 빳빳이 먹인 모시적삼과 모시치마를 입고 마당에 내려선다. 화단의 봉숭아가 독선의 말보다 새빨갛다. 시어머니가 봉숭아를 딴다. 손톱에 물을 들여야겠다. 준비해다오.

봉숭아를 빻는다. 다 빻은 봉숭아에다 염산을 섞는다. 봉숭아가 바글바글 끓으며 녹는다. 시어머니는 콩기름으로 윤을 낸 장판에 누워 판소리를 듣는다. 피 같은 봉숭아물을 시어머니의 손톱에 바른다, 손등에 바른다, 팔에 바른다, 다리에 바른다, 얼굴에 바른다, 머리칼에 바른다. 시어머니는 시뻘겋게 타들어가며 뭉그러진다. 사라져 없어지는 형체, 오싹 소름이 돋게 어여쁘다.

봉숭아물을 내 손톱에 바른다. 손톱이 탄다. 아픈 게 아니라 시원하다. 봉숭아물을 손등에 바른다. 뜨거운 게 아니라 후련하다. 봉숭아물을 벌컥벌컥 마신다. 쓴 게 아니라 만성 소화불량이 쑥 빠져나간다.

나는 염산이 섞인 봉숭아물처럼 독을 품으며, 독해지며, 증발해버린 시어머니와 하나가 된다. 깜짝 놀라는 것처럼, 기쁨이 무섭도록 빠르게 차오른다.

이모를 버린 그들을 용서한다. 용서하기 싫다.

용서하기 싫으니 이모를 데리고 근처 식당으로 들어간다. 이모는 막대사탕을 어쩌지 못해 두 손을 모아 잡지 못한다. 이모 손에서 막대사탕을 빼 쭉쭉 빤다. 달콤함이 피곤함을 잠시 뒤로 물린다.

계란찜 백반을 시키고 나와 이모는 말없이 앉아 있기만 한다. 무료하거나 심심하지는 않다. 이모와 나는 목적을 이루지 못한 자들처럼 미련이 남은 말을 나눈다. 섞이지 않는 말을, 섞을 수 없는 말을, 말을 하지 않으며 주고받는다.

말없이 앉아 있기만 한 이모를 용서한다. 그들을 용서하기 싫었으니 용서한다. 이러한 관용 아닌 관용은 살인보다 나을 게 없다.

살인, 그것은 실제로 있는 것인가 없는 것인가. 쭉쭉 빨아먹은 막대사탕처럼 있기도 하고 없기도 한 것인가. 그럴지도 모른다. 꿈속에서의 살인은 살인으로, 꿈에서 깨었을 때는 살인 아닌 것으로, 있기도 하고 없기도 한 것으로 있다,고 궤변을 늘어놓는다.

계란찜이 뚝배기에서 보글보글 끓는다. 후후 계란찜을 불어가며 한 숟갈 뜬다. 이모 입에 계란찜 숟갈을 가져간다. 이모가 조심스레 입을 벌린다. 가늘고 주름진 목이 계란찜을 넘긴다. 톡 치면 그대로 부러질 듯한 가늘고 가는 목이 그래도 살겠다고 음식을 삼킨다. 갑자기 서글픔 같은 것이 안개처럼 번진다.

식당 여주인이 카운터에 앉아 이모와 나를 빤히 지켜본다. 이모와 나는 늘 구경거리다. 딸인지 며느리인지, 효도를 하는지 불효를 하는지, 나름의 잣대로 판가름을 한다. 위대한 일이다. 타인의 시선이 없었더라면 벌써 살인하고도 남았을 일들이, 그럴싸한 흉내를 내며 사람과 사회를 안심시킨다.

나는 식당 여주인에게 앞접시를 달라고 말한다. 앞접시에 계란찜을 덜어 후후 분다. 이모는 계란찜을 좋아한다. 이가 시원치 않아서 좋아하게 되었는지, 젊어서부터 좋아하게 되었는지 알지 못한다. 아는 게 있다면 이모는 아무 음식이나 덥석덥석 먹지 않는다는 점이다. 요양원에 있는 시어머니와 같다.

요양원의 음식은 시어머니를 적응시킬 수 있을까 없을까. 치매는 길든 식성을 바꿀 수 있을까 없을까. 이모가 요양원에 들어가게 된다면 계란찜을 기억할까 기억하지 못할까.

이모는 앞접시에 덜어 준 계란찜을 행여 흘릴까 조심스레 먹는다. 저런 행위는 치매가 아닐지도 모른다는 의혹을 충분히 던진다.

그러니까 이런 얘기다. 이모가 같은 말을 반복하는 것은 치매를 흉내 낸 것에 불과하다. 똑똑한 척하는 인간들을 비웃고자 한 반어적 행동이다. 이건 너무 형이상학적인 얘기다.

그렇다면 이건 어떤가. 자식들에게 눈칫밥 먹는 게 힘들어 위장술로 택할 수밖에 없었던 하나의 기교적인 방법.

그것도 아니라면 이건 또 어떤가. 의사 아들은 이민을 가겠다고 하고, 교수 아들은 교환교수로 나가겠다고 한다. 멀쩡한 정신으로 멀쩡하게 버림받기 전에 치매인 척하는 게 낫다.

이모에겐 잔인한 상상일지도 모른다. 저토록 어린아이처럼 계란찜에 빠져 있는데 이게 할 생각인가.

그렇구나, 그렇구나….

이모는 계란찜만 먹는 게 아니다. 콩나물도, 고사리나물도, 오이무침도, 김자반도, 고등어조림도 다 해치운다. 음식을 가려가며 먹는 이모가, 식사량이 적은 이모가, 먹을 양을 초과하여 싹싹 비운다. 먹었다는 사실도 배가 부르다는 느낌도 모르는 전형적인 중증 치매 현상이다. 그렇다고 뭐가 달라질까. 이모는 내 전부를 무섭게 갉아대는데, 돌아설 길도 돌아갈 길도 차단하고 있는데 어쩌란 말이냐.

마지막 식사다, 라고 생각하기로 한다. 이모와 내가 함께 하는 식사는 이것으로 끝이며, 두 번 다시 할 일이 없으며, 꿈에서조차 나타나지 않길 바란다.

식당 여주인의 말이 식당이 무너지는 소리보다 더하게 난다.

"가만 보고 있자니 며느리인가 봐요? 할머니와 닮지 않은 걸 보니. 요즘 며느리들 다 싸가지 인데 저 할머니는 복도 많네. 저런 효부를 두었으니."

멀미와 체기가 한꺼번에 치민다. 말하는 저 입을 콱 물어뜯었으면.

나는 고개를 돌려 식당 여주인에게 활짝 웃어 보인다. 나는 불안한가. 이모가 가진 습관처럼 나도 웃음이라는 습관이 있어야 할 만큼 초조한가.

이모가 밥 한 그릇을 다 비운다. 나도 밥 한 그릇을 다 비운다. 이모와 나는 사이좋은 고부간으로 밥도 반찬도 싹싹 해치운다. 용서하고 용서 받기엔 적당한 때.

이모를 부축해 식당을 나온다. 이제야말로 헤어져야 할 적기. 사람이 많이 다니는 이 길에서 슬쩍 빠진다고 눈여겨볼 사람은 없다.

이모의 팔을 놓는다. 이모가 그 자리에 선다. 이모를 두고 앞서 걷는다. 어디선가, 요양원에 들어갈 때 듣던 소리가 난다. 에미야, 지금 무슨 짓을 하는 거냐.

뒤통수가 근질거린다. 머리가 뜨끔해온다. 알 수 없는 열이 요동을 친다. 빠른 걸음으로 근처 구멍가게로 들어간다. 숨자, 숨는 것이다. 이모의 시야로부터 멀리, 꼭꼭 숨어버리자.

가게 냉장고를 열고 두유 한 팩을 집는다. 손이 허둥댄다. 냉장고를 닫고 계산대로 간다. 다리가 후들거린다. 계산대 앞에 있는 귤도 한 봉지 집는다. 눈이 자꾸만 밖으로 향한다. 계산을 마치고 가게를 나온다.

이모가 있는 쪽을, 나도 모르게 돌아본다. 이모는 느닷없이 팔 하나를 잃은 양 무턱대고 서 있기만 한다. 살인에 대한 욕구가 살인적으로 치솟는다.

이모에게 다가간다. 이모는 내가 가기 전과 다르지 않다. 두 손을 모아 잡고는 공손히 인사라도 할 자세다. 이모의 팔을 와락 잡는다. 이모는 저항하지 않는다. 아프다는 말도 서운하다는 말도 하지 않는다. 반응하지 않는 이모가 끔찍하게도 무섭다. 꿈속에서 시어머니를 죽이고 나를 죽이던 때보다 더 무섭다. 이모를 잡아끌고 지하철역으로 간다.

개찰한 후 시내로 나가는 쪽 계단을 내려간다. 계단 아래엔 등 받이 없는 나무 벤치가 놓여 있다. 벤치에 앉아 오가는 전동차를 흘려보낸다. 전동차는 이 지지하기만 한 인생을 외면하고 달려가고 또 달려온다. 이모를 돌아본다. 노인이 오래 있을 만한 곳이 아니다. 이모가 쓰러지지 않게 이모의 팔을 꽉 잡는다.

*

전동차가 온다, 이모를 떠민다, 이모가 철로로 떨어진다, 전동차가 이모를 밟는다, 이모는 죽는다, 사람들이 모여든다, 도망치지 않는다, 사람들 틈에 끼어 이모를 구경한다, 이모의 두개골에선 뇌수가 흘러내리고 터진 배에선 창자가 피를 토해낸다.

생각이라는 것도 연습을 하면 이렇게 태연해진다. 그렇구나, 태연해지는구나. 태연하게 살인을 할 수도 있는 거구나.

이모의 팔을 잡고 전동차에 오른다. 노약자석은 만원이다. 일반석에도 빈자리는 없다. 노약자석에 앉은 사람들은 눈을 감고 있거나 다른 데를 본다. 노약자석의 노약자들은 노약자가 아니다. 자신의 약함만을 주장하니 그만한 강자도 드물다,고 말한다면 시탄을 받으려나.

일반석에서 누군가 나를 잡아끈다. 저기 저 자리에 앉으시라며 손으로 가리킨다.

이모를 앉히고 나니 그제야 마음이 놓인다. 이모는 언제부터 이런저런 간병인과 지하철을 타게 됐는지 알 수 없다. 언제부터 자리 하나도 뜻대로 찾아 앉지 못하게 됐는지 알지 못한다. 시간은 눈치 채지 않게 육신을 지배하고 정신마저 갉아먹는다. 그것이 자연의 이치다, 라고 생각하는 건 하나마나한 소리다. 하나마나한 소리조차 하지 않는다면 나는, 이모는, 이 긴 행로에서 검불만도 못한 존재가 된다.

검불만도 못한 존재가 되지 않으려 시어머니는 그 대꼬챙이 같은 기세를 연장하려 했던 것일까. 자막도 없는 허공에 대고 파르르 떨며 그리 말했던가. 필요 없다! 다 필요 없다!

시어머니는 아들을 잃자 다 필요 없다는 말을 해가며 애지중지하던 난을 뜯어 쌈을 싸 먹었다. 똥을 싸 빳빳한 모시적삼에 둘둘 말아 반닫이에 넣기도 했다. 끓는 찌개그릇에 신던 구두를 넣기도 했다. 나물을 다듬고 있는 내 뒷머리를 가위로 자르기도 했다. 시어머니에겐 필요 없는 것들로 넘쳐났다.

나는 필요 없는 것들에 허세를 부리던 그 절박함을 안다,고 말할 수 있을까. 요양원에다 시어머니를 버리고 돌아섰을 때의 그 절박함과 같다,고 말할 수 있을까. 절박함은 어떤 형태로 기형을 이루든 자신과 타인에게 이해되고 참작되고 허락되어야 한다,고 말하면 뭇매를 맞을까.

이모에게 자리를 양보해 준 사람은 남자다. 이모 옆에 앉은 사람도 앳된 청년이다. 남자들에게 이모와 나는 관심거리가 아니다. 할머니도 아줌마도 시어머니도 친정어머니도 아닌 승객일 뿐이다. 이제야 평등해지고 편안해진다. 말로부터, 시선으로부터, 쓸데없는 관심으로부터 벗어났다는 게 이렇게 홀가분하다니 참 별스럽기도 하다.

이모 옆의 자리가 빈다. 내 또래의 아줌마가 얼른 와서 앉는다. 빈자리란 없다. 자리란 비일 새가 없어서 자리가 되었다는 말은 진리가 될 수 있을까 없을까. 시시한 얘기다. 시시해지고 싶어 시시하게 생각하는 시시한 생각이다.

이모 옆에 앉은 여자가 성경책을 편다. 시시콜콜 말을 붙이지 않겠다는 뜻이니 반가운 일이다. 여자가 요한계시록을 편다. 깨알 같은 글씨엔 주황색과 연두색의 형광펜이 칠해져 있다. 줄 친 대목 중엔 치매와 간병인에 관한 얘기가 있을까 없을까. 있다면 이렇게 말해다오. 나는 이모를 죽이고 싶어 하고, 지금 이후 저 이모를 어떻게 해야 할까 숨 막혀 한다고. 없다면 이렇게 넣어다오. 나는 요양원에 있는 시어머니를 매일 죽이며 매일 살려낸다고. 그렇게라도 만나지 않으면 살인을, 피를 보는 살인을 할지도 모른다고.

동대문역이다. 벌써 세 개의 환승역을 지나 네 번째 환승역에 온 셈이다. 환승역은 기회다. 이 역에서 저 역으로, 저 역에서 또 저 역으로, 여기서 저기로, 저기서 여기로, 실컷 갈아타도 된다는 공식 선언이다. 이때다, 찬스를 잡자고 생각하는데 입안이 바짝 마른다.

전동차가 출발한다. 놓친 찬스는 뜻밖에도 기가 꺾이지 않는다. 다음 찬스를 향해 두근거리며 땀샘을 자극하며 체온을 높인다. 얼굴이 붉어지나? 이마에 땀이 솟나? 다리가 떨리나? 정신을 차리

자. 이제 곧 다섯 번째 환승역이다. 환승역에서 탔지만 환승하지 못한 걸 이번에는 반드시 해 버리자.

이모는 환승역이 어떤 데라는 걸 알고 있을까. 이모가 나를 갈아탈 수 있고 내가 이모를 갈아탈 수 있는 곳이라는 걸, 이모는 알면서도 모른 체하는 것은 아닐까.

이모는 나를 시험하는 중인지도 모른다. 온전한 정신이면서 치매인 양, 간병인을 고용해 진심을 알아내려는 것일 수도 있다. 진심이 보이면 제법 돈이 나간다는 집 한 채로 간병인에게 노후를 의탁해볼까 꼼수를 부리는 것이다.

이모와 며느리들은 치매로 환승할지도 모를 길을 예방하는 차원에서 이런 드라마를 연출한 것이다. 이것이야말로 역전드라마다. 천박하고 비열하며 파렴치한 드라마다, 라고 생각하는데 다른 한편에선 그 생각이 마음에 든다. 이것은 분명 정당한 보상심리다. 아니어도 상관하지 않겠다.

종로3가역이다. 이모는 두 손을 모아 잡은 채 눈을 감고 있다. 웬만큼 피곤해선 눈을 감거나 자는 이모가 아니다. 이럴 때 슬며시 내리자,고 몸을 트는데 옆에 서 있던 사람이 나를 치며 출구 쪽으로 간다. 들고 있던 두유와 귤 봉지가 바닥으로 떨어진다. 이모가 눈을 뜬다. 도둑질하다 들킨 듯 서둘러 봉지를 집는다. 다시 이모다. 이모를 일으켜 전동차에서 내린다.

어디로 가야 할까. 이모와 나는 3호선과 5호선으로 환승할 수 있는 화살표 앞에 마냥 서 있기만 한다. 3호선으로 갈아타면 시어머니가 있는 요양원이 나온다. 5호선으로 갈아타면 이모가 세를 주었다는, 이모 앞으로 된 집이 나온다. 둘 다 마음에 들지 않긴 마찬가지다.

제대로 환승하지 못한 노인들이 환승하는 길 위에서 서성댄다. 둘 셋이 모여 지나가는 사람들을 쳐다보는가 하면 초점 없는 눈동자로 바닥에 앉아 있기도 한다. 버려진 노인들, 저 속에다 이모를 두자.

이모를 데리고 음료수 자판기 앞으로 간다. 두유와 귤 봉지를 이모 손에 쥐여 준다. 이모가 말갛기만 한 눈으로 나를 본다. 이모의 눈이, 이보다 더 무서웠던 적이 없다.

이모에게서 돌아선다. 무서움을 떨쳐내며, 참을성 있게, 기억상실자처럼 걸음을 뗀다. 하나, 둘, 셋, 넷, 다섯… 발걸음을 빨리한다. 전동차의 울림과 지하의 탁한 공기가 나를 집어삼킨다. 좋은 징조다, 라고 떼를 써본다. 사람의 소리보다 사물의 소리가 클 때 사람은 작아진다. 나는 작아진다. 이 복잡한 소음과 이모와 시어머니로부터 작아지며 소멸한다. 좋은 징조가 아닐 수 없다.

사람들과 부닞치며 왕왕대는 소음 한복판을 걸어간다. 갑자기 귀가 찢어지게 아프다. 에미야, 지금 무슨 짓을 하는 거냐.

걸음을 멈춘다. 가슴이 터진다. 숨이 막힌다. 뒤를 돌아본다. 이모는 내 시야로부터 완벽하게 벗어나 있다. 멈추지 말자. 이때를 놓치면 나는 기어이 살인을 하고야 말리라. 걸음을 재촉한다. 3호선이 됐든 5호선이 됐든 무조건 가고 보자. 거기가 어디로 이어지든 여기보다는 나을 게 아닌가.

에스컬레이터 앞이다. 기계의 길 앞에서 뜻하지 않게 현기증이 인다. 순간 발을 헛디디면 나는 에스컬레이터 이 꼭대기에서 저 아래로 구를 것이다. 에스컬레이터가 제시하는 길을 타지 못한다면 나는 어떻게 되고 이모는 또 어떻게 될 것인가. 악착으로 달라붙는 이 악다구니에서 나는 대체 언제쯤 자유로워질 것인가.

뒤를 돌아본다. 방향도 주지 않으면서, 방법도 제시하지 않으면서, 걸음을 붙들고 늘어지는 이것은 대체 무엇이란 말인가. 어디로 가라고, 무얼 어떻게 하라고 이리 발을 묶어둔단 말인가.

이모가 있던 쪽으로 몸을 튼다. 가슴은 무너져 내리고 걸음은 빨라진다. 이모가 눈에 잡힌다. 이모는 두유와 귤 봉지를 든 채 그 자리 그 모습으로 서 있다.

노숙자로 보이는 남자가 이모에게 다가간다. 이모는 마주 오는 나를 보는 것인지 노숙자를 보는 것인지 모를 눈으로 앞만 본다. 노숙자는 이모가 들고 있던 비닐봉투를 와락 잡아챈다. 저러다 머리끄덩이라도 잡히는 건 아닐까.

마음이 타들어간다. 뛰다시피 이모에게로 간다. 그토록 마주치기를 꺼려했던 말간 눈과 마주친다. 저 눈을, 나는 어떻게 해야 할까.

이모에게 묻는다. 내가 누구냐고. 이모가 대답한다. 조카라고. 아, 나는 어떻게 해야 할까.

이모를 데리고 좀 전에 내렸던 자리로 간다. 여긴 스크린도어가 있어 선로도 보이지 않고 살인에 대한 생각도 막힌다. 저절로 스크린도어로 눈이 간다. 스크린도어에 인쇄된 시가 살인보다 더하게 나를 살해한다.

얼음호수

손세실리아

제 몸의 구멍이란 구멍 차례로 틀어막고
생각까지도 죄다 걸어 닫더니만 결국
자신을 송두리째 염해버린 호수를 본다
일점 흔들림 없다 요지부동이다
살아온 날들 돌아보니 온통 소요다
중간중간 위태롭기도 했다
여기 이르는 동안 단 한 번이라도
세상으로부터 나를
완벽히 봉(封)해 본 적 있던가
한 사나흘 죽어본 적 있던가
없다, 아무래도 엄살이 심했다

저 시는 끔찍하다. 나를 까발리고 있지 않은가. 반성을 하라고, 독백으로 다그치는 게 아닌가. 그럴 수 없다. 나는 저 시인처럼 뒤돌아보지도, 돌아서지도 않겠다. 나는 얼음 복판으로 걸어가 커다란 망치로 얼음을 깨겠다. 얼음보다 찬 물에다 산수유를 심고, 망치로 꽃을 피우며 살이 떨리도록 살아남겠다. 간병인이 되었던 그때로부터 지금까지, 앞으로도, 나는 지금의 나를 버리지 않으며 원망하지도 않겠다.

1호선 전동차가 온다. 나와 이모를 얼비추던 '얼음호수' 안으로 전동차가 들어온다. 스크린도어가 열리고 사람들이 내린다. 저들 또한 깨지지 않는, 깰 수 없는 얼음호수 하나쯤은 품고 있을 것이다. 추워하며 열에 들떠 하며 그만 고발하라고 얼음호수에다 돌팔매질을 하고 있을지도 모른다.

다시 한 번 꿈을 꿔본다. 이모를 전동차에 넣는 순간 잡고 있던 팔을 놓아버리는 꿈. 봉하고 염해 영영 녹지 않을 얼음호수가 되는 꿈. 죽이거나 죽을 수 없어 살인호수가 되는 꿈.

1호선 전동차는 나와 이모가 동거를 시작한 바로 그 방향으로 출발한다. ☐

* 제목 '얼음호수'는 손세실리아의 시에서 차용한 것임을 밝힘.

유리벙커

이 무덤, 희한하다. 봉분은 황금빛이 도는 체리핑크로 아프로디테의 젖가슴을 빼다 박았다. 그 위로 산골짜기 물이 흐른다. 그러니까 이 무덤은 산골짜기 개울물 속에 있는 셈이다.

그 속엔 외계인이라 불러도 될 만한 생명체가 산다. 그들은 종종 무덤 밖으로 출장을 간다, 간다고 했다. 음속을 넘어선 비행접시를 타고 간다, 간다고 짐작한다.

그들 중 한 사람과 이곳으로 왔다. 그때도 그랬지만 그들은 특별하지도 않다. 우리처럼 황색의 피부와 보통의 몸으로 눈도 둘이고 코도 하나고 입도 하나다. 그들은 외계어를 사용하지도 튀는 행동도 하지 않는다. 그들은 우리와 닮았다. 아니, 같다. 그들을 만난 건 버스 안이다.

내가 그들을 만났을 때 읽은 것은 사라진 언어에 관한 책이다. 언어는 누가 언제 어떤 방식으로 살았는지에 대한 증거다. 사라진 언어는 사라진 정신이며 문화다. 나는 있었지만 없어진 것에 흥미를 느낀다. 나처럼 그러한 것에 관심이 있어 탐구한 사람들은 많다.

이곳으로 오긴 했지만 저들에 대해 아는 바는 없다. 아직은 그렇다. 저들은 우리처럼 시시덕대기도 하고 푸념을 늘어놓기도 한다. 장단을 맞춰가며 노래를 듣기도 하고 담배를 피우거나 운동도 한다. 치아교정기를 했거나 안경을 끼기도 했다. 우리와 다를 바가 없지만 저들은 외계인이다. 저들 입으로 외계인이라고 한 적은 없지만 보통 사람과는 확실히 다른, 능력을 넘어선 어떤 것을 가지고 있다, 있다고 느낀다. 당시엔 몰랐지만 지금 생각해보면 그렇다.

검은 뿔테안경을 낀 사내가 버스에 올라타더니 내 옆자리로 와 앉았다.

"책이 재미있습니까?"

발음이 정확하다. 어투는 사무적이지만 음색은 섬세하고 감미롭다. 여성적이라 말하긴 뭣하나 부드러우면서도 묵직하고 두께감이 있으나 아늑하다. 애정을 표하거나 조언을 해주기엔 적당하다.

나는 그의 목소리가 인상적이었지만 조금은 거북했다. 처음 보는 사람에게 다짜고짜 말을 붙이는 것도 그렇고 말의 내용도 그랬다.

나는 별로 내키지 않았음에도 예의상 대답했다.

"이 책을 말씀하시는 겁니까?"

검은 뿔테안경의 사내는 어깨를 한 번 으쓱해 보이더니 그렇다고 말했다.

버스 안에서 나눌 대화가 아니다. 오래 안 사이처럼 구는 것도 어쩐지 지나치다.

나는 짧게 대답했다.

"이 책은 흥미롭습니다."

사내가 안경을 추켜올리며 소리 없이 웃었다.

"그 책은 과거를 알려줍니다. 과거에 흥미를 느끼나 봅니다. 우리가 과거인이 된다면 우리는 그런 언어와 문자를 사용하고 있겠지요."

그는 내가 읽는 책이 어떤 것인지 알지 못한다. 내가 읽는 중에 와서 앉았고 내 책을 곁눈질한 적도 없다. 무슨 말이 하고 싶은 걸까.

나는 책을 덮었다.

"이 책을 아십니까?"

사내는 애매하게 대답했다.

"글쎄요, 안다고도 모른다고도 할 수 있겠지요."

사내가 자리에서 일어나며 내게 손을 내밀었다.

"담에 또 봅시다."

나는 사내의 손을 잡지 않았다. 묘하기 짝이 없는 저런 사내를 언제 또 볼 일이 있을까. 다시 본다 해도 알은체 같은 건 하고 싶지 않았다.

그 사내가 지금 내 앞에서 풍선껌으로 풍선을 만들며 걸어간다. 여기, 이 낯선 곳에서, 사내는 자기 집 골목을 걸어가듯 대단히 자연스럽다. 버스에서 만난 것과 여기에서 만난 게 우연인지 아닌지 순간 멍해진다.

사내는 백팔십 센티미터 정도의 키에 딱 벌어진 어깨, 탄탄한 허리, 다부진 걸음걸이다. 그는 체구에 어울리지도 않게 연방 풍선을 불어가며 간다. 다홍색 풍선이 사내의 얼굴을 반쯤 덮을 만큼 커지다 탁 터진다. 사내는 흘끗 나를 돌아보더니 얼굴에 붙은 껌을 날름 혓바닥으로 묻혀 다시 씹는다. 사내의 표정과 풍선이 무슨 까닭에선지 가공된 상품으로 보인다. 사내가 풍선을 만들다 짝짝거리며 씹다 해가며 자료실이라 써진 방으로 들어간다.

이곳은 무덤 속이지만 거대한 아케이드라고 해야 옳다. 천장과 바닥은 유리판으로 덮여있고 유리판 위와 아래엔 계곡의 물이 쉴 새 없이 흐른다. 물속엔 작은 물고기들도 있고 바람이 부는지 물결이 흔들리기도 한다.

그 속엔 사람들이 산다. 사람들은 일렬로 죽 늘어선 상가와 그 외의 방에서 뭔가를 한다. 상가와 방이란 참 재미없게도 짜여있다.

꽃가게 옆엔 침실이, 그 옆엔 교회가, 교회 옆엔 침실이, 그 옆엔 대화실이, 대화실 옆엔 침실이, 그 옆엔 분식점이, 분식점 옆엔 침실이, 그 옆엔 자료실이, 자료실 옆엔 침실이, 그 옆엔 옷가게가, 옷가게 옆엔 침실이, 그 옆엔 검진실이, 검진실 옆엔 침실이, 그 옆엔 노래방이, 노래방 옆엔 침실이, 그 옆엔 네일아트 숍이, 네일아트 숍 옆엔 침실이, 그 옆엔 사우나장이, 사우나장 옆엔 침실이, 그 옆엔 세탁소가, 세탁소 옆엔 침실이, 그 옆엔 서점이, 서점 옆엔 침실이, 그 옆엔 미용실이…

이런 순으로 늘어서있는 그것들은 복도를 사이에 두고 마주 보게 되어 있는 구조로 영락없는 아케이드다. 아케이드는 아케이드지만 침실과 상점이 붙어있다는 게 상식적으로 납득이 가지 않는다.

납득할 수 없는 건 또 있다. 방이며 상점들 역시 전부 투명한 유리로 되어 있다. 비밀은 없다, 없어야 한다는 의미에서인지도 모른다. 그럴 정도로 이곳은 믿을 만한 곳인가 믿지 못할 곳인가. 믿음과는 상관없이 프라이버시라든가 개인의 권리를 주장할 필요가 없는 공동체일지도 모르겠다.

검은 뿔테안경의 사내가 컴퓨터를 켠다. 화면이 나오고 화면 속엔 월계수를 쓴 나신의 남자와 여자가 마주 서 있다. 뿔테안경이 화면을 확대한다. 나신의 남자와 여자는 무엇인가를 먹는다. 뿔테안경은 연신 풍선을 불어가며 남자와 여자가 먹는 것에 커서를 댄다. 화면 전체로 열매가 클로즈업된다.

열매는 석류처럼 생겼으나 핏덩어리가 아닐까 싶게 검붉고 물컹물컹해 보이는 것이 축구공만큼이나 크다. 열매의 거죽은 멜론처럼 굵은 줄이 이리저리 나있지만 섬유질이라기보다 핏줄에 가깝다. 나신의 남자와 여자는 보는 것만으로도 아뜩해지는 열매를 허겁지겁 먹는다. 머리에 쓴 월계수와는 전혀 어울리지 않는다.

뿔테안경의 사내가 문득 나를 돌아본다. 아직도 거기 있었냐는 듯 눈썹을 찡긋 올리며 씩 웃기까지 한다. 이빨에 붙은 다홍색 풍선껌이 김이나 김치조각이 붙어있는 양 우스꽝스럽다. 나는 사내가 의도적으로 그랬건 아니건 어느 정도 경계심이 풀어진다.

사내가 들어오라는 손짓을 한다. 나는 조금 멋쩍어하며 자료실로 들어간다.

사내가 컴퓨터 모니터를 가리키며 말한다.

"저들의 언어를 알고 있소?"

버스 안에서의 목소리가 아니다. 섬세하거나 감미롭기는커녕 자다 일어났을 때처럼 두껍게 갈라져 나온다. 이상해진 목소리만큼이나 사내의 질문은 느닷없다.

나는 팔을 어긋나게 끼며 대답한다.

"어떻게 알겠습니까. 저들이 누군지도 모르는데."

사내는 빠르게 풍선을 불었다 입술에 붙은 껌을 묻혀 씹었다 해가며 말한다.

"아니, 저들을 모른다고? 저들이 아담과 하와라는 걸 여태도 몰랐단 말이요?"

좀 웃긴다. 대체 무슨 근거로 저들을 아담과 하와라고 말하는지. 더구나 다그치듯이 몰아세우는 건 또 뭔지. 펄쩍 뛸 사람은 사내가 아니고 나다.

"저들을 아담과 하와라고 칩시다. 헌데 저들은 대화를 한 적이 없습니다. 대화가 없었는데 무슨 수로 저들의 언어를 알겠습니까. 설사 대화를 했다 쳐도 안다거나 알아들을 수 있다고 말할 순 없지 않겠습니까?"

사내는 약간 실망한 듯 알 수 없는 말을 던진다.

"지금이야 그렇지만 뭐 알아낼 수도… 댁이 이곳에 있는 동안엔."

사내는 없는 언어를 찾기라도 하겠다는 건가. 언어학자도 아닌 내게 은근히 떠보는 수작이 불쾌하다.

사내가 껌을 퉤 뱉더니 나를 외면하며 말한다.

"여기까지 오느라 피곤했을 텐데 침실에 가서 쉬시죠."

사내는 뭔가를 참느라 애를 쓴다. 억눌린 듯한 목소리는 애써 예의를 차리려하나 불만스러움이 잔뜩 묻어나온다.

나는 자료실을 나가며 묻는다.

"침실이라면… 방이 많던데 어떤 방을 말하는 겁니까?"

사내는 볼멘 투로 대꾸한다.

"나가 보면 알게 될 겁니다."

나는 자료실을 나와 유리로 된 길 복판을 걸어간다. 길 양옆으로 사내가 말한 침실이라는 것이 죽 늘어서 있다. 침실1, 침실2, 침실3, 이런 식으로 표가 붙은 침실엔 누구나 봐도 된다는 듯 일인용 침대가 있고 식탁과 티테이블과 욕실이 있다. 욕실엔 세면대와 변기가 있지만 투명 유리 안에 들어있어 밖에서 다 보인다. 어떻게 볼일을 보라고 저렇게 만들었을까.

그렇게 하는 사람이 있다. 침실4에 있는 남자가 이어폰을 꽂고 변기에 앉아 노래를 흥얼거린다. 흥얼대는 소리는 들리지 않지만 입술을 달막이며 고개를 까딱까딱하는 걸로 봐 이어폰에서 나오는 노래를 따라 부르는 듯하다. 유리는 밖에선 안이 보이나 안에선 밖이 보이지 않는 유리인지도 모른다. 그렇지 않고야 어찌 저리 천연덕스레 볼일을 보고 있을까.

나는 호기심을 이기지 못해 침실4의 유리판 가까이로 얼굴을 댄다. 남자는 이렇게 하기를 기다렸다는 듯 홱 나를 돌아보더니 윙크를 한다. 헉! 나는 유리판에서 한 발짝 물러난다. 남자는 내게 시선을 떼지 않은 채 이거 보라는 듯 비데 버튼을 누른다. 남자가 비데 물줄기에 맞춰 엉덩이를 요리조리 틀더니 휴지를 훌훌 풀어 밑을 닦는다. 내게 여전히 윙크를 던지면서 혓바닥을 날름거리기도 한다.

흐~ 나는 벌쭘해져 고개를 돌린다. 돌린 바로 앞에 비니모자를 쓴, 나보다 대여섯은 더 먹어 보이는 남자가 서 있다. 이 자는 언제 또 여기에 왔을까. 비니모자는 자기를 따라오라는 시늉을 하며 성큼성큼 앞서 간다.

나는 비니모자를 쫓아가며 묻는다.

"여긴 왜 이렇게 다 보이게끔 되어 있습니까?"

비니모자는 별 걸 다 묻는다는 투로 대꾸한다.

"다 보여서 뭐 문제 될 거라도 있나요?"

비니모자의 음색은 버스 안에서와는 다르다. 여성적이지도, 투명하지도, 경쾌하지도 않다. 트럼펫의 단조 음이라고나 할까. 안개가 낀 듯 우울감이 짙게 배어 있다.

음색은 그렇다 치고 나는 조금 당황스럽다. 원시시대도 아니고 원시시대라 해도 그렇다. 보일 것과 보이지 말아야 할 것, 보이고 싶은 것과 보이고 싶지 않은 구분은 원시시대에도 있었을 터이다. 어떤 막이나 경계를 허물고 싶다 해도 이건 아니다. 서로 막힘없이 살고 흉허물 없이 산다는 눈속임에 불과하다. 여긴 왜 이럴까.

비니모자가 나를 침실1로 데려간다.

"곧 식사가 올 겁니다."

비니모자는 그 말만 하곤 침실을 나간다.

나는 영문도 모른 채 꽃가게와 교회 사이에 있는 침실1에서 멀뚱히 서 있기만 한다. 뿔테안경과 비니모자는 누구이기에 이곳에 같이 있을까.

*

비니모자를 만난 것 역시 버스 안이다. 검은 뿔테안경의 사내가 내리자 옆자리로 와 앉은 게 비니모자다.

비니모자는 한동안 잠자코 창밖만 내다보더니 내게 말을 붙였다.

"옛날 사람들은… 그러니까 과거인들은 어떤 언어로 무슨 이야기를 하며 살았을까요."

이건 또 무슨 수작이람. 뿔테안경의 사내는 내리고 없는데 마치 그 사내에게서 바통이라도 이어받은 듯이 군다. 어투는 뿔테안경처럼 사무적이나 음색은 남성적이라기보다 여성적이다. 거의 피콜로에서 나는 투명한 음색 수준.

나는 아무 대답도 하지 않았다. 버스를 타고 가다 보면 별별 사람을 본다. 흔들리는 그 와중에 손거울을 꺼내 콘택트렌즈를 눈에 넣는 여자가 있는가 하면, 눈썹 올리는 기구로 속눈썹을 올리는 여자도 있다. 그런가 하면 내가 남자임에도 슬그머니 허벅지를 쓰다듬는 작자도 있다. 그에 비하면 비니모자는 점잖은 축에 속한다. 다만 처음 보는 사람에게 건넬만한 얘기가 아니라는 게 생뚱맞다.

나는 비니모자를 무시하고 계속 책을 읽었다. 딱히 할 말도 없거니와 간단히 답할만한 사항도 아니었다.

비니모자는 내게 질문을 던진 게 아니라 자신의 말을 하고 싶었던 듯 창밖을 보며 말을 이었다.

"어떤 언어로 무슨 이야기를 했던 과거인들의 언어는 쓰레기입니다. 관심을 가질 필요가 없다는 말입니다. 그런 소모적인 일에 낭비할 시간은 없습니다."

나를 두고 하는 말 같은 것이 어째 찜찜했다. 나는 대꾸하지 않기로 한다. 비니모자가 어떤 생각과 판단을 하던 나와는 상관이 없다. 나는 책장을 표시 나게 발칵 젖히는 걸로 독서를 방해하지 말하는 뜻을 던졌다.

책 속엔 이스트 섬에 대해 나온다. 이스터 섬의 거대 모아이 석상은 아직도 미스터리다. 그들의 언어 롱고롱고어 역시 미해독 상태다. 그들이 무엇을 생각했는지 알려면 그들의 언어를 알아야 하지만 그들도 언어도 지금은 없다. 무엇으로 어떻게 살았는지 생활의 흔적 같은 것도 없다. 그들이 이스터 섬에 살았다는 건 맞는 말인가? 없다, 혹은 죽었다고 말할 수 있을 정도로 그 섬에 살았다는 게 사실인가? 모르는 것을 밝혀내고 싶은 욕구가 스멀거린다.

비니모자가 독서를 중단시켰다. 비니모자는 내 생각을 스캔이라도 한 양 이해할 수 없는 말을 주절거렸다.

"과거인들의 언어를 찾겠다는 발상, 대단히 깜찍하오. 발상은 참신한지 모르지만 과거인들의 언어는 죽은 언어요. 죽은 언어에 매달리는 건 무가치한 일이오. 무가치한 일에 열정을 쏟기엔 남은 인생이 아깝지 않소?"

나는 기어이 책을 덮으며 비니모자에게 잘라 말했다.

"그래서 어쨌다는 겁니까? 난 댁이 하는 말에 관심이 없습니다."

때아니게 학교로 가는 길이 멀기만 하다. 텅 비다시피 한 버스 안이 갑갑해 온다. 산소가 모자란 듯 숨쉬기도 뻑뻑하다. 창을 연다. 매연과 소음을 실은 바람이 내 뺨을 스쳐 비니모자에게로 간다.

비니모자가 자리에서 발딱 일어나며 말했다.

"바람이… 귀찮군. 언제 또 봅시다. 내 말이 거짓이 아니라는 걸 알게 되는 그런 장소에서 다시 만나게 될지 누가 알겠소?"

그렇게 말했던 비니모자는 아케이드 길을 따라 멀어져 간다. 생각해 보니 버스에서 만난 뿔테안경과 비니모자는 우연히 내 옆자리에 와 앉은 게 아니다. 그렇다면 무슨 까닭에서일까.

비니모자가 가자 이곳엔 바람이 없다는 게 느껴진다. 투명한 유리로 보여줄 건 다 보여주지만 꽉 막힌 공간이라는 생각이 든다. 그런데도 숨쉬기가 뻑뻑하다거나 답답하지는 않다. 비니모자의 말대로 이곳은 소모성이 배제된 특이한 장소일 수도 있다.

하지만 바람이 없다는 건 받아들이기가 쉽지 않다. 저세상이 아니고야 바람이 없을 수는 없다. 내가 바람이 없거나 차단된 곳에 와 있다면 나는 이미 죽어 과거인이 되었다는 얘기다. 나는 죽어서 살아 있던 때를, 죽어서 다른 세상으로 가는 과정을 낱낱이 겪고 있는 건 아닐까. 이렇게 살이 있고 콧구멍이 근질거리고 입안이 탑탑한데 무엇으로 죽었다고 단정할 수 있을까.

어떤 게 사실이든 나는 무엇으로 이곳에 와 있는지 무척이나 궁금하다. 혹시 죽은 것도 산 것도 아닌, 귀신도 사람도 아닌 괴이적은 존재가 되어버린 것은 아닐까.

티테이블 위엔 이름을 알 수 없는 꽃 한 송이가 유리병에 꽂혀 있다. 작은 노트 한 권과 볼펜, 버스 안에서 읽었던 책도 놓여 있다. 누가 여기다 내 책을 가져다 놓았을까. 언제 이 책을 손에서 놓쳤을까. 기억나는 게 하나도 없다. 과거로 와 과거인이 되어 그렇다면 나는 지금부터 무엇을 어찌해야 좋단 말인가.

침대에 벌렁 눕는다. 눈이 저절로 유리천장에 꽂힌다. 천장 위엔 계곡의 물이 힘차게 흐른다. 저기 어디쯤에서 이곳으로 왔을 터인데 입구는 보이지 않는다. 얼쩡거리는 사람이나 동물도 눈에 뜨이지 않는다. 이름을 알 수 없는 작은 물고기가 떼를 지어 다니고 수초가 흐느적거리는 게 전부다. 산골짜기에 숨어 있는 곳이라서 그렇다 해도 어쩐지 선뜻 믿어지지 않는다.

침실 맞은편 쪽으로 몸을 돌린다. 건너편 미용실에선 노년으로 접어든 남자가 머리를 커트하고 있다.

이곳에서 말을 나눈 사람은 뿔테안경과 비니모자밖엔 없다. 거리와 상점엔 사람들이 있었다. 자료실로 들어갈 때 본 노래방에선 깡마른 여자가 마이크를 잡고 노래하고 있었다. 비니모자와 침실로 올 때 본 식당에선 중년여자가 국수를 먹느라 여념이 없었다. 어떤 청년은 휴대폰으로 통화하며 가다 나와 부딪칠 뻔하기도 했다. 그들은 뭔가를 할 뿐 나를 돌아보지 않았다. 어떤 이유에서인지는 모르나 그들은 하나같이 나를 터부시하고 있다, 있다는 느낌이 든다. 그들의 거부감은 강력한 자기력의 위력만큼이나 나를 위축시킨다.

비니모자가 카트를 밀며 내 침실로 들어온다. 카트 위엔 음식들이 정갈하니 맛깔스럽게 놓여 있다.

비니모자는 식탁 위에다 상을 차리며 말한다.

"독이 들어 있거나 괴상한 약을 첨가하진 않았으니 맘 놓고 드십시오."

이상한 친절이다. 말하지 않아도 음식을 가져오는가 하면 묻지도 않은 말을 한다. 나는 말없이 수저를 든다.

비니모자는 냅킨을 펴 내 무릎에 판판하게 놓아주며 말한다.

"딱히 가리는 음식도 좋아하는 음식도 없어서 일반음식으로 준비했습니다."

내 식성을 어찌 알아서 저리 말할까. 의심한 건 어찌 또 알아서 독이며 약을 운운하는 것일까. 그보다 묻고 싶은 말이 있다. 내가 어떤 경로로 이곳에 오게 됐는지, 스스로 오긴 했지만 감금된 듯한

이 느낌은 뭔지, 시계나 텔레비전은 어째서 없는지, 여기는 무엇을 하는 데이며 어디에 있는 곳인지, 책은 누구에 의해 티테이블에 놓이게 된 것인지, 이곳에 있는 사람들은 누구이며 무엇 때문에 여기에 있는지, 궁금한 것으로 치면 밤을 새워 물어도 모자라다.

나는 일단 밥부터 먹기로 한다. 사기그릇 뚜껑을 연다. 밥이 자르르 기름을 흘린다. 막상 따끈한 밥을 보자 생각지도 않게 식욕이 당긴다. 나는 하나하나 재료나 맛을 감별하듯 불고기와 김치와 호박전과 오이냉채와 잡채를 먹는다. 따끈해야 할 음식은 알맞게 따끈하고 차야 할 음식은 알맞게 차다. 옆에서 순간순간 만들어 내놓은 듯한 음식들이 감탄보다는 미심쩍다. 이 음식은 누구의 지시 하에 만든 것이며 어떤 연유로 내게 주는 것인가. 밥을 다 먹으면 나를 어떻게 하려고 이러는 것인가.

비니모자는 내가 말없이 먹기만 하는 것을 보며 말한다.

"음식이 입에 맞을 거요. 오늘은 첫날이라 내가 가져왔지만 낼부터 다른 사람이 가져올 겁니다. 이곳이 첨이라 모든 게 의심스럽고 어정쩡할 테지만 곧 적응할 수 있을 겁니다. 다들 그렇게 합니다."

다들 그렇게 라면 나 말고도 이렇게 한 사람들이 있다는 얘기다. 왜? 무엇 때문에? 더구나 적응이라면 일정 기간을 전제로 한다. 본인에겐 묻지도 않고 묶어두겠다는 심산이 아닐 수 없다.

나는 두려워지는 마음을 꾸역꾸역 밥을 넘기는 것으로 추스른다.

나와는 달리 비니모자는 태평스레 침대에 걸터앉아 휴대폰으로 게임을 한다. 모양은 저렇듯 허술해 보이나 나를 감시한다는 느낌이 든다. 그래서 그런지 나는 휴대폰을 꺼내 여기가 어디인지 알아보려는 시도를 하지 못한다. 갑자기 입맛이 떨어진다. 나는 슬그머니 수저를 놓는다.

이번에도 비니모자는 내 의중을 알고 있다는 듯 한마디 던진다.

"벌써 그만 드시게요? 그럴 거 없습니다. 여기선 휴대폰이 안 됩니다. 배터리도 떨어졌을 걸요? 충전시킬 기기도 없습니다. 내가 쓰는 이 휴대폰은 이곳 사람들만이 사용 가능한 휴대폰입니다. 식사, 마저 하시죠."

비니모자는 독심술사인가. 시비를 거는 것도 고압적인 말투도 아니건만 비니모자의 말엔 거역할 수 없는 힘이 들어있다. 나는 먹을 만큼 먹었다고 둘러댄다.

비니모자는 좀 전에 한 말을 다시 한다.

"첨엔 다들 그렇게 말합니다. 나도 그랬거든요."

'다들'에다 '나'를 첨부하는 건 모두가 그렇게 했으니 너도 그렇게 해야 한다는 강요이자 안심해도 된다는 얄팍한 술수다. 누가 뭘 어찌했건 나는 생각할 시간이 필요하다. 내발로 오긴 했지만 꼭 원했다기보다 호기심 때문에 왔다. 호기심이 이렇게 문제가 될 줄은 몰랐다. 비니모자 말고 다른 누구 없을까. 그렇지, 그 여자가 있었지. 그 여잔 어디에 있을까.

나는 좌우로 고개를 돌린다. 침실 오른쪽엔 교회가 있고 중절모를 쓴 남자가 두 손을 마주잡고 기도를 한다. 침실 왼쪽엔 꽃가게가 있고 머리를 틀어 올린 여자가 등을 돌린 채 꽃을 다듬는다.

저들은 누구일까. 왜 여기서 저러고 있을까. 이곳 사람들의 목소리를 듣지 못했다 게 생각난다.

비니모자가 주섬주섬 식탁을 치운다.

비니모자는 이번에도 내 생각을 꿰고 있다는 듯이 말한다.

"이곳과 저곳이라고 갈라서 생각할 건 없습니다. 모든 건 생각하기 나름입니다. 자, 이따 또 봅시다."

비니모자의 말은 그럴 듯하나 석연치 않다. 다시 볼 것처럼 말하는 것도 그렇고 선명한 게 도무지 없다.

나는 비니모자가 가자 갑자기 할 일을 빼앗긴 사람처럼 부접을 하지 못한다. 침대에 걸터앉아 마음을 다독여본다. 마음인지 신경인지는 차분해지는 게 아니라 널뛰기하듯 한다. 밥을 먹었으니 그 다음엔 어떤 무엇이 나를 기다리고 있을지, 이곳에서 뭘 할 수 있을지, 뭘 하고 싶어 이곳을 찾았는지 아뜩해진다. 미해독 문자나 사라져버린 책 속의 그들을 찾고 싶어 왔다면 나야말로 미친놈이다.

휴대폰을 꺼내본다. 먹통이다. 비니모자의 말은 사실이다. 이곳은 외부와의 소통을 막고 있다. 으, 어쩌면 좋은가. 나는 감금된 것일까.

참담함이 뭉글뭉글 피어오른다. 나를 괴롭히거나 따지는 사람은 없다. 그와는 반대로 저들은 친절한데 내 몸은 부르르 떨리기만 한다.

다시 침대에 벌렁 눕는다. 천장의 유리판엔 지금도 물줄기가 굴러 떨어지며 흘러간다. 저 풍경은 자연스럽게 꾸민 시뮬레이션에 불과할지도 모른다. 벌레 하나 기어가다 빠지지 않는 것도 그렇고, 물고기들이 항상 같은 방향으로 헤엄치는 것도 그렇다.

이곳 사람들은 나처럼 천장의 유리판 따윈 보지 않는다. 떡집에선 떡을 만들고 서점에선 책을 정리하고 네일아트 숍에선 손톱을 다듬는다. 위를 볼 새가 없어서 일만 하는 것인지, 천장의 유리판엔 관심이 없어서 일만 하는 것인지 짐작조차 가지 않는다.

교회에서 기도하던 중절모의 남자가 자리에서 일어난다. 나는 침대에서 벌떡 일어나 유리판을 톡톡 두드린다. 남자는 소리를 듣지 못했는지 소리가 전달되지 않는 유리판인지 눈길 한 번 주지 않는다. 중절모가 교회를 나가더니 세탁소로 들어간다. 양복 한 벌을 찾아들고는 아케이드 길 끝 쪽으로 휘적휘적 간다. 중절모가 가고 있는 저 길 끝엔 무엇이 있을까. 속이 훤히 보이는 방이나 상점이 아닌 보통의 개인 주택이 있지는 않을까.

속이 다 들여다보이는 곳에선 사람이 살 수 없다. 가릴 것이 없어도 가릴 수 있는 게 있어야 한다. 적어도 나는 그렇게 생각한다. 언젠가 기회가 오면 아케이드 길이 끝나는, 시야 밖으로 뻗어난 길을 가보리라 벼른다.

꽃가게로 눈을 돌린다. 꽃가게 여자는 이름을 알 수 없는 꽃 한 송이를 유리병에다 꽂는다. 내 방에 있는 유리병 속의 꽃과 같은 꽃이다. 내 방의 꽃도 저 여자가 꽂아 놓았다는 말이 된다. 두려움이 조금은 희석된다. 꽃가게 여자에게 말을 붙여봐야겠다. 꽃을 만지는 여자가 사나우면 얼마나 사납고 교활하면 얼마나 교활하겠는가.

나는 유리판을 톡톡 두드린다. 여자가 고개를 돌린다. 유리판은 소리가 통하는 유리벽이라는 얘기다. 중절모는 내가 두드리는 소리를 듣지 못한 게 아니라 듣지 못한 척했다는 말이 된다. 왜 그랬을까.

꽃가게 여자가 어째 낯이 익는다. 여자는 선글라스를 벗고 머리를 틀어 올려서 그렇지, 선글라스를 쓰고 머리를 푼다면 그 여자다. 버스 안에서 내 옆에 앉았던 바로 그 여자.

여자의 목소리가 너무나 생생하다. 여자는 현영보다 더한 코맹맹이로 나를 홀렸다. 홀릴 만큼 예쁜 여자도 아니고 듣기 좋았던 목소리도 아니건만 나는 저 여자의 말에 끌려 이곳까지 왔다.

*

비니모자가 버스에서 내리자 긴 머리에 선글라스를 쓴 여자가 올라탔다. 선글라스의 여자는 뒷자리로 가는가 싶더니 내 옆 자리로 와 앉았다.

나는 갑자기 흥미가 당겼다. 학교로 가는 동안 내 옆엔 몇 명의 사람이 앉았다 내릴 것인가. 그들은 어떤 배경을 가진 사람들이며 어째서 이 시간, 이 버스, 이 자리에 앉게 된 것일까. 보이지 않는 끈이 나와 이 버스의 사람들을 하나로 엮어 만나게 하는 것은 아닐까.

여자에게서 알 수 없는 향이 났다. 나는 여자가 눈치 채지 않게 코를 벌름댔다. 갓난아기에게서 나는 폭신하고도 어린 향이 은은하게 풍겼다. 아무리 맡아도 질리지 않을 듯한 향이 마음을 끌었다.

나는 여자의 향에 넘어갈 정도로 순진하진 않다. 만나고 스치는 여자들은 많다. 학교 연구실에서도 동아리 모임에서도 여자들은 많지만 그저 여자일 뿐이다. 때가 되면 생리를 하고, 남자친구에게 공주 대접을 받고 싶어 하고, 때론 어머니처럼 굴기도 하고, 어느 땐 학점 때문에 징징대거나 별 것 아닌 것에 토라지기도 한다. 여자는 내게 환상이 아니다. 오히려 연봉 좋은 회사에 취업한 여자를 애인으로 둔 놈을 부러워하는 게 나다. 헌데 어쩐 일인지 선글라스에게선 알 수 없는 판타지가 흘러나왔다.

선글라스는 내 책을 슬쩍 보는가 싶더니 생각에 빠져 있기만 했다. 나는 장난삼아 선글라스가 생각하는 생각을 더듬어봤다. 선글라스는 나를 생각하는 중이다.

선글라스가 돌연, 나를 돌아보며 말했다.

"그래요, 나는 지금 댁을 생각하고 있어요."

흘~ 뭐 이런 일이! 나는 내 귀를 의심하며 다른 한편에선 나의 무엇을 생각했는지 궁금했다. 나는 거두절미하고 말하는 선글라스에게, 초능력을 부리고 있는 듯이 말하는 선글라스에게 슬슬 관심이 동했다.

선글라스는 내가 읽는 책에다 눈을 두며 말했다.

"댁은 미해독 글자에 관심이 많군요. 글자도 글자지만 확인되지 않은, 확인할 수 없는 것에 마음을 빼앗기는 편이네요."

선글라스의 음성은 그럴 수 없이 코맹맹이인데 어투는 사무적이다. 선글라스에겐 어울리지 않는다. 코맹맹이는 아무리 사무적으로 말해도 사무적으로 들리지 않는 법이다.

선글라스가 이번엔 예의 그 갓난아기 향과 같은 미소를 흘리며 말했다.

"나랑 같이 가보지 않겠어요? 그곳은 미확인체가 있는 곳이라고 할 수 있어요. 대단한 모험심이 있어야 갈 수 있는 데는 아니에요. 가기도 쉽고 안전하며 재미도 있어요. 자신의 생각을 사진 찍은 듯이 볼 수 있는 데거든요. 가보면 절대 후회하지 않을 거예요."

선글라스의 말은 도발적이다. 서론을 생략한 채 본론부터 말한다. 본론이라는 것도 일반적이지 않다. 극장도 찻집도 공원도 아닌 미확인체가 있는 곳이라고 한다. 묻지도 않았건만 안전하며 재미있다는 리플까지 단다.

나는 선글라스에게 물었다.

"댁은 누구이기에 그런 말을 합니까? 내가 확인되지 않은 것에 관심이 있는지 없는지 어떻게 압니까? 난 그런 게 있다는 말도 그런 곳이 있다는 말도 들어본 적이 없습니다."

선글라스는 쌩긋 웃으며 긴 머리칼을 목 뒤로 제친다. 달착지근하고도 보드라운 향이 꽃이 피듯 나를 덮쳤다.

"의심을 하기보다 가서 눈으로 보면 확실해지지 않겠어요? 어떤 물체라기보다 물체이자 장소라는 게 정확한 표현이겠네요. 미확인체가 있는 곳이란 미확인 장소이기도 하니까요.”

나는 조금 머뭇댔다. 호기심이 이는 것은 사실이나 지금은 학교로 가는 중이다. 지도교수와 우리나라에서 발굴되지 않은 미해독 글자에 관한 연구 스케줄이 잡혀 있다.

내가 대답도 하기 전에 선글라스는 내 속을 들여다보듯 말했다.

“학교 때문이라면 걱정하지 마세요. 오늘은 공휴일이잖아요.”

아차, 오늘이 공휴일인가? 아니, 그렇지 않다. 오늘은 목요일이며 평일이다. 아버지는 출근길을 서둘렀고 어머니는 여동생에게 아침을 먹고 가라며 성화를 부렸다. 여동생은 오늘이 시험 마지막 날인데 늦잠을 잤다며 뛰쳐나갔다. 선글라스는 요일을 잘못 짚었다.

“오늘은 공휴일이 아닙니다. 목요일이며 강의도 있는 날입니다. 아무래도 요일을 잘못 아신 거 같습니다.”

선글라스는 자신의 휴대폰을 내게 들이밀었다. 선글라스의 휴대폰엔 날짜와 공휴일인 요일이 분명하게 찍혀 있었다.

선글라스는 휴대폰을 핸드백에 넣으며 말했다.

“그곳을 아는 사람은 아무도 없어요. 산꼭대기 은밀한 곳에 있어서 어느 누구도 발견하지 못했어요. 산꼭대기라지만 물이 흐르고 물고기도 살아요. 물 아래엔 무덤이 있는데 황금빛이 도는 체리핑크예요. 난 지금 거기를 가는 중인데 같이 가 볼 생각 없어요?”

나는 선글라스의 말에 적잖이 들떴다. 그런 곳이 있다면, 더구나 산골짜기 물 밑에 무덤이 있다면 발견되지 못한 유물들 또한 있을 것이다. 어쩌면 우리나라에서 아직까지 발견하지 못한, 우리

민족이 사용한 고유문자가 적힌 문서가 있을 수도 있다. 과한 상상이겠지만 나는 지도교수와 진행 중인 작업이 절로 떠올랐다. 우리나라에서 발굴되지 않은, 우리의 선대들이 썼던 우리만의 미해독 글자. 누구도 아닌 내가 우리만의 미해독 글자를 발견한다면 그거야말로 대어 중의 대어를 낚는 격이었다. 발표하는 논문은 권위가 인정될 것이고 교수가 되는 길도 당길 수 있을 터였다. 생각만으로도 가슴이 떨렸다.

나는 기대와 포부를 빵빵하게 안고 선글라스를 따라 산에 올랐다. 선글라스의 말대로 산꼭대기엔 믿을 수 없게 예쁜 골짜기가 있었고, 맑은 물이 흘렀고, 물고기가 있었고, 물밑엔 아프로디테의 젖가슴을 빼닮은, 황금빛이 어룽대는 체리핑크의 무덤이 있었다.

나는 그것을 본 후 어떤 입구를 통해 어떤 경로를 거쳐 이곳에 도착했는지 알지 못한다.

알지 못하겠는 건 유리판에다 얼굴을 대고 웃는 저 선글라스의 여자다. 딱히 저 여자 때문에 여기까지 온 것은 아니지만 나는 선글라스에 대해 불신과 의지하고 싶은 심정이 뒤죽박죽 든다.

나는 유리벽에 대고 말한다.

"여긴 어딥니까? 어떻게 여기까지 오게 된 겁니까?"

선글라스는 말 대신 이름을 알 수 없는 꽃 한 송이를 유리판에 대고 흔든다. 잘 있었냐는 듯, 반갑다는 듯, 연인이라도 만난 양 다정한 표정을 짓는다.

선글라스보다 눈에 들어오는 건 꽃이다. 선글라스가 흔드는 꽃은 이곳만큼이나 이해하기 어렵다. 라플레시아처럼 생긴 커다란 꽃은 흔드는 대로 백합이 되었다 해바라기가 되었다 달리아가 되었다 한다. 유전자를 조작한 꽃이라 해도 저런 급격한 변화는 감당하기 어렵다. 꽃을 보여주는 게 아니라 마술을 보여주는 것일지도 모르겠다. 행여 여기가 저런 꽃을 만들어 내는 곳이라면 형질마저 완전히 바꿀 수 있는 최첨단기술 연구센터쯤이 될 것이다. 나는 나와는 아무 상관도 없는 곳에 와 있는 셈이다.

선글라스가 꽃가게를 나와 내 침실로 들어온다.

"왜 그렇게 박혀 있기만 해요? 갇힌 것도 아닌데. 식사도 끝냈으니 잠시 산책이나 갈래요?"

놀라운 일이다. 선글라스의 음성은 코맹맹이가 아니라 깜짝 놀랄 만큼 하이소프라노로 날카롭게 찢어댄다.

검은 뿔테안경이며 비니모자도 버스에서 만났을 때와는 다른 목소리였다. 장소나 공기에 따라 음파가 달라질 수 있다는 것을 감안하더라도, 저들의 목소리는 꽃이 흔들릴 때마다 형질이 바뀌는 것과 다르지 않다. 이곳은 첨단 과학의 강력한 영향권 아래에 있는 게 틀림없다. 내 목소리도 이곳에선 다르게 나오고 있을지도 모른다.

나는 의구심을 품은 채 선글라스를 따라나선다. 선글라스는 틀어 올린 머리를 풀더니 가볍게 좌우로 흔든다. 머리칼이 보기 좋게 늘어진다.

선글라스는 어디를 구경하고 싶은지 묻는다. 나는 어디를 구경하고 싶은 게 아니라 여기가 어디인지 무엇을 하는 곳인지 알고 싶다. 선글라스가 말한 미확인체가 있는 곳이 여기라면 대체 저 사람들이며 상점들은 무엇이란 말인가.

나는 앞서 걷기만 하는 선글라스의 팔을 잡는다.

"그렇게 가기만 할 게 아니라 내 얘기 좀 들어보십시오. 여긴 대체 어딥니까? 무엇을 하는 뎁니까?"

선글라스는 격앙된 내 목소리와는 달리 느긋하다 못해 태연자약하다.

"여긴 계급이 없는 곳이에요. 모두가 하고 싶은 일을 하죠. 싫증이 나면 다른 일을 해도 돼요. 댁도 그럴 수 있어요."

산 넘어 산이라더니 선글라스는 내 질문과는 방향도 다르게 나간다.

나는 선글라스의 앞을 가로막는다.

"그런 소릴 듣자고 여기 온 게 아닙니다. 나를 데리고 온 이유가 뭡니까? 난 이곳에서 일이나 하려고 온 게 아닙니다. 미확인체란 어떤 겁니까? 어디에 있는 겁니까?"

선글라스는 내 말엔 대꾸도 하지 않은 채 대화실로 들어간다.

대화실은 말이 대화실이지 양옆으론 침실이 다 보여 입도 떼기 전에 다물어야 할 판이다. 소파나 테이블, 의자나 탁자 같은 것은 없고 청색의 얇은 매트리스만이 깔려 있다. 이런 곳에서 어떤 대화를 나누라는 말인가. 차라리 잠을 자든가 요가를 하면 딱 맞을 만한 방이다.

나는 부아가 치미는 걸 꾹꾹 눌러가며 말한다.

"괜히 왔다는 생각이 듭니다. 학교로 다시 가고 싶은데 어디로 가야 나갈 수 있습니까?"

선글라스는 매트리스와 유리벽이 붙어있는 곳으로 가더니 두 팔로 매트리스를 짚고 두 다리를 유리벽에 거꾸로 세운다.

"질문이 많군요. 우선, 아담의 꽃을 받은 기분이 어떤가요?"

선글라스가 입을 열 때마다 기이한 냄새가 난다. 꽃을 만지고 꽃 속에 묻혀 있다 나왔을 텐데 생선이나 동물의 피에서 나는 비릿함이 훅 끼친다. 판이한 목소리만큼이나 선글라스가 생소하기 짝이 없게 보인다.

나는 선뜻해지는 기분을 내색하지 않으려 목소리에 힘을 준다.

"아담의 꽃이라니요, 그보다는 알고 싶은 게 있습니다. 댁이나 뿔테안경을 쓴 남자나 비니모자를 쓴 남자는 결국 한 조가 되어 나를 유인했다는 생각이 드는데 맞습니까?"

선글라스는 물구나무서기로 매트리스 가장자리를 따라 돌며 말한다.

"유인이라니요? 말도 안 돼! 아담의 꽃을 보여주고 싶어 같이 온 것뿐인데 그렇게 얘기하면 섭섭하죠. 아담의 꽃을 받은 기분이 어떻던가요?"

나는 왜 여기에 와 있는지, 여기는 어디이고 무엇을 하는 곳인지 알고 싶은 마음이 급하다. 급하니까 대답부터 한다.

"아담의 꽃이란 아까 내게 흔든 그 꽃을 말하는 겁니까? 내 침실이라는 곳에도 꽂혀있더군요. 그 꽃을 아담의 꽃이라고 한다면 꽃

이름이 어째서 아담의 꽃인지 모르겠군요.”

꽃을 받은 기분 같은 것은 중요하지 않다. 꽃 이름에 대해서도 마찬가지다. 그런데 나는 바보같이 아담의 꽃 이름에 대해 의문을 던지고야 만다. 후회해도 소용없다. 벌써 선글라스의 그 째지는 음성이 날카롭게 나온다.

“아담이 먹는 그 열매를 보셨나요? 태양을 삼켜버린 듯한 그 열매 말이에요. 그 나무에서 피는 꽃이 아까 본 꽃이에요.”

그래서 어쨌다는 말인가. 성경에 나온 아담이 어떤 열매를 먹었건, 그 열매가 핏덩어리 같건 태양 같건, 그 나무에서 어떤 꽃이 피건 지건, 나와 무슨 상관이란 말인가. 더구나 그러한 게 지금까지 있다면, 있을 수 없지만 있다면 그거야말로 미확인체는 아니다. 좀 전에도 버젓이 있는 걸 보았고, 내가 보았듯 이곳 사람들도 보았을 텐데 어찌 미확인체라 할 수 있을까.

선글라스는 내 의중을 알아채곤 그럴싸하게 말한다.

“버스 안에서 미확인체가 있다고 한 말 기억나나요? 여기가 바로 그런 곳이에요. 외부에서 아직까지 발견하지 못한 곳이거든요. 여긴 계급이 없고 하고 싶은 것을 할 수 있어요. 지금까지 살다 온 곳엔 알게 모르게 계급이 있고 하기 싫은 일도 해야 했었죠. 그에 반해 여긴 모든 게 평등하고 자유로워요. 외부에서 본다면 이곳이야말로 미확인체이자 장소가 되는 거죠.”

선글라스는 사실적이기보다 피상적으로 말한다. 피상성이야말로 사실을 미화시키는 장치다. 관념을 주 무기로 핵심을 비껴나는 재주를 부린다. 나는 갑자기 이러한 것들이 싫어진다. 뭔지 모르게 조여 대는 감이며 내 의지와는 다르게 끌려가는 느낌이 짜증스럽기만 하다. 나는 이곳이 어떤 곳이든, 무엇 때문에 여기서 일이나 하고 오래 있을 듯이 말하든 벗어나고 싶을 따름이다.

나는 입구 쪽으로 몸을 틀며 말한다.

"여길 나가고 싶습니다. 어디로 가야 나갈 수 있습니까?"

선글라스는 거꾸로 서 있던 몸을 바로 하며 말한다.

"들어올 때도 알아서 들어왔으니 나갈 때도 알아서 나가야 하는 게 맞지 않나요? 잡고 놓아주지 않는 사람은 아무도 없어요. 겁먹지 마세요. 들어오는 것도 나가는 것도 다 자유니까요."

참으로 황당한 말이다. 나는 산꼭대기에서 골짜기 물속의 봉분을 본 게 전부다. 그다음은 무엇에 의해 어떤 길로 여기까지 오게 됐는지 알지 못한다. 나가는 게 자유라고는 하나 출구도 알려주지 않은 채 나가라는 말은 니 힘으로 나가나 못 나가나 두고 보겠다는 심보다. 결코 쉽게 나갈 수 없다는, 조롱 섞인 협박이다.

나는 선글라스에게 더는 묻지 않기로 한다. 묻는다고 알려줄 것 같지도 않거니와 알려준다 해도 원론적인 말만 늘어놓을 게 뻔하다.

나는 자리를 떨치고 대화실을 나온다. 이곳에서의 나는 무엇이 되어 버렸을까. 저들은 누구이고 아담의 열매와 꽃을 말하는 저들의 궁극적인 목적은 무엇일까. 어쩐지 등골이 서늘해온다.

나는 일자로 반듯하기만 한 길을 걷는다. 바닥은 반들반들한 유리판이고 유리판 밑엔 계곡의 물이 물거품을 일으킨다. 물거품이 눈을 쑤시고 온통 유리판인 유리가 눈을 뜰 수 없게 아프다.

맞은편에서 이어폰을 낀 남자가 걸어온다. 남자가 내 앞에 서더니 반가운 표정을 숨기지 않는다. 남자는 이어폰을 빼며 내게 손을 내민다. 악수를 청하는 것이다.

*

버스에서 본 사람 외에 처음으로 내게 아는 체해 주는 이 사람, 변기에 앉아 있던 그 남자다. 남자는 아래위 트레이닝복 차림으로 허들허들 웃는다. 웃음이 참 난감하다. 남자는 격의 없는 사이처럼 그 큰 손을 불쑥 내밀더니 내 손을 잡고 흔든다. 나는 어정쩡하게 남자의 손을 잡는다.

남자는 무슨 기쁜 일이라도 있는지 이를 활짝 드러내며 말한다.

"반갑습니다. 신입으로 오신 분 맞죠? 내가 똥 누는 거 본 분. 잘해봅시다."

여기는 회사나 단체 모임이라도 되나? 나는 어쩌다 알지 못하는 곳에 와서 내 뜻과는 상관없이 모르는 사람들을 만나고 뜻도 모르는 말을 듣는다.

나는 제법 악력이 센 남자의 손을 놓으며 묻는다.

"신입이라니요, 전 여기 소속이 아닙니다. 이곳이 어딘지도 모르고 뭘 하는 덴지도 모릅니다. 혹시 시간이 나면 저랑 얘기 좀 하실 수 있습니까?"

트레이닝복의 남자는 마치 껄껄 웃고 있기라도 한 양 흔쾌히 대답한다.

"좋으실 대로. 난 지금 운동을 하러 가는 중인데 가면서 얘기할까요."

남자가 하도 선선히 말하는 바람에 나는 기대감이 차오른다.

나는 하소연 하듯 조급하게 남자에게 쏟아낸다.

"여기가 어떤 곳인지 잘 모르겠습니다. 아담의 언어를 아냐고 묻질 않나, 아담의 꽃을 받은 기분이 어땠냐고 묻질 않나, 대체 아담이 뭐기에 여기선 자꾸 아담, 아담, 하는 겁니까? 여긴 어떻게 오셨습니까? 누구 소개로 오신 겁니까 저처럼 우연히 오신 겁니까? 모르는 것투성이라 도무지 감을 잡지 못하겠습니다."

트레이닝복의 남자는 연신 스파링 자세를 취해가며 말한다.

"궁금해 하는 것도 당연합니다. 아담을 얘기하는 건 큰 뜻이 있어서는 아닙니다. 아담은 이곳의 로고와도 같은데 신입에게 이곳을 소개하는 차원에서 말하는 정도입니다. 여기에 있다 보면 차츰 알게 될 테니 서두를 필요는 없습니다. 나 역시 댁처럼 우연히 오게 됐는데 이곳에 만족합니다."

트레이닝복은 고민 따윈 없다는 듯, 그런 것은 하잘 것 없어 신경도 안 쓴다는 듯, 너무나 시원시원 말하는 바람에 작심하고 물어본 내가 오히려 실없어진다.

트레이닝복은 체육관으로 들어가며 말한다.

"이곳이 궁금하면 쭉 걸어가며 구경해 보세요. 난 복싱으로 몸을 풀까 하는데 같이 해도 좋구요."

트레이닝복은 할 말 다 했다는 듯 체육관으로 들어간다. 나는 그 자리에 벌쭉하니 서서 그 무엇도 결정하지 못한다. 복싱도 내키지 않고 복도 같은 길을 막연히 걸어보는 것도 당기지 않는다.

나는 한동안 그 자리에 서 있다 복도를 따라 걷는다. 상점과 침실이 계속 이어진다. 내친김에 이 길이 어디쯤에서 끝나나 가 보기로 한다. 상점과 침실, 침실과 상점은 옮겨 붙이기를 한 것처럼 계속된다.

나는 걷다 말고 그 자리에 우두커니 선다. 일직선으로 연이어지기만 한 길은 현실의 길이 아니다. 그렇지 않고야 이렇게 같은 모양으로 무한정 뻗어있을 수는 없다.

나는 막막하고 한심해져 내 침실 쪽으로 돌아선다. 돌아서든 계속 가든 길은 같고 사람들도 변함이 없다. 제정신이 아닌 다음에야 골목도 모퉁이도 없는 길을 마냥 걷는다는 게 더 이상하다. 저들 말대로 신입이나 구경하고 있거나 배회하는 정도일 뿐.

인형가게 앞을 지난다. 이곳에서 어린아이를 본 적은 없다. 그런데도 인형가게는 있다. 의문의 일부는 곧 사라진다. 인형가게 옆 침실에서 중년의 남자가 커다란 곰 인형을 안고 잔다. 혹시 그게 그렇게 된 건 아닐까?

나는 침실마다 유심히 들여다보며 걷는다. 인형에게 밥 먹이는 시늉을 하는 아가씨가 있는가 하면 유리벽에다 인형을 빼곡히 매달아 놓은 침실도 있다. 침실에 사람이 있거나 없거나 대부분 인형 한 두 개씩은 있다. 그런데 아이는 눈 씻고 봐도 없다. 어른들을 위한 인형가게인 셈이다. 인형을 필요로 할 만큼 이곳 생활은 외로운가? 한가한가? 낭만적인가? 알 수 없다.

침실로 들어와 벌렁 눕는다. 천장에선 계곡의 물줄기가 여전하고 물고기도 변함이 없다. 물도 물고기도 시들해진다. 배를 깔고 엎드린다. 이렇게 있기만 할 때가 아니다. 지도교수와 연구해야 할 프로젝트는 시작 단계다. 현장 답사도 해야 하고 리포트며 석사 논문도 작성해야 한다. 사정이 이런데 나갈 길은 도무지 보이지 않는다. 마음이 타들어간다.

벌떡 일어나 앉는다. 침실 옆 교회에도 꽃가게에도 사람은 없다. 티테이블 위에 놓인 책이 눈에 잡힌다. 책을 펼친다. 글자가 눈에 들어오지 않는다. 책을 침대에 던지고 노트를 집어 든다. 뭐가 됐든 쓰기라도 해야지 이대로는 견딜 수 없다.

펜을 잡고 노트를 펼친다. 노트 맨 앞장엔 아담과 하와가 핏덩이 열매를 따 먹는 그림이 펜화로 세밀하게 그려져 있다. 나무와 나무 밑엔 아담의 꽃이라고 했던 꽃이 피어 있거나 떨어져 있다. 트레이닝복이 말한 대로 아담과 하와는 이곳의 로고인 모양이다. 로고치고는 흔한데다 천박하기도 하다. 의미를 담고 뜻을 전하고 싶었다면 이보다 격이 높아야 한다. 이런 정도의 로고를 엄청난 것 인양 입에 달고 사는 사람들이 새삼스러워진다.

한 장을 넘긴다. 하얀 백지가 대양만큼이나 막막함을 더한다. 뭔가를 쓰라고, 이렇게 노닥거릴 새가 없다고 다그친다. 펜을 쥔 손에 땀이 찬다. 초조감이 더할수록 한 자도 떠오르지 않는다. 마음을 냉정하게 먹고 이곳에 오기까지를 쓰기로 한다. 마음은 냉정해지는 게 아니라 한 치 앞도 보이지 않는 안개 속이다. 불안이 큰 탓이거나 최첨단 과학의 영향을 받고 있어서일지도 모른다.

노트를 덮는다. 눈을 감고 애써 생각에 몰두한다. 이번엔 글자 자체가 떠오르지 않는다. 이게 도대체 어떻게 된 일일까. 눈을 뜨고 다시 노트를 편다. 텅 빈 면이 하염없다. 마른 침이 목에 걸린다. 노트를 팽개친다. 문자가 떠오르지 않다니 이럴 수도 있나. 이런 현상이 계속되면 그 다음은 어떻게 될 것인가. 가슴이 툭툭 뛴다. 침실을 나와 아케이드 길로 나간다. 신경이 곤두서고 정체 모를 불안이 들썩인다. 인형가게 앞을 지난다. 몇 걸음 가다말고 되돌아 인형가게로 간다.

내 또래의 남자가 화장을 했는지 뽀얀 얼굴에 장밋빛 볼로 말한다.

"신입이시죠? 등록은 돼 있으니 아무 거나 맘에 드시는 걸로 가져가십시오."

나는 인형을 둘러보다 말고 주춤한다.

"누가 뭘 등록했다는 말입니까? 난 신입이니 뭐니 그런 거 아닙니다."

남자는 보면 볼수록 이질감이 드는 볼을 오물거리며 말한다.

"누가 뭘 등록해서가 아니라 이곳에 오면 모든 건 자연히 등록이 됩니다. 신입이라 잘 모르시겠지만 이곳에선 돈이나 신용카드는 사용이 안 됩니다. 정확히 말씀드리면 사용할 필요가 없습니다. 모든 게 다 무상이니까요. 얼마나 좋습니까."

이곳은 유토피아인가 사기집단인가. 아담도 땀을 흘려야 호구를 해결할 수 있다고 했다. 아무 일도 하지 않는 사람에게 뭐든 공짜로 제공하겠다는 건 특별한 게 아니라 불길한 것이다. 머릿속으로 불끈 땀이 솟는다.

나는 허둥허둥 작은 강아지 인형을 들고 나온다. 아무리 생각해도 앞뒤가 맞지 않는다.

다시 가게로 들어가 남자에게 묻는다.

"혹시 제 등록번호나 코드 같은 게 있다면 볼 수 있습니까?"

남자의 대답은 엉뚱하다.

"제가 보여드릴 순 없고 검진실로 가면 알 수 있습니다."

이건 또 무슨 말이람. 등록 코드란 바코드가 찍히거나 숫자 또는 영문과 숫자가 조합된 기호를 일컫는다. 검진실과 등록 코드는 전혀 맞지 않는다. 나는 검진실이라는 데를 간 적이 없다. 혈액검사를 받거나 CT를 찍은 적도 없다. 설혹 누군가가 나를 찍어 그새 등록 코드가 되었다면 누가 찍었으며 왜 찍었으며 나는 어떤 코드로 무엇이 되어있단 말인가. 이렇게 하도록 지시한 사람은 누구이며 어디에 있는가. 전신이 후들거린다. 보이지 않는 적과 싸울 때처럼 두렵고 지친다.

　침실로 들어와 머리끝까지 이불을 뒤집어쓴다. 지금의 이 상황이 꿈속에서의 일이라면 꿈을 깨면 달라져 있을 수도 있다. 달라져 있기를, 진심으로 바라며 강아지 인형을 끌어안는다. 한동안 그렇게 있다 보니 사람들이 인형을 끼고 사는 까닭이 잡힌다.

　이불을 걷어차고 일어나 앉는다. 이곳에 와서 한 일이란 인형을 산 게 전부다. 산 게 아니라 거저 집어왔다. 교환의 논리가 성립되지 않는다. 상식적이며 통상적인 거래가 완벽히 무시되는 곳이다. 무상의 이런 관계를 추구했던 적이… 생각해 본 적이 없다. 아니, 모른다. 모르고 싶다. 이런 따위에 매달리기보다 글을 쓰는 게 낫다.

　노트를 편다. 아담과 하와가 축구공만한 열매를 먹는다. 열매는 시뻘건 살덩어리 같고 손목으로 흘러내리는 과즙은 핏빛이다. 이 그림은 무척이나 과장되어 있다. 과장되어 있다는 것은 그만큼 속이 비었다는 뜻이다. 이곳 사람들은 성경의 아담을 빌려다 그럴듯하게 편집한 것이다. 사이비 종교집단의 일반적인 형태다. 혹시 사이비 종교집단에 들어온 것은 아닐까. 밀교를 하고 밀교의식을 하는, 무섭고도 소름 끼치는 그런 곳에 온 것은 아닐까. 어서 이곳을 빠져나가야겠다. 어떤 방법과 수단을 쓰던 나가기부터 해야겠다. 마음은 절망적으로 간절한데 몸은 침대에 붙박여 있기만 한다.

　티테이블 위의 꽃이 눈에 들어온다. 저걸 빼 흔들면 선인장이 되거나 야자수, 낙타나 돌고래가 될 수도 있겠다. 별의별 변화를 보인다 해도 내게 의미가 있는 건 아니다. 의미가 있다면 시간이 얼마나 흘렀는지 알아내는 일이다. 꽃이 시들어가는 과정이야말로 시간의 흐름이다.

꽃은 사람의 얼굴보다 큰 크기로 라플레시아와 닮았다. 꽃이 클수록 피거나 시드는 걸 한눈에 감지할 수 있다. 활짝 핀 지금의 상태를 눈여겨 둔다. 무지근하게 누르던 불안이 차츰 가라앉는다.

바닥에 떨어져 있던 노트를 집는다. 아무 것도 하지 않기보다 아무 것이라도 써보기로 한다. 노트를 펼친다. 흰 면이 망망대해다. 어디서부터 무엇을 써야 할지 마음이 졸아붙는다.

갑자기 생각 하나가 불쑥거린다. 생각이나 감정을 쓰는 건 위험하다. 비밀이 없는 이 유리 침실처럼 낱낱이 까발려질지도 모른다.

어떤 방법으로 글을 써야 할지 머리를 쥐어짠다. 그림문자가 떠오른다. 설형문자도, 선문자도 생각난다. 그것들은 이미 쓴 문자이며 해독이 되었거나 진행 중이다. 나만이 쓸 수 있고 해독할 수 있는 글자를 궁리한다.

노트를 다시 앞장으로 넘긴다. 아담의 세밀화가 시선을 압도한다. 아담, 아담, 아담… 아담의 열매, 아담의 꽃…. 일단 이렇게 시작한다. 아담을 들었다, 아담의 꽃을 보았다, 이 단문을 나만의 글자로 써본다.

아담의 첫 자음 이응을 원으로 그린다. 원 한가운데에다 'ㅏ'를 위에서 아래로 꽉 차게 그려 넣는다. '담'은 '아' 위에다 쓰기로 한다. 그러니까 문장은 아래서 위로 쓰는 방식을 택한다. '담' 자는 'ㄷ' 밑에 'ㅏ'를 붙여 쓰고, 'ㅏ' 밑에 'ㅁ'을 붙여 쓴다. '아'와 '담'은 띄어 쓰지 않는다. '들었다'는 길이로 쓴 '아담' 글자 전체를 영어

대문자 L, 즉 리슨listen의 첫 글자 L로 담을 치듯 둘러싼다. 내가 봐도 그림문자와 선문자와 설형문자를 섞은 듯한 모양새가 어쭙잖기만 하다.

마음에 차는 건 아니지만 현재로선 이 방식밖에 없다. 나는 '아담의 꽃을 보았다'도 이런 식으로 써본다. 생각보다 쉽지 않다. 명사와 동사는 어찌해 보겠지만 조사나 형용사, 부사는 지금으로선 무리다. 더욱이 지금까지 알려진 미해독 문자를 사용하면 안 된다. 어쩌면 암호에 가까운 글자를 써야만 할지도 모른다. 암호는 나만 아는 비밀이 될 터인즉 언어의 규칙을 염두에 둘 필요는 없다. 허나 언젠가 이곳을 나가 지금 쓴 글을 읽자면 나름의 규칙은 있어야 한다.

궁색한 대로 기분을 표할 때는 음표를 붙여보기로 한다. 온음표는 우울하다는 뜻, 사분음표는 보통의 기분을, 십육분음표는 아주 가벼운 기분을 나타낼 때 쓰기로 한다. 그와는 반대로 기분이 나쁠 때는 음표를 거꾸로 쓴다. 온음표의 경우는 계란 모양을 반대 방향으로 튼다. 색을 표할 때는 붉은 것에는 별표를, 푸른 것에는 한자 높을 '고高'를 거꾸로 쓰기로 한다.

규칙 아닌 규칙을 정하는 것에도 한계가 따른다. 이런 상태로 글을 쓴다는 건 과욕이다. 추상어며 관념어 같은 것은 일일이 표하기도 어렵고 비슷한 종류끼리 묶는다 해도 엉성하긴 마찬가지다.

나는 조사나 형용사, 부사는 엄두도 내지 못한 채 명사와 동사 몇 자만 쓰고 나가떨어진다. 불안을 덜고 시간을 때우자고 했지만 시도한 작업은 형편없다.

전신을 쭉 뻗은 채 있는다. 계곡물은 쉬지 않고 흐르는데 이곳
엔 밤도 저녁도 아침도 대낮도 없어 보인다. 투명한 유리와 밝기
만 한 빛은 흘러가는 시간을 잡아먹고 똑같은 시간만 내어보낸다.
어서 내일이 왔으면. 내일이라기보다 오늘과는 다른 날이 왔으면.

나는 기절한 것인지 잠이 든 것인지 모를 상태로 빠져든다.

*

정신을 차린다. 잤는지 실신한 것인지 모르지만 주위는 여전히
환하다. 아침인지 밤인지 새벽인지, 계절마저 바뀐 건 아닌지 알
길이 없다. 이곳은 별난 곳이니 몇 시간 아니라 몇 백 년이 흘렀다
해도 이상할 게 없다.

사람들은 흐름이 없는 이곳에 별 불만이 없어 보인다. 나도 이
곳 생활에 익숙해지면 저들과 같아지지 말라는 법도 없다. 비니모
자 말대로 생각하기 나름이라고, 이곳과 저곳으로 구분할 필요는
없다. 그렇게 사는 것도 나쁘지 않다. 타인이 되어 타인으로 산다
면 뭐가 됐든 어떻게 살든 속 편할 수도 있다. 하지만 아직은 그럴
수 없다. 그렇게 되고 싶다 해도 되지 않는다. '나'라는 존재는 생

각만큼 쉽게 버리거나 잊을 수 있는 게 아니다.

티테이블의 꽃은 잠들기 전과 마찬가지로 싱싱하다. 꽃은 일반적인 꽃이 아니라 이곳의 꽃이다. 시간이 죽어버린 이곳에서 꽃의 시듦으로 시간을 재 보려던 생각은 어리석었다.

침실 옆 꽃가게에는 선글라스가 아닌 스포츠머리의 삼십대 남자가 꽃을 손질한다. 선글라스가 한 말이 떠오른다. "여긴 계급이 없는 곳이에요. 모두가 하고 싶은 일을 하죠. 싫증이 나면 다른 일을 해도 돼요. 댁도 그럴 수 있어요." 유리병의 꽃은 저 남자가 새 걸로 바꾸어 놓았는지도 모른다.

나는 턱을 쓱쓱 문대다말고 움찔한다. 시간이 흘렀다면 턱수염이 까칠하게 돋았어야 하는데 학교로 갈 때와 마찬가지로 매끈하다. 갈수록 태산이라더니 한숨이 절로 나온다.

지금 겪고 있는 일들은 내 의지와는 다르게 전개된다. 앞으로도 내 의지를 넘어선 일들이 계속된다면 나는 어떻게 될 것인가. 무기력해지거나 길들여지게 되리라. 무엇이 됐든 지금의 내가 아닌 내가 되어버린다는 건 자명하다. 그게 그렇게도 중요할까. 중요하다고 생각했던 때와는 달리 어쩔 수 없다면 받아들여야 하지 않을까 하는 생각도 든다. 이런 생각이야말로 이곳에 적응하는 첫 번째 단계일 수도 있다.

나는 한숨을 푹푹 내쉬며 자기 전에 썼던 노트를 들춘다. 대체 무엇을 썼는지 내가 봐도 알아먹기 어렵다. 그 옛날 지구 저편에서 점토나 나무판에다 혹은 돌에다 문자를 새겨 넣었던 그들은 무슨 생각에서 그러한 문자를 사용했는지 새삼 궁금해진다. 그들의 생각은 알지 못하나 지금의 내 꼴을 보면 그들의 심정만은 어렴풋이 잡힌다. 그들에겐 절대성과도 같은 간절함이 있었을 것이다. 지금의 내 처지도 절대성과도 같은 간절함으로 절절하다. 글이랍시고 낙서도 암호도 아닌, 생각을 조잡하게 절개해 썼을 정도면 갈 데까지 간 것이다. 이것만 봐도 지금의 나는 그들과는 비교할 수 없게 나쁘다. 도대체 나는 언제까지 이런 상태로 있어야 하는 걸까.

침대에서 일어난다. 뭔가에 시달린 듯 몸도 마음도 늘어진다. 한참을 맥없이 있다 욕실로 들어간다. 멈춘 시간에 저항이라도 하듯 이를 닦고 머리를 감고 세수를 한다. 꽃가게 남자도, 건너편 당구장의 남자도, 그 옆 침실의 여자도 나를 돌아보지 않는다. 침대 위에다 먹은 음식을 게우고 운동화 끈으로 목을 맨다 해도 방관하고 있을 듯한 무심함이 건조하게 흘러나온다. 저들은 저런 무심함을 자유라고 했던가. 뭘 하든 간섭하지 않는다는 그 자유 말이다. 저들이 말하는 자유는 물탱크에 고여 썩어가는 물과 다르지 않다.

욕실을 나와 아케이드 길로 나간다. 사람들은 여전히 맡은 일을 하고 침실 속의 사람들은 자거나 인형과 놀거나 침대에서 스트레칭을 한다. 저들은 누구일까. 나를 사육하려 준비하는 사람들은 아닐까. 잡아먹기 좋게 사육을 하느라 아무 일도 시키지 않고 귀찮게 굴지도 않는 것일까. 아니면 저들 역시 영문도 모르고 이곳으로 와 이곳 사람이 되었을 수도 있다. 아니라고 할 근거를 아직은 찾지 못하겠다.

분식점 앞이다. 이건 또 무슨 일인지. 모차르트의 장난감 행진 곡이 흘러나오고 왁자지껄 떠드는 소리가 난다. 그들 중 하나가 내게 들어오라고 손을 까분다. 검은 뿔테안경의 사내다.

뿔테안경이 내게 자리를 내어준다. 나는 뿔테안경이 내어준 자리에 엉거주춤 앉는다.

모인 사람들은 참으로 기괴하기 짝이 없다. 뿔테안경은 무슨 개성이랍시고 줄무늬 트렁크 팬티에 누런 털가죽을 벗은 등짝에 덮고 있고, 선글라스는 색동저고리에 샛노란 레깅스를 입고 긴 머리를 하나로 땋아 내리고 있다. 비니모자는 미니스커트에 클래식한 양복 재킷을 입고 다 떨어진 파나마모자를 쓰고 있다. 처음 보는 사람들 또한 엉덩이 부분을 동그랗게 오린 바지에다 인디언 추장처럼 얼굴에 물감을 칠했는가 하면, 경극 배우들이 입는 통이 넓고 화려한 옷에 해골이 그려진 부채를 들고 있기도 한다. 왜들 이럴까. 핼러윈 축제도 아니고 민속의상 경연대회도 아닌 듯한데.

사람들은 내가 멀뚱거리는 것을 보자 와르르 웃어가며 손뼉을 친다.

"축하합니다!"

무엇을 축하하겠다는 말일까.

비니모자가 다 떨어진 파나마모자를 벗어 들더니 내 앞에 선다. 비니모자는 중세 기사들이 인사할 때처럼 허리를 반으로 접으며 모자 든 팔을 오른쪽에서 왼쪽으로 비껴 내리며 말한다.

"어서 오십시오. 우리의 가족이 되었으니 축하를 하고 파티를 여는 겁니다.”

내가 왜 저들과 한가족이 되어야 한단 말인가. 가족입네 파티입네 따위로 나를 묶어둘 모양이지만 나는 저들과 하나가 될 마음이 없다.

내가 뭐라 말하기도 전에 경극 배우 의상을 차려입은 남자가 주방을 향해 소리친다.

“오늘의 주인공이 왔으니 시작합시다!”

모든 게 일방적이다. 입으론 개인의 뜻을 존중한다고 열변을 토하지만 실상은 자기들 멋대로 한다.

주방에서 남자 셋이 가마솥을 들고 나온다. 사람들은 군침을 삼키며 뚜껑을 여는가 하면 벌써부터 포크며 칼을 들고 종종거린다.

가마솥이 열린다. 아, 저것은, 동물이다! 개다! 개가 통째로 삶아진 채 무럭무럭 김을 낸다. 눈은 부릅떠 있고 튀어나온 입에선 긴 혓바닥과 허연 이빨이 그대로다. 내가 놀라는 것과는 달리 사람들은 이런 일을 자주 해 봤다는 듯 거침이 없다.

선글라스가 개다리를 잡더니 쭉 찢어 내게 권한다. 잠시나마 향으로 나를 홀렸던 여자는 간데없고 명주 찢을 때 나오는 음이 내 고막을 채운다.

“견犬족이 젤 맛있는 부원데 신입이라 양보했다. 아휴, 신입이 들어와야 이런 견犬 파티도 자주 열릴 건데 여러분~ 부지런히 출장 다녀오세요.”

가슴이 벌렁댄다. 나 같은 사람을 이곳으로 데려오는 일이 저들에겐 출장이라는 말인가. 저들은 왜 그런 일을 하는 것일까. 무슨 소용이 있어 낯선 사람을 유인해 와 이토록 야단을 떠는 것일까.

나는 선글라스가 준 개다리를 받지 않는다. 개고기는 먹어본 적도 없거니와 먹을 마음도 없다. 더구나 털이 달린 채 살아 있는 모습 그대로인 개를 아무렇지도 않게 먹을 정도로 내 심장은 튼튼하지 않다.

선글라스는 옳다구나 하는 표정으로 개다리를 뜯기 시작한다. 선글라스에게서 생선 비린내 같기도 하고 피비린내 같기도 한 냄새가 되살아난다.

사람들은 나를 빌미로 개고기를 먹기 원했던 듯 트레이닝복은 포크로 개의 눈알을 쿡 찔러 우적우적 씹는다. 인형가게에 있던 볼이 발그레한 남자는 개의 성기를 칼로 쓰윽 도려내 한입에 넣는다. 누군가는 개의 배를 갈라 긴 창자를 가위로 똑똑 잘라 먹는가 하면, 누군가는 혀를 잘라 질겅질겅 씹는다. 모차르트의 장난감 행진곡은 가벼움을 토해내는데 사람들은 침을 질질 흘려가며 개고기 먹기에 여념이 없다.

어디선가 소곤대는 소리가 난다.

"익혀먹는 거보다 날로 먹는 게 훨씬 감칠맛 나는데 좀 아깝다."

"그러게 말이야. 처음부터 날것 나오면 신입이 놀랄 테니 이해해라."

"좀만 지나보지, 신입이야말로 날탱이가 더 맛있다고 달려들 걸?"

이것이 도대체 무슨 소리인가. 이것은 파티가 아니라 살육이며 공포이며 저주다. 개가 아니라 사람도 생으로 먹을 수 있다는 소리다. 여기는 어디이고 무엇을 하는 데이기에 이런 일이 눈 하나 깜짝하지 않고 벌어진단 말인가. 저들은 좀비이거나 뱀파이어다. 이러한 일이 생활의 일부가 아니라 전부일지도 모른다.

두려움으로 숨이 막힌다. 머릿속 저 어딘가가 빙글 도는가 싶더니 캄캄해진다.

눈을 뜬다. 침실이다. 내가 쓰던 침실1호는 아니다. 침실 양옆으론 교회와 꽃가게 대신 식료품 저장실과 서점이 있다. 식료품 저장실에는 다른 무엇은 없고 방 전체를 차지하다시피 한 냉장고가 버티고 있다. 저 냉장고엔 과연 무엇이 들어있을 것인가. 개고기를 먹던 장면이 와글와글 달려든다.

서점으로 고개를 돌린다. 치아교정기를 한 여자가 책꽂이 앞에 서서 무엇인가를 먹는다. 때마침 왕관 모양의 귀걸이를 한 여자가 서점으로 들어온다. 귀걸이의 여자는 치아교정기의 여자 뒤로 가더니 백허그를 한다. 두 여자는 킬킬거리는가 싶더니 이윽고 귀걸이가 책꽂이에서 책 한권을 뽑아든다.

귀걸이는 책장을 후르르 넘겨보더니 한 장을 쑥 찢어 입에 구겨 넣는다. 귀걸이가 책 한 장을 우물거리는 사이 치아교정기는 다른 책 한 장을 찢어 입에 우겨 넣는다. 귀걸이와 치아교정기는 껌을 씹듯 종이를 씹어가며 장난질을 해댄다. 옆구리를 찌르며 간지럼을 태우기도 하고 상대방의 코를 비틀기도 한다.

아무렇지도 않게 글자를 먹고 있는 여자들. 당연한 듯이 나무와 잉크를 먹고 있는 여자들. 거침없이 개고기를 먹던 사람들보다 무서운 여자들.

더는 볼 수 없어 눈을 감는다. 아담과 하와가 핏빛 과즙을 흘려가며 먹던 열매는 어디로 갔을까. 날고기와 글자를 먹을 수밖에 없는 저 처연한 인간들의 조상이 되었으면 그 열매의 씨앗 정도는 남겼어야 하지 않을까.

여자들의 대화가 귀에 들어온다.

"너두 오늘 파티에 초대받지 못했지? 나도 그래. 거기 갔으면 얼마나 배부르게 먹을 수 있었겠니."

"그러게 말이야. 요즘 따라 고기 생각이 난다."

"이런 책은 언제쯤 없어질까."

"쓰는 인간들이 없어지기 전까진 이렇게 먹어치워야 하지 않겠니?"

"하여간 이런 거 쓰는 인간들은 몽땅 잡아다 회를 떠야 해."

"맞아, 그렇긴 해도 이런 거 먹는 재미도 쏠쏠하잖니. 보람이 크니까."

온몸에서 피가 빠져나가는 느낌이 든다. 저 책은 누가 쓴 것이며 어떤 책이기에 여자들은 책을 원망하며 먹고 있는 것일까. 책을 주식으로 삼는다면 저들은 어떤 생물체인가. 사람이든 개든 날고기를 더 좋아하는 저들은 대체 어떤 생명체인가. 내가 죽기를 기다리고 있는 것은 아닐까. 그때를 위해 사육하고 있는 것은 아닐까. 처음 들어왔을 때 준 음식은 잡아먹기 위해 살을 찌우는 음식은 아니었을까. 속이 부르르 떨린다. 공포와 절망이 정신을 차릴 수 없게 엄습한다.

여자들의 대화가 그친다. 눈을 뜬다. 귀걸이는 없고 치아교정기 혼자다. 이대로 있기만 할 때가 아니다. 침실을 나와 서점으로 들어간다.

치아교정기가 나를 상냥하게 맞으며 말한다.

"신입이시군요. 어떤 책을 찾으시나요?"

이곳에서 내 이름은 신입인 모양이다. 신입이든 아니든 이런 미친 곳에서 이름 따위가 무슨 대수일까.

나는 책꽂이를 둘러보며 요즘 나온 신간 중에 무엇이 있느냐고 묻는다.

치아교정기는 책꽂이 중앙으로 가며 말한다.

"잡지 말인가요 전문서적 말인가요?"

나는 잡지여도 좋고 전문서적이어도 좋다고 말한다.

치아교정기는 책꽂이 중앙에 서며 말한다.

"신간은 주로 여기에 있습니다. 잡지든 전문서적이든 읽고 싶은 책을 가져가시면 됩니다."

치아교정기는 임무를 다한 양 자기 자리로 긴다. 나는 손에 잡히는 책을 뽑아들고는 치아교정기에게 간다.

"혹시 추천해 줄 책은 없습니까? 아, 지금 들고 계신 책은 뭡니까? 그게 읽고 싶군요."

치아교정기는 지금껏 뜯어먹던 책을 스스럼없이 내보인다.

나는 책 표지를 보자 내 눈을 의심한다. 저 책은 내 지도교수가 쓴 것으로 미해독 문자에 관한 책이며 사라져버린 언어에 관한 연구서다.

나는 떨리는 마음을 가라앉히며 치아교정기에게 묻는다.

"이 책은 언제 구입했습니까? 나온 지 일 년 정도 되는 걸로 알고 있는데요."

치아교정기는 눈을 반짝이며 대답한다.

"글쎄요, 제가 항상 여기 있는 게 아니라 잘 모르겠습니다. 근데 왜 그런 걸 물으십니까?"

치아교정기의 말은 맞다. 언제 구입한 게 뭐 그리 중요할까. 이 책을 왜 먹었으며, 먹어야 했으며, 먹을 수밖에 없었는가가 중요하다.

나는 치아교정기의 말을 들으며 책꽂이를 흘깃댄다. 책꽂이에 꽂힌 책들은 전부 미해독 문자에 관한 해설서이거나 연구서다. 귀걸이가 뜯어먹던 책도 이런 연구서라는 말이 된다.

나는 치아교정기가 먹다 남긴 책을, 내 지도교수가 쓴 책을 들춰보며 말한다.

"이 책이 왜 이렇게 뜯겨 있나요?"

치아교정기는 내 눈을 파고들 듯이 쳐다보며 말한다.

"신입이라 잘 모르시는군요. 서두르지 마십시오. 배가 고프면 자연 알게 될 겁니다."

이곳 사람들은 다들 그렇게 말한다. 서두르지 말라고, 때가 되면 다 알게 된다고, 칭얼대는 어린애를 달래듯 한다. 비밀이 없다면서 비밀로 사는 이들에게 나는 무엇을 어떻게 해야 할까. 무슨 방법으로 나를 보호하며 지탱할 수 있을까. 배가 고프면 알 수 있다는 말은 음식을 먹지 않으면 배가 고프고, 배가 고프면 음식 대신 책을 먹게 된다는 뜻이다. 그럴 정도로 이곳은 음식이 귀한 것일까. 아니면 책을 먹기 위해 일부러 배를 곯리는 것일까.

느닷없이 내 책이 생각난다. 좀 전까지 누워있던 침실을 돌아본다. 책이 없다! 티테이블 위에 얌전히 놓여 있던 책이 사라져버렸다. 침실이 바뀌었다지만 내 책마저 없앨 순 없다.

혹시나 하고 책꽂이 여기저기를 기웃댄다. 마지막 책꽂이 끝에 손때 묻는 내 책이 얌전히 꽂혀 있다. 도대체 누가, 왜, 이곳에다 내 책을 갖다 놨을까.

책을 꺼내 한 장을 들춘다. 앞장은 이미 이십 여 장이나 뜯겨 나간 상태다. 누군가가 내 책을 먹어치운 게 틀림없다.

후들후들 떨리는 몸으로 서점을 나온다. 이해할 수 없는 일들이 많은 세상이라고는 하나 어떻게 이런 일이 있을 수 있을까. 책을 밥으로 뜯어먹는 사람들이라니. 사라진 문자나 미해독의 문자를 먹어치우는 사람들이라니. 저들은 이러한 책을, 책이 알리고자 하는 바를 지구상에서 없애려는 건 아닐까.

침대로 와 쓰러진다. 받아들일 수 없는 사실 앞에서 나는 무릎을 꿇고 눈물을 흘린다. 내 속에서 흙탕물이 흐른다, 자갈이 구른다, 모래가 흩날린다. 속이 쓰리고 아파서 견딜 수가 없다. 강아지 인형을 부여잡는다. 이따위 것으로는 달랠 수 없다. 달래기 싫다. 나는 눈물을 번들대며 강아지 인형을 들고 침실을 뛰쳐나간다.

*

아케이드 길을 뛰듯이 걸어 인형가게로 간다. 인형가게엔 내 또래의 남자가 아닌, 왕관 모양의 귀걸이를 한 여자가 원숭이 인형을 선반에 놓는 중이다.

나는 강아지 인형을 귀걸이 여자에게 들이민다.

"이것으론 안 됩니다. 살아 있는 강아지가 필요합니다. 애완견 파는 덴 없습니까?"

귀걸이는 호전적으로 말하는 나를 빤히 보는가 싶더니 이내 방긋 웃는다.

"갈등이 온 모양이군요. 신입들은 대개 그렇게 말합니다."

신입, 신입, 신입… 언제까지 나는 저놈의 신입이라는 말을 들어야 할까. 이곳엔 계급이 없다면서 신입이라는 계급은 왜 있는 것일까. 저들은 모순덩어리다. 비밀이 없다면서 모든 게 비밀이다. 나를 뺀 저들끼리는 뭔가를 알고 정보를 교환하면서 내겐 애매한 말만 한다. 신입이라는 딱지를 붙여놓고선 위에서 아래로 향한 언어를 멈추지 않는다. 저들은 우리에 넣어둔 동물이 어느 때 어떤 반응을 보이는지 관찰하는 사육사처럼 하나가 아닌 단체로 내 반응을 실험하는 모양이다.

나는 귀걸이의 가슴팍에다 강아지 인형을 팩 안겨준다.

"이런 건 필요 없습니다. 난 어린애가 아닙니다. 살아 있는 강아지, 아니, 살아 있는 사람이 필요합니다. 여긴 모두 죽은 사람들뿐입니다."

귀걸이는 격앙된 내 말에도 미동조차 하지 않는다. 이런 종류는 응석이며 늘 봐 온 것이라는 듯 노련한 말로 나를 밀쳐낸다.

"상황은 단순합니다. 필요하면 가져가는 거고 필요 없으면 안 가져가면 됩니다. 이곳에 죽은 사람은 없습니다. 죽은 사람은 죽은 사람끼리, 산 사람은 산 사람끼리라는 말이 있습니다. 신입은 살아 있기에 이곳에서 얘기하고 있는 겁니까 죽어 있기에 얘기하고 있는 겁니까?"

귀걸이는 책을 뜯어먹던 때와는 딴판이다. 목소리는 차갑고 표정은 단호하다. 어법은 사태를 단순화시키는 것으로 의혹을 차단하고, 뼈 있는 말로 다음에 나올지도 모를 말을 방어한다.

귀걸이는 세정제가 든 스프레이를 칙칙 뿌려가며 선반을 닦는다.

"신입은 산 사람과 죽은 사람의 경계를 뭐로 정합니까? 어떤 산 사람을 찾는지 모르겠지만 그건 신입의 몫입니다."

나는 할 말을 잃는다. 세뇌교육을 단단히 받지 않고서는 나올 수 없는 말이다. 그러나 미스는 있다. 귀걸이의 말 역시 관념적이다.

나는 울컥대는 심사를 가누지 못한 채 기어이 참았던 말을 뱉는다.

"산 사람 중에도 죽은 사람 중에도 책을 양식으로 먹는 사람은 없습니다. 여긴 산 사람도 죽은 사람도 아닌 괴생명체가 우글거리는 뎁니다. 여길 나가고 싶습니다. 출구를 알려주십시오."

나는 왜 여태 이렇게 말하지 못했을까. 어떤 처벌이 있는 것도 아니고 발언권을 빼앗긴 것도 아닌데 무엇 때문에 그리 소심하게 굴었을까. 그래, 그렇다. 처벌이 없기에, 구속하는 게 없기에 불안했던 것이다. 자기검열과도 같이 스스로를 감시하며 언제 내릴지도 모를 처벌을, 무엇인지도 모른 채 떨며, 긴장하며, 조바심치며, 가두었던 것이다.

귀걸이는 망사드레스를 입은 여자 인형의 옷을 청바지로 갈아입히며 말한다.

"따지고 보면 괴생명체가 아닌 게 어디 있겠습니까. 나무 입장에서 인간들이 먹는 음식을 보면 괴생명체가 될 것이고, 지렁이 입장에서 새가 먹는 벌레며 생선을 보면 괴생명체가 될 것입니다. 신입에게 묻겠습니다. 신입이 밥이 아닌 돌멩이를 먹어야 살 수 있다면 신입은 괴생명체가 되는 것입니까?"

귀걸이의 말은 그럴 듯하다. 예로 든 나무 입장이며 지렁이 입장이며 언뜻 들으면 맞는 말이다. 하지만 귀걸이가 든 예는 종이 다른 경우다. 같은 종끼리, 같은 인간끼리, 먹을 수 없는 것을 먹는다는 사실은 그 무엇으로도 합리화시킬 수 없다. 보통 사람의 입장에서 책을 먹어야 살 수 있는 사람을 온전한 사람으로 볼 수 없는 건 당연하다. 저들이 인간이 아닌 다른 종이 아닌 다음에야 그럴 수는 없는 노릇이다.

출구는 나중 문제다. 일단 책을 먹어치우는 까닭부터 알아야겠다. 어쩌면 그 이유를 알아내는 길이 출구를 찾는 단서가 되어 줄지도 모른다. 어디서 어떤 방법으로 그 이유를 알아낼 수 있을지 답답해진다. 번뜻 자료실이 떠오른다.

인형가게를 나와 자료실로 간다. 자료실엔 아무도 없다. 자체 보안이 되는 것이라 지키는 사람이 없는지 저들 말대로 비밀이 없어서인지는 알 수 없다. 모두가 뒤질 수 있는 자료라면 내가 원하는 자료는 없을지도 모른다. 그럴지라도 체념은 이르다.

컴퓨터 바탕화면엔 폴더로 꽉 차 있다. 비밀번호를 치지 않아도 자료 검색은 가능하다. 모두가 봐도 되는 자료란 정보 기능이 떨어지는 것일 수도 있다. 그렇지 않기를, 제발 그렇지 않기를.

폴더 제목을 훑는다. ‘아담의 열매’라는 제목, ‘식생활’이라는 제목, ‘신입들의 생각’이라는 제목, ‘출장일지’라는 제목, 그 외에도 여러 개다. 시간이 얼마나 걸리든 하나하나 차근차근 열어보리라 작정한다.

‘아담의 열매’부터 클릭한다. 검은 뿔테안경이 보여주었던 그림이 화면을 가득 채운다. 아담은 지금도 열매를 먹는 중이다. 핏빛 과즙을 흘리며 축구공만 한 시뻘건 살덩이를 언제까지고 먹는다.

이것은 이미 본 것이므로 다른 폴더로 옮긴다. 옮기려던 순간 아담의 눈이 번쩍 빛을 터뜨리더니 새빨개진다. 새빨개진 눈동자가 이리저리 구른다.

이건 단순한 그림이 아니다. 커서를 움직여본다. 아담이 근육질 복근을 드러내더니 천천히 움직이기 시작한다. 평면이었던 아담은 입체로 살아 컴퓨터 안을 휘젓고 다닌다.

아담이 나신으로 산을 오른다. 산꼭대기엔 골짜기가 있고 물이 흐른다. 아담은 골짜기 물에서 물고기를 잡아 산채로 먹는다. 아담이 있는 산과 골짜기는 유리천장에 있는 바로 거기다. 유리천장에서 움직이고 있는 것들은 결국 시뮬레이션이라는 증거다.

아담은 물고기를 해치우더니 산 여기저기를 돌아다닌다. 나무숲이 빽빽하다. 아담은 나무숲을 헤쳐 가며 숲 가운데로 들어간다. 숲 한가운데에는 몇 아름이 될지 모를 큰 나무가 우뚝 서 있다. 아담이 나무 앞에 선다. 나무는 밑동에서부터 가지까지 전부 새빨갛다. 열매 역시 새빨간 것이 잘 익은 석류 비슷한데 크기는 축구공만하다.

아담이 열매를 딴다. 열매는 뭉글뭉글 시뻘건 살덩이로 거죽엔 핏줄처럼 생긴 그물이 얼기설기 불거져 있다. 불거진 선이 영락없는 세계지도다.

아담이 게걸스레 열매를 먹기 시작한다. 아담은 지구를 한입거리로 먹고 있는 셈이다.

아담이 골프공만 한 씨를 퉤 뱉는다. 씨는 땅에 닫기 무섭게 양쪽으로 쩍 벌어지더니 책을 토해낸다. 아담이 뭐라 웅얼거리며 책을 한 장씩 뜯어먹는다.

아담은 왜 책을 먹는 것일까. 이곳 사람들은 아담을 신으로 모시기 위해 따라 하는 것일까. 아니면 아담을 등장시켜 자신들의 행위를 정당화시키려는 음모일까. 사이비 종교집단이 따로 없다. 그런 사람들을 상대로 무슨 말이 통할까.

나는 스피커를 키워 아담의 웅얼거림을 듣는다. 아담의 언어는 원 엘람어도 아니고 고대 페르시아 말도 아니다. 단순한 의성어도 아닌, 그 어떤 언어에서도 찾을 수 없는 발성이다. 나는 아담에 질리기 시작한다.

'아담의 열매'를 나와 '식생활'을 연다. 어떤 음식점인지 모르나 주방에선 칼질을 하고 프라이팬에선 고기가 익는다. 주방 한쪽에선 오이소박이를 담그고 밥을 푼다. 주방장인 듯한 남자가 준비한 음식을 이 층으로 된 카트에 올린다.

비니모자가 한상 잘 차려진 카트를 밀고 나온다. 비니모자는 침실6으로 들어가더니 테이블에다 식탁을 차린다. 침실6에 있던 중절모의 남자가 겨우 한 술을 뜨다 만다.

중절모의 남자는 교회에서 기도를 하던 그 사람이다. 내게 했던 그대로를 중절모에게 한 것을 보면 중절모가 신입일 때였다는 말이 된다. 신입들은 저 코스를 거쳐 지금의 그들이 되었다는 결론이다.

'식생활'엔 나도 나온다. 내가 처음 이곳에 와 침실1로 들어갔을 때, 비니모자가 음식이 든 카트를 밀고 오던 장면과 내가 음식을 먹는 장면이 고스란히 나온다.

저런 동영상은 누가 찍어 저기에다 올렸을까. 사진기를 든 사람을 본 기억이 없다. CCTV를 본 적도 없다. 누가, 어디서, 아무도 몰래 저런 사진을 찍는단 말인가. 비밀이 없다는 말을 적용해본다면 이곳 전체가 CCTV일 수도 있다. 으스스 몸이 떨려온다.

또 다른 장면도 나온다. 주방에서 가마솥이 나오고 삶은 개가 통째로 김을 올린다. 사람들은 파티를 한다며 이상야릇한 옷을 입고 손뼉을 친다. 선글라스가 털이 그대로 달린 개다리를 죽 찢어 내게 권한다. 내가 인상을 쓴다. 사람들은 뭐가 그리 좋은지 입맛을 다셔가며 개의 부위를 칼로 베어 먹는다.

이어서 귀걸이의 여자와 치아교정기의 여자가 책을 뜯어먹는 장면도 나온다.

비밀이 없다는 말은 맞다. 일상의 일들은 누구나 봐도 되게끔 자료로 탈바꿈해 있다. 비밀이 없다는 사실이 이렇게 두려운 때가 없었다.

이번엔 식료품 저장실이 나온다. 변기에 앉았던 트레이닝복 남자와 초록색 큐빅이 박힌 ROTC 반지를 낀 남자가 식료품 저장실로 들어간다. 트레이닝복이 냉장고를 연다. 냉장고엔 음식재료라 할 만한 것은 없고 배가 불룩한 항아리들이 빼곡하다. 트레이닝복이 그 중 한 개의 뚜껑을 연다. ROTC 남자가 항아리 안을 들여다 보더니 이게 맞는다고 말한다.

트레이닝복이 고개를 끄덕이며 항아리 뚜껑을 닫는다. 두 남자는 힘겹게 항아리를 마주 잡아 들고는 주방으로 간다. 주방에 모여 있던 사람들이 항아리 주변으로 모여든다. 트레이닝복이 항아리 뚜껑을 열더니 뭔가를 아주 무거운 듯이, 대단히 조심스럽게 꺼낸다.

트레이닝복의 손에 잡혀 나온 건 사람이다! 젊은 여자다! 끈끈한 액이 트레이닝복의 손에서, 여자의 긴 머리칼에서 번들대며 흘러내린다.

사람들은 입맛을 다셔가며 여자를 지켜보고, 트레이닝복은 넓은 유리판 식탁에다 시체를 내려놓는다. 사람들이 여자 몸에서 번들거리는 찐득한 액을 손가락으로 찍어 먹으며 킬킬거린다. 여자는 꿀에 재어진 것이다.

여러 사람이 포크와 나이프, 칼과 송곳 같은 것을 젊은 여자에게 꽂는다. 누군가는 혀로 여자의 배를 핥는가 하면, 송곳으로 어깨를 찔러 휘휘 돌리기도 하고, 누군가는 팔뚝을 예리하고도 얇게 베어 자근자근 씹는다. 사람들은 죽은 개를 먹었던 것과 같이 여자의 젖가슴과 혀를, 코와 눈과 귀를, 찌르고 자르고 베어 먹는다. 그들이 여자를 먹는 동안 슈베르트의 '죽음과 소녀'의 현악 4중주가 흘러나온다.

그들은 여자를 다 먹어치우자 여자의 머리칼을 잘라 목에 두르기도 하고 돌돌 말아 다른 사람의 머리에 얹기도 하며 장난실을 친다. 그 짓도 시들해졌는지 걸쭉하게 트림을 해가며 담배를 쭉쭉 피운다.

아, 저들은 대체 누구인가. 글을 알고 예의를 아는 식인종이 아닌가. 그러니까 식료품 저장고에 있던 항아리엔 사람들이 들어 있

다는 얘기다. 간장으로 재워놓고, 꿀로 재워놓고, 소금으로 재워
놓고, 식초로 재워놓은 저장식품이었던 것이다. 나는 울컥울컥 치
미는 구토를 주먹으로 틀어막는다.

주위를 둘러본다. 지금의 나를 지켜보는 자는 없다. 자료실 양
옆의 침실은 비어 있고 건너편 구두점엔 키 작은 남자가 새 구두
를 신어보고 있다. 모든 것은 처음 들어왔을 때와 마찬가지로 조
용하고 안정적이다.

보통으로 보이는 저 일상은 그럴 수 없게 인위적이다. 누군가에
게 보여주기 위한 쇼맨십이라는 냄새가 물씬거린다. 저들은 누구
에게 보이려 저런 가공의 몸짓을 그치지 않는 것일까. 관념적으로
말 잘하던 저들의 속셈은 대체 무엇일까. 몸이 스멀거리고 다시
구토가 인다.

눈을 감고 천천히 심호흡을 한다. 구역질이 어느 정도 진정되자
눈을 뜬다. '신입들의 생각'이 눈을 비집고 들어온다.

최근의 것인지 내가 나온다. 나는 침대에서 글을 쓴다. 글을 쓰
기 전에 생각한 것들이 그대로 글자가 되어 자막으로 뜬다. 그림
문자며 설형문자며 선문자를 생각하고, 누구도 해독할 수 없는 나
만의 글자로 글을 써두겠다는 생각도 글자로 나온다.

저런 일이 어떻게 가능할까. 여긴 몇 차원의 공간이기에 사람이
사람을 아무렇지도 않게 먹고 생각하는 것이 활자화되는 것일까.

자막의 글자는 이어진다. '아담을 들었다' '아담의 꽃을 보았다'
가 내가 고안해 낸 문자 그대로 나오고, 그 밑엔 아담을 들었다, 아

담의 꽃을 보았다, 라고 해석해놓았다. 뿐만이 아니라 온음표와 사분음표로 기분을 표하는 것까지, 색을 별 모양과 '고高'를 거꾸로 쓰는 것까지, 내가 생각한 것들이 글자로 박혀 나온다.

나는 전신이 와르르 무너지는 듯한 기분이 든다. 첨단기기를 사용했다면 이곳의 과학은 측정하기 어려울 정도다. 누가, 이렇게 느른하기만 한 곳에서 저런 걸 연구하고 실행하고 있다는 말인가. 누가, 이러한 일을 계획하고 지시하고 있다는 말인가.

별안간 인형가게가 떠오른다. 거기에 있던 내 또래의 남자는 말했다. 등록 코드는 입력돼 있다고. 누가 뭘 등록해서가 아니라 이곳에 오면 자연히 등록이 되는 거라고. 내가 등록 코드를 보고 싶다고 했을 때 그 남자는 말했다. 검진실로 가면 볼 수 있다고. 선글라스 여자의 말도 생각난다. 자신의 생각을 사진 찍은 듯이 볼 수 있는 데라고.

끔찍한 얘기다. 내 신체가 바코드로 전환되었다 해도 믿기 어려운 일이다. 믿을 수 없지만 그렇다 치자. 그렇다면 누가, 무엇 때문에, 이런 일을 주도하는가. 어떤 목적으로 이런 일을 하는가. 나는 그들에게 어떤 소용가치가 있어 이렇게 오도 가도 못하게 하는가. 등으로 가슴으로 땀이 찬다. 해결점을 찾으려면 원인을 알아야 하지만 나는 그 어떤 것도 추측해내지 못한다. 내가 이곳으로 오게 된 시점으로 돌아간다면 혹시 알 수 있지 않을까.

'출장일지'를 연다. 동영상으로 나오는 화면엔 얼굴을 모르는 몇몇의 사람이 지하철역에서, 백화점에서 내가 저들을 만났듯이 만난다. 그 장면이 어느 정도 지나자 이곳으로 온 사람 중 몇은 역이 바뀐다. 어떤 훈련을 어떻게 받았는지 모르나 이곳으로 온 사람 중 몇몇은 야구장으로, 시장으로, 도서관으로 가 낯선 사람에게 말을 붙이고 함께 이곳으로 온다.

계산은 쉽다. 유인하는 사람에 홀려 이곳까지 온 사람들은 일정 기간이 지나면 그들 역시 유인하는 사람이 되어 다른 사람을 유인해 오는 것이다. 나도 유인하는 사람에 홀려 이곳에 왔으니 유인하는 사람이 될 일만 남았다는 얘기다. 결론은 의외로 간단하다. 내가 유인하는 역을 맡게 되면 어찌됐든 밖으로 나갈 수 있게 된다. 여기 사람들에게 출구를 물어봤을 때 어느 누구도 솔직하게 대답하지 못했던 까닭이 여기에 있었다.

이곳은 정녕 뱀파이어들의 지옥 피라미드다. 이곳에 들어오는 순간 자신도 모르게 등록 코드가 매겨지고, 알게 모르게 적응되어 가면서 저들과 같아지는 것이다. 그러한 사실을 가리기 위해 환한 빛으로 시간의 흐름마저 속이고 때가 되면 알게 된다고 말한 것이다.

저런 자료를 작성한 자는 누구이며 그렇게 하라고 지시한 자는 누구인가. 속에서 열기인지 냉기인지 모를 것이 들끓는다. 호흡은 빨라지고 맥박은 혈관을 찢어놓을 듯이 뛴다. 컴퓨터의 내용대로라면 지금의 이 상태도 누군가는 알고 있을 것이고 무엇인가가 기록하고 있을 일이다.

자료실을 나와 검진실로 향한다. 검진실에는 과연 누가 있을 것인가. 어떤 자가 어떤 일을 지휘하고 있을 것인가.

나는 검진실 앞에 서자 너무 놀란 나머지 그대로 굳어버린다.

*

검진실 책상 앞에 있는 사람은 내 지도교수다. 교수는 학교에서 봤던 군청색 양복 차림 그대로다.

저들은 교수마저 유인해 이곳에다 감금한 모양이다. 지금까지 교수를 보지 못한 걸 보면 교수는 나보다 나중에 들어왔다는 말이 된다. 교수는 언제 어디서 잡혀왔을까. 이곳에 왔으면서 나와 교수는 어째서 만나지 못했을까. 그만큼 유리 침실은 많고 사람도 많다는 것일까. 아니면 격리되어 있었던 걸까. 저들의 세력은 생각보다 클지도 모르겠다.

검진실로 들어가 교수 앞에 선다.

"아, 교수님! 교수님도 이곳으로… 어떻게 된 겁니까? 언제 일루 오신 겁니까?"

교수는 듬성듬성해진 머리칼을 위로 쓸어 올리며 말한다.

"어, 자네 왔나? 자료는 볼만 했나?"

교수는 내가 자료를 검색한 걸 어찌 알고 이리 말하는 것일까. 놀라기는커녕 기다리고 있었다는 듯한 말투는 또 뭔가.

나는 혼란스러움을 추스를 새도 없이 성급히 말한다.

"교수님, 교수님도 잡혀 오신 겁니까? 교수님이 왜 여기에 계시고 제가 왜 여기에 있는 겁니까. 제가 자료실에서 검색한 건 어찌 아시며…."

교수는 나를 외면하며 유리벽 저 너머로 눈길을 돌린다.

"궁금한 게 많을 걸세. 난 자네가 오기 전부터 이곳에 있었네. 나 또한 자네가 온 방식 그대로 왔고. 자네가 자료를 검색한 건 나뿐 아니라 여기 모든 사람이 다 알고 있네. 이곳엔 비밀이 없거든. 믿기 어렵겠지만 그게 사실이네."

나는 교수 앞으로 가 교수의 시선을 내게로 돌린다.

"그게 무슨 말씀입니까. 저보다 먼저 오셨다니요. 전 어제까지만 해도 연구실에서 교수님과 함께 있었습니다. 한 달 전에도, 보름 전에도, 일 년 전에도, 교수님과 함께 연구했습니다. 교수님이 둘이 아닌 다음에야 그럴 순 없습니다. 이곳이 생각만이 존재하는 공간이라면 가능하겠지만 교수님이나 저나 몸뚱이로 이곳에 있지 않습니까."

교수는 책상 위에 놓인 지구본을 뜻 없는 손길로 돌리며 말한다.

"자네가 여기를, 지금을 이해하려면 시간이 좀 걸릴 걸세. 이곳엔 비행접시라고 말하는 게 있어. 그것을 타면 안과 밖의 구별이 없어진다네. 한 사람이 두 장소에 동시에 있게 되는 그런 원리지. 물리학으로도 증명할 수 없는 그런 것이 이곳엔 존재한다네."

나는 머리를 젓는다. 아무리 외계인의 세계라 해도 그런 일은 있을 수 없다.

나는 계속 머리를 저어가며 말한다.

"아닙니다. 그것은 있을 수 없는 일입니다. 교수님은 뭔가를 잘못 아시거나 숨기고 있습니다."

교수는 고개를 끄덕이며 내 말을 받아준다.

"자네 말이 맞네. 아직은 그렇다네. 받아들일 마음의 준비가 안 된 사람에게는 그렇게 보이는 게 당연하지. 자네, 미리 살고 있기라는 거 생각해 본 적 있나? 여기가 바로 그런 곳이라면 어떨 거 같나?"

교수의 말은 지금 미래를 살고 있다는 말인데 어느 누가 그러한 것을, 상상은 할 수 있지만 진짜 살고 있다고 믿을 수 있단 말인가. 나는 미래나 과거보다 지금 벌어지고 있는 일이, 믿을 수 없는 일이 중요하다.

"교수님 말씀은 황당합니다. 제가 본 것도 그렇고 교수님 말씀도 그렇고 이곳은 뱀파이어들의 소굴입니다. 교수님이 뱀파이어가 되지 않고서야 그렇게 말씀하실 순 없습니다."

교수는 의자에서 일어나 검진실을 왔다 갔다 해가며 말한다.

"그렇게 말하는 것도 무리는 아닐세. 저들이 왜 견을 먹고 인육을 먹는지 자네는 모를 걸세. 눈으로 보는 것만 보면 저들은 싹 뱀파이어야. 그러나 그런 시선이야말로 편향된 거라네. 저들은 그렇게밖에 할 수 없고 그렇게 해야 한다네."

교수는 돌아버렸다. 뱀파이어가 돼 뱀파이어를 옹호하며 그들의 사고와 언어를 거침없이 사용한다. 나는 교수와 이곳의 모든 것에 숨이 막힌다. 설사 저들이 뱀파이어가 아니라 해도 나는 저들에게 동조하거나 같이할 마음이 추호도 없다. 미래든 과거든 이곳은 사람이 살기엔 부적합하며 한마디로 아수라장 판이다.

나는 잔뜩 이마를 찌푸리며 따지듯이 말한다.

"지금은 문명사회입니다. 부인할 수 없는 문명사회입니다. 인육을 먹던 시대도 아니고 그런 것을 철학이나 문학으로 발표하는 장소도 아닙니다. 문명사회의 시각에서 인육을 먹는 걸 편향된 시선이라고 말씀하신다면 그거야말로 왜곡입니다. 살인을 정당화시키는 것에 불과합니다."

교수는 약간은 안타깝다는 듯 나를 돌아보며 말한다.

"누가 살인을 한다고 했나? 인육을 먹는 것과 살인은 다르네."

넋 놓고 있다 뒤통수를 맞는 기분이 이럴까. 교수 말대로 인육을 먹는 것과 살인은 다르다. 허나 신체를 먹는 행위는 살인과 다르지 않다. 인간이 존재한 이래 시신을 수습하는 일은 대단히 중요한 일로 여겨왔다. 시신이 훼손되거나 잃어버렸을 경우 시신을 찾기 위해 모든 방법을 동원한다. 시신에 대한 인식이 이럴진대 인육을 먹는 행위는 사람이 사람을 모독하는 최악의 일이 아닐 수 없다.

교수의 말은 이어진다.

"미리 살고 있기라고 하지 않았나. 받아들일 마음의 준비가 안 된 사람에겐, 다시 말해 이해하지 못하는 사람에겐 이곳이 미리 살기와도 같은 장소일세. 그러니까 이곳은 체험을 뛰어넘는 곳이라고 할 수 있네. 저들이 먹는 인육은 살인을 해서 얻은 것도 아니고 살인행위도 아니네. 이곳에서 자연사한 사람들의 것이며, 자연사한 사람들은 저들의 밥이 되길 원했네. 죽은 사람도 인육을 먹는 사람도 미해독의 문자와도 같은 사람들이지."

자연사한 사람이 자청해서 저들의 인육이 되길 원했다? 믿거나 말거나로 돌린다 해도 교수의 마지막 말은 해독 불가한, 그야말로 미해독 문자다.

교수는 이런 일을 늘 대비하고 준비했던 듯 차분하게 설명한다.

"우리가 알기론 미해독 문자는 과거의 문자야. 우리는 과거의 사람들이 어떻게 살고 어떤 언어를 사용했는가를 알아내려 고군분투했네. 까마득한 고대 때 우리나라의 선조는 어떤 언어를 사용했을까, 나와 자네가 우리나라 선조들만이 썼던 고유 언어를 알아내려 머리를 맞댔다는 걸 부인하진 않겠네. 그런데 어느 날 그런 짓이야말로 시신을 모독하는 것보다 더한 일이라는 걸 깨달았네. 말이 좀 건너뛰었나? 그러니까 이런 말일세. 미해독 문자는 미해독 상태 그대로 놔두는 것이 그들에 대한 예의라는 거지. 과거의 그들을 과거의 그들로 있게 해 주는 게 그들을 존중해주는 거라는 말일세. 시신을 존중해주는 것과 같은 뜻이라고 할 수 있네. 그 사실을 깨닫자 나는 내 연구가 부질없고 오만하다는 생각이 들었네. 그런데 나와 같은 생각을 하는 사람들이 꽤 있더군. 그들과 함께 이곳 생활을 택하게 된 동기네."

교수는 자신의 연구에 회의를 느껴 이리로 왔다는 말이 된다. 그렇다면 교수가 이곳에서 하는 일은 무엇이며, 이곳 사람들이 떼거리로 몰려서 하는 일이란 고작 인육을 먹는 게 다란 말인가. 교수의 설명은 부족하다. 목적 없이 이렇게 모여서 비밀이 없네, 계급이 없네, 그따위 것만 주장하고 있기엔 뭔가가 빠져 있다.

나는 교수에게 반론이나 의문을 제기하지 않는다. 교수의 일이란 다른 사람들이 꽃을 가꾸고 인형이나 책을 관리하고 음식을 만드는 것처럼, 나와 같은 신입이 오면 사상을 교육시키는 역을 맡은 것인지도 모른다. 교수의 말이 어디까지가 진실이고 거짓인지 모르지만 나는 끝까지 들어보기로 한다.

교수는 내가 가지고 있는 노트와 똑같은 노트를 들춰가며 말한다.

"죽은 사람들도 여기에 있는 사람들도 미해독 문자를 연구했거나 하고 있는 사람들이네. 여기 사람들이 죽은 사람을 먹는 행위는 미해독 문자를 미해독 문자 그대로 보존하기 위한 하나의 제의라고 할 수 있지. 풀어 말하면 미해독 문자가 외부로 노출되기 전에 먹어 없애는 걸로 보존하려는 걸세. 자연사한 사람들도 마찬가지네. 그들의 소망은 미해독 문자를 연구한 자신들이 외부로 노출되기보다 저들의 입으로 들어가 저들의 똥이 되길 바랐네. 자연의 순환이라고 할 수 있지. 아담의 사진을 보고 뜨악해 하던데 말이 난 김에 그 설명도 해 주지. 아담의 열매는 자궁을 빼닮았네. 세계가 발생하는 근원이라는 상징이지. 거기엔 씨앗이 있고 씨앗에선 책이 나오네. 우리의 로고를 아담으로 택한 이유가 거기에 있네. 아담이나 아담의 열매는 밝혀지지 않은, 밝힐 수 없는 미해독의 문자네. 그것을 먹어 없애는 행위 역시 보존이고."

교수는 말의 석연치 않다. 열매를 자궁으로 말하고, 자궁을 세계가 발생하는 근원으로 본다면, 자궁을 먹어치우는 행위야말로 세계를 정복한다는 의미다. 이 집단의 목적은 전 세계를 자신들의 것으로 만들고자 하는 것에 있다. 그럼에도 인육을 먹는 행위를 미해독 문자를 없애는 것으로 둘러친다.

교수의 설명은 그 어떤 이론이나 논리로도 정당화할 수 없다. 엄청난 폭력이며 파시즘이며 사이비 유토피아 설이며 권력의 정점을 지향하는 의식이다. 역사 이래 이만한 악과 위선은 없었으리라는 단언이 절로 나온다.

내가 알고 있던 교수는 저런 사람이 아니다. 어느 날 연구에 회의를 느껴서라지만 납득할 수 없다. 사람이 하루아침에 변하기는 쉽나. 교수와 이곳 사람들에겐 밝히기 거북한 속뜻이 분명 있을 것이다.

나는 삐딱해지는 심사를 어쩌지 못해하면서 교수에게 묻는다.

"교수님의 말씀이 사실이라면 그렇게 하라고 지시한 사람이 있을 텐데 그게 누굽니까. 혹시 교수님은 아닙니까?"

교수는 손을 홰홰 저어가며 말한다.

"이곳에 수장 같은 건 없네. 좀 전에두 말했듯이 공감대를 가진 사람들끼리 모인 게 전부일세. 누차 얘기하지만 비밀도 없고 계급도 없네. 저 투명한 유리를 보고도 모르겠나?"

투명한 유리 따위로 비밀이 없다고 한다면 그런 것쯤은 누구나 할 수 있다. 투명한 유리야말로 진실을 가리는 막이 될 수 있다.

교수는 그런 사실을 모를 리 없을 터인데 자꾸만 자기합리화에 열을 올린다.

교수는 자신의 노트를 계속 들춰가며 말한다.

"자네 글을 보니 꽤 가능성이 보이더군. 미해독 문자로 쓴 것 말일세."

교수는 일찌감치 나를 지켜보고 있었던 것이다. 의문이다. 내 노트는 투명 유리로 되어 있는 게 아니며 내 생각 역시 투명 유리로 된 게 아니다. 내 글과 생각이 도대체 무엇에 의해 만천하에 공개될 수 있는지 의구심이 솟는다.

교수는 버스에서 만났던 사람들이 내 생각을 꿰뚫어 봤듯 지금의 내 생각도 손바닥 들여다보는 듯이 말한다.

"내가 어떻게 자네 글을 알게 됐나 의아할 걸세. 자네가 가진 노트는 종이로 된 컴퓨터일세. 자네가 노트에 글을 쓰는 즉시 그 글은 자료실에 있는 메인 서버와 다른 사람이 가진 무선 단말기로 전송되네. 그러니까 자네가 가진 노트는 무선 단말기인 셈이지. 여기 사람들도 자네가 가진 노트와 같은 노트를, 즉 무선 단말기를 가지고 있으니 모두가 알게 되는 거고. 이곳은 비밀이 없는 곳이니까 모두가 볼 수 있고 생각을 공유할 수 있는 거라네. 노트에 기록하지 않은 생각은 또 어떻게 알게 됐나 궁금할 걸세. 이곳은 투명 유리로 되어 있는 것인 만큼 자네가 무얼 생각하든 유리에 달린 센서가 자네의 생각을 읽어낸다네. 센서가 따로 달려 있다기보다 유리 자체가 센서일세. 유리가 자네 생각을 읽어내는 순간

메인 서버와 종이 컴퓨터로 전송되는 것은 물론이고. 놀라운 일 아닌가? 차별 없는 세상을 살고 있다는 사실이?"

교수의 말은 섬뜩하다. 끔찍하고 환멸스럽다. 지금까지 알고 느끼던 그 어떤 것보다 무시무시하다. 나는 말문이 막히고 몸이 떨려 제대로 서 있기도 힘들다.

교수는 책상 옆에 있는 의자를 가리키며 말한다.

"서 있기도 힘들어하는군. 힘들면 나가고 더 듣고 싶으면 거기 의자에 앉게."

이왕 이렇게 된 일, 내가 어떤 생각을 하던 교수가 알아버리고 이곳 사람들이 알아버릴 일, 나는 의자에 앉는다. 나는 내 생각과 감정을, 내 전부를 체크하고 있을 투명 유리벽 앞에서 교수의 말을 듣는다.

"여기 사람들은 자네 글에 상당히 호감을 가진다네. 잘하면 우리가 연구하고 있는 언어에 도움이 될 수 있다고 생각한다네. 나 역시 그렇고. 어떤가, 계속 글을 써 볼 생각은 없나? 아무도 알아낼 수 없는 그런 글자로 말일세."

우리가 연구하고 있다는 언어란 무엇일까. 미해독의 문자를 캐지 말라고 하고선, 그에 관한 해설서를 금서로 취급해 뜯어먹고선, 다른 언어라도 만들겠다는 것인가. 궤변도 이런 궤변이 없다.

교수는 내 글을 눈으로 읽으며 말한다.

"자연사한 그들도 자네처럼 아무도 알아낼 수 없는 문자를 만들다 죽은 사람들이네. 연구를 완성하지 못한 채 죽었거나 한계를 느껴 자살한 사람들이지. 겁먹지 말게나. 자살한 사람은 극소수니까."

이건 으름장이다. 죽음을 흔들어 보이며 해독 불가한 문자의 글을, 이곳 사람들이 말하는 연구라는 걸 하라는 협박이다. 아, 꿈이었으면. 악몽이라도 좋으니 꿈이었으면. 꿈이라고 흔들어 깨워주는 누구라도 있었으면.

나는 기어이 의자에서 일어난다.

"저는 교수님처럼 연구에 회의를 느껴 이리로 온 게 아닙니다. 여길 나가고 싶습니다. 나갈 길을 알려주십시오. 제겐 다니던 학교가 있고 집이 있고 부모님이 계십니다. 그들이 저를 기다립니다. 제발 저를 여기서 나가게 해 주십시오."

교수는 발작적으로 일어나 말하는 나를 말리지 않는다.

"여긴 쿨 한 곳이네. 자네나 내가 살던 곳과는 다르네. 끈적이고 애원하고 매달리는 따위는 없네. 가고 싶으면 언제든 가게. 자네를 붙들어 둘 사람은 아무도 없네. 이곳은 비밀이 없는 것처럼 자유도 보장된 곳이라네."

비밀이나 자유라는 단어가 이렇게 변질될 수도 있나. 나는 언어로 위장하는 저들로부터 빨리 도망치고 싶어 견딜 수가 없다.

나는 거의 울음 섞인 목소리로 말한다.

"다들 그렇게 말하더군요. 그런데 길이 없습니다. 출구가 보이지 않는단 말입니다. 누구도 출구를 알려주지 않습니다. 출구는 어디에 있습니까. 어디로 가야 출구가 나옵니까. 저를 나가게 해 주십시오."

교수는 노트를 덮으며 혀를 차는 듯한 표정을 짓는다.

"출구는 자네가 가지고 있네. 자네 안에 있다는 말일세. 자네가 맘을 먹으면 출구는 저절로 나타나게 될 걸세."

교수의 말은 지극히 종교적이다. 나는 그런 원론적인 얘기를 듣자는 게 아니다. 어느 길로 몇 미터를 가면 어디가 나오고, 그곳을 돌아 몇 미터를 가면 출구가 나온다는, 지리적이며 사실적인 정보를 원한다. 그러나 교수는 내가 원하는 답을 끝내 주지 않은 채 급히 볼일이 있다며 검진실을 나간다.

*

교수와의 면담은 실패다. 그보다는 들어서는 안 될 얘기만 잔뜩 들은 꼴이다. 나는 이대로 견뎌낼 수 있을까. 저들이 원하는 대로 해독이 불가한 문자로 글을 써대야만 할 지경까지 가는 것은 아닐까. 고되고 힘들겠지만 못 쓸 것도 없다. 다만 교수처럼 터닝 포인트가 될 만한 동기가 있어야 한다. 하지만 지금으로선 해독 불가한 문자를 만들 동기가 없다. 저들은 어디다 써먹겠다고 아무도 해독할 수 없는 문자를 만들려는 것일까. 그럴 정도로 해독 불가한 문자는 가치가 있는 것인가. 누구를 위해? 무엇을 위해? 저들이 내게 왜 그런 따위를 요구하는지 알 수 없다.

저들의 모순은 한두 가지가 아니다. 미해독 문자를 해독하는 것에 회의를 느껴 함께 모였다지만 지금은 해독 불가한 문자를 만들려고 한다. 내 생각이 맞는다면, 출장이라는 명목으로 미해독 문자를 연구하거나 그쪽에 몸담아 있는 사람들을 유인해 그러한 문자를 만들라고 강요하는 것이다. 그렇게 모인 자 중 누군가가 죽으면, 어쩌면 죽였는지도 모르지만 저들은 비밀이 새어나갈까 인육으로 먹어치우는 것이다.

수장이 없다는 게 사실이라면 저들은 곰팡이처럼 자생하는 존재들이다. 저들 중 누군가가 죽어도 그 자리는 끊임없이 메워진다. 그런 식으로 저들은 자신들이 지향하는 바를 지속시키려 한다.

이유가 무엇이고 목적이 무엇이든 나는 지친다. 미해독 문자든 미확인체든 넌더리가 난다. 그런 것들을 알아내 무엇을 하겠다는 건가. 내겐 해독할 수 없는 문자를 만드는 일이 인육으로 먹어치우면서까지 해야 할 정도로 절대적이지 않다. 누구도 해독할 수 없는 문자는 끼리끼리의 문화이자 나쁜 권력의 표본이다. 교수와 내가 연구실에서 나눴던 대화의 중심은 그랬다. 헌데 교수는 느닷없이 변해 딴소리만 늘어놓는다.

나는 독방에 갇힌 듯 검진실에서 꼼짝도 하지 못한다. 생각해보면 모든 것은 잘 짜인 각본이다. 이곳으로 나를 데려오고, 자료실로 눈요기를 시키고, 개고기로 인육에 대한 충격을 완화시키고, 다시 자료실을 찾게 하고, 검진실로 가게 한 다음, 지금은 혼자 생각할 시간을 주고, 생각이 바뀌길 기다리며 자신들과 합류하게끔 유도한다.

저들은 치밀하다. 저들이 치밀한 만큼 나도 치밀해져야 여길 나갈 수 있다. 현재로선 저들이 원하는 문자를 만들 생각이 없거니와 실력도 없다. 저들은 무고한 사람을 눈 하나 깜짝하지 않고 죽이는 자들만큼이나 잔인하다. 할 수 없고 하고 싶어 하지 않는 사람을 붙들어 놓고는 할 수 있는 것인 양 허황된 꿈을 심는다. 저들의 꿈이나 기대를 저버린다면 저들은 가차 없이 죽일 것이다. 어떻게 해야 저들에게서 벗어날 수 있을지 눈앞이 캄캄해온다.

검진실을 나온다. 유리로 된 벽과 천장과 길이 완강한 고집만큼이나 뻗어 있다. 이건 불행이 아니라 절망이다. 그 자리에 멀거니 선다. 유리판 길 위엔 서 있는 내가 비친다. 그 아래엔 계곡의 물거품이 요동을 치고, 거품 위 유리판엔 퍼렇게 질린 내 얼굴이 얼비쳐 있다. 모두는 이러한 나를 보고 있으리라. 탈출이라고 생각하는 생각마저도 자신들의 손바닥을 들여다보듯 알고 있을 것이다.

이제야 알겠다. 비밀이 없다는 사실은 포기하라는 또 다른 의미였다. 이곳에 온 이상 이곳 사람이 되라는 명령이었다. 출구는 마음을 먹으면 절로 나타난다는 말 역시 이곳 사람이 되기 선엔 나갈 수 없다는 뜻이었다. 어떻게 하라는 것이냐. 이곳 사람이 되고 싶은 마음은 조금도 없는데 바깥으로 나갈 길만 애태우며 지내야 한다는 말인가. 출구가 마음을 먹는 것에 있다고는 하나 꼭 그렇지만은 않을 것이다. 출구는 물리적인 공간이고 몸도 부피를 가진 이상 물체로 있는 출구는 반드시 있을 것이다. 마음을 먹어야 하네 마네 하는 따위는 추상적인 사탕발림에 불과하다. 출구의 열쇠는 교수가 쥐고 있을 텐데 교수는 어디로 갔을까.

복도 같은 길을 흘깃대며 걷는다. 사람들은 지금의 나를 훤히 알고 있을 것이건만 모르는 척 맡은 일에 열중한다.

끝까지 가 보기로 한다. 아무리 똑같이 이어진 길이라곤 하나 끝은 있을 게 아닌가. 그 끝 어느 지점에 가면 출장이라는 명목으로 비행접시를 쏘아 올리는 곳이 없다고 할 수도 없다.

많은 상점을 지나고 침실을 지난다. 몇 번인가 본 얼굴들이 있는가 하면 처음 보는 얼굴도 있다. 저들은 천편일률적으로 같은 생각을 하고 같은 생각으로 나를 본다. 이것이 감시가 아니고 무엇이란 말인가.

침실 앞을 지난다. 처음 보는 남자가 따뜻하게 차려진 음식상 앞에서 오이소박이를 집는다. 남자는 아웃도어 차림이다. 저 남자도 나처럼 신입으로 온 게 틀림없다.

아웃도어 차림의 남자 앞엔 키가 작고 얼굴이 동그란 남자가 미소를 띠며 컵에 물을 따른다. 저 가증스러운 호의라니, 주먹이라도 날리고 싶다.

침실을 지나 회의실 앞을 지난다. 회의실엔 몇몇의 사람이 모여 뭔가를 논의 중이다. 그중엔 교수도 있다. 급히 할 일이 있다는 건 이 회의를 말했던 듯싶다.

교수와 눈이 마주친다. 교수가 들어오라는 손짓을 한다. 나는 안으로 들어간다.

몸매가 가랑가랑한 남자가 내게 자리를 내어주며 말한다.

"잘 지내십니까. 아주 훌륭하십니다. 지금 교수님과 아담어에 관한 얘기를 주고받던 중입니다."

저들이 연구한다는 언어가 아담어라는 건가. 어이가 없다. 모두 돌아버렸다. 나는 입을 다문 채 힐난의 눈초리를 교수에게 꽂는다.

교수는 무척이나 호의적인 태도로 나와 사람들을 번갈아보며 말한다.

"다들 아시겠지만 우리의 아담어는 아직 미숙합니다. 여기 있는 이 신입이 아담어의 완성도를 높여줄 것이라 생각합니다. 다들 보신 대로 이 신입의 글은 콥트어나 이집트의 히에로글리프와는 다릅니다. 문제가 있다면 도상적인 면이 강하고 아직 체계가 잡혀있지 않다는 점이겠지요."

다들 고개를 끄덕이는 가운데 사각의 턱에 대문니가 벌어진 남자가 나선다.

"그거야 늘 있어왔던 문제가 아니겠습니까. 모두 힘을 합해 계속 연구하고 보완하면 최초이자 최고의 아담어가 나오겠지요."

교수는 동의를 구하는 투로 사람들을 둘러보며 말한다.

"맞습니다. 시간이 문제는 아닙니다. 얼마만큼 완성도가 높은가가 관건입니다. 급히 서둔다고 될 일도 아니고 그래서도 안 됩니다. 우리의 아담어는 미학과 지학을 겸비한 문자여야 합니다. 어느 누구도 알아낼 수 없고 만들 수 없는 그런 문자 말입니다."

정신 나간 얘기다. 저들은 언어만이 가진 폐활량을 조작하려든다. 나는 이따위 회의인지 잡담인지에는 관심이 없다. 누가 어떤 문자를 만들든 말든 나는 돌아가고 싶다. 강의 얼음이 쩍쩍 울어대는 소리가 귓전에 맴돌고, 연구실에서 만난 여자 친구에게 털목도리도 둘러주고 싶다. 어버이날 가족이 모여 갈비를 뜯던 일과 어스름 저녁 때 동아리 선후배들과 축구하던 일도 눈앞에 어른거린다. 대학가 허름한 술집에서 주고받던 야한 농담도 그립고, 대낮까지 뻗쳐 자다 어머니에게 야단맞던 일도 소중해진다.

저들에겐 그러한 추억도 없나. 그러한 때로 돌아가고 싶은 욕구도 없나. 죽어버린 자들이 아닌 다음에야 어찌 저리 두꺼운 낯짝으로 아담어나 들먹이고 있단 말인가.

사람들이 나간다. 교수는 내게 나가자고 말하며 회의실을 나간다.

나는 상점들을 건성으로 둘러보며 말한다.

"어느 누구도 알아낼 수 없는 문자를 만든다는 건 별 가치가 없다고 봅니다. 누구나 쓸 수 있고 쉽게 사용 가능한 문자일수록 좋은 언어라고 생각합니다. 소수만이 사용할 수 있는 언어를, 그것도 억지로 만든다는 것은 다시 생각해 봐야 할 일이 아닌가 싶습니다."

교수는 고개를 끄덕이며 말한다.

"맞는 말일세. 그러니까 이곳의 언어를 만들어야 한다는 당위성이 높아지는 걸세. 이 투명 유리로 된 길이며 상점, 비밀 없이 사는 사람들은 이곳만의 독특한 문화가 아니겠나. 그에 어울리는 언어를 만드는 건 필요이자 책임이네. 지금 우리가 쓰고 있는 언어를 여기서도 계속 쓴다면 그곳의 언어며 문화지 이곳의 언어와 문화는 될 수 없네. 짚신에 양복을 입혀놓은 꼴로 어울리지가 않아."

여전히 궤변이다. 내겐 궤변을 변화시킬 능력이 없다. 두드리고 깨도 깨지지 않을 저 두터운 층의 인식을, 어느 누가 쉽게 바꿀 수 있을까.

교수는 상점 안의 사람들과 혹은 지나가는 사람들과 웃음으로 고갯짓으로 알은체를 해가며 말한다.

"들어서 알겠지만 우리의 목표는 미학과 지학을 동시에 만족시키는 언어를 만드는 걸세. 최초로 아담이 썼던 언어, 문자와도 같은 것일세. 그 일을 위해 여러 사람이 매달렸지만 아직은 산발적이네. 자네 글을 보니 완성도는 떨어지지만 가능성은 충분해. 나나 여기 사람들이 자네를 주목하는 이유가 거기에 있네."

교수는 격려나 칭찬이랍시고 내게만 하는 듯이 말하지만 실은 나와 같은 신입에게 통상 해대던 말일 것이다. 어찌됐건 목적이 있으니 달래려는 속셈이다.

나는 치미는 속을 누르며 말한다.

"교수님은 앞뒤가 맞지 않는 말씀을 하십니다. 미해독 문자는 없어져야 하고 그래서 그에 관한 해설서를 없애려던 거 아니었습니까? 그런데 지금은 누구도 해독할 수 없는 문자를 만들겠다니 제 수준으론 받아들일 수도 이해할 수도 없습니다."

교수는 내 어깨를 톡톡 두드리며 말한다.

"자넬 이해하네. 나도 그랬으니까. 그런데 말이지 세상에 여기만 한 곳이 어디 있겠나. 비밀도 없고 평등하며 서로를 존중해주는 곳 말일세. 이러한 곳의 언어가 외부에 알려지면 오염되고 파괴되는 건 시간문제야. 그러니 이곳 사람들만이 아는 문자를 만들어야 하는 건 절실하고도 시급한 문제네. 지금을 보게. 예전에 우리가 공부했던 미해독의 문자들 말일세. 그 문자들은 고유한 정신을 담고 있네. 헌데 그 문자를 해독한답시고 이놈 저놈이 멋대로 들쑤시고 추측하고 완전 개판을 만들지 않았나. 그런 해설서 따윈 없어지는 게 맞네. 우리는 해설서에 들어 있는 문자들을 보호하기 위해 해설서를 먹어치우는 걸세. 내 책도 그런 연유로 여기다 내놓게 된 거고."

교수의 말은 궤변의 차원을 넘는 광기다.

나는 교수의 팔을 와락 붙잡으며 말한다.

"저는 아담어 같은 것엔 관심이 없습니다. 아까도 말씀드렸다시피 저는 이곳을 나가고 싶습니다. 이곳에서 어떤 위대한 일을 하든 말든 저와는 상관이 없습니다. 저를 보내주십시오. 출구를 알려주십시오. 마음을 어떻게 먹어야 출구가 보일 수 있다는 말씀 말고 지정학적으로 말씀해 주십시오. 몇 미터를 가면 어디가 나오고 거길 지나면 어디가 나온다는 구체적인 사실 말입니다."

교수는 딱하다는 듯 내 눈을 깊이 들여다보며 말한다.

"그렇게 말해도 못 알아듣겠나. 출구는 자네가 가지고 있다고 말했을 텐데. 자네가 맘을 먹으면 출구는 저절로 보이게 된다는 말을 다시 해야 하겠나. 자네가 원하는 건 이정표에 적힌 도로와도 같은 길인 모양인데 지금은 아무리 알려줘도 찾을 수가 없네.

길 자체가 있다기보다 자신이 길이기 때문이네. 그 길이라는 건 자네가 여길 찾았을 때의 마음이네. 그 마음으로 돌아가면 출구가 나타날 걸세. 다만 이곳에 왔으니 이곳의 규칙을 따라야 그 마음도 찾을 수 있게 된다네. 자신만의 문자로 글을 쓰고 여기 사람들처럼 견족도 먹고 인육도 먹고 책도 먹을 수 있어야 한다는 말일세. 그런 걸 해야 이곳 사람이 되는 거고, 그래야 비행접시를 탈 수 있고 자네가 원하는 바깥 세계로 나갈 수 있게 된다네."

교수의 말은 원점을 빙빙 돈다. 죽기 싫으면 아담어를 만들어야 하고 저들처럼 피비린내 나는 짓을 하라는 강요다. 진정, 이곳은 역겹기 짝이 없는 뱀파이어들의 신전이다.

음식점 앞을 지난다. 사람들이 개인지 사람인지 모를 물체를 빙 둘러싸고는 희희낙락거린다. 신입이 왔으니 파티를 여는 것이다.

교수가 음식점을 기웃이 들여다보며 말한다.

"들어가지 않겠나. 저기 톱을 들고 있는 신입도 자네처럼 해독할 수 없는 문자로 글을 썼다네. 자네가 썼던 것보다 떨어지긴 해도 가능성은 있어. 아무튼 아담어를 시도했으니 축하해 줄 일이네. 여길 나가고 싶다고 했나? 길은 생각보다 쉬울 수도 있네."

결국은 또 아담어다. 톱을 든 신입은 아담어 공포증인지 증후군인지를 일찌감치 깨달아 톱자루를 잡은 듯하나 내 눈엔 서글픈 동물쯤으로 보인다.

교수가 음식점 안으로 들어간다. 나는 신입이라는 자가 어깨를 들썩이며 톱질하는 것을 보다 눈을 돌린다. 아직은 똑바로 볼 수 없는 광경이다. 여길 나가자면 견인지 인육인지를 먹어야 한다지만 아직은 아니다. 나만의 문자로 글을 써야 한다지만 아직은 아니다.

내 정신은 지금도 토악질을 멈추지 못한다. 만성 수면 부족 상태인 양 어질어질하고 순식간에 급강하와 급상승을 하듯 중심 잡기가 어렵다. 이대로 가면 나는 얼마 못 가 항아리 안에 재워질지도 모른다. 저들이 허기질 때쯤 내 몸뚱이는 파티용 유리판에 뉘어 저들의 위를 흥분시키고 뇌를 즐겁게 채워 주리라. 그때 저들은 나를 뭐라 말할 것인가. 어떤 음을 배경으로 깔고 비만의 웃음을 터트릴 것인가.

교수가 음식점에서 나온다. 교수에게서 피비린내가 난다. 교수가 손등으로 입가를 닦는다. 교수의 손톱 사이에 붉은 게 끼어 있다. 저장 인육이 아니라 날고기 인육을 먹은 것이다. 흡혈귀가 따로 없다.

나는 교수를 등지고 어딘지도 모를 길을, 거품 위에 떠 있는 유리판 길을 무작정 뛴다. 내게 길은 있을 것인가. 밖으로 나갈 길은 정녕 있을 것인가. 아담어를 만들지 않아도, 책을 뜯어먹거나 인육을 먹지 않아도 살아남을 길은 있을 것인가.

*

이 무덤은 특별하다. 천장의 골짜기 물은 지금도 흐르는데 이곳의 시간은 정지상태다. 꽃도 그대로고 수염도 손톱도 그대로다. 시간은 도대체 어떻게 흘렀단 말인가. 어디서 흘러 어디로 가고 있다는 말인가. 시간이 흐르고 흐르는 것이라면 이곳으로 오길 바란다. 시간을 죽이고 묶어둔 이곳에서, 활이 되고 창이 되어 베고 가르고 구멍을 내길 바란다.

시간이 변화를 주는 운동성이라면 꽃은 시들거나 활짝 피게 되리라. 내 수염이나 손톱 역시 면도를 하거나 잘라야 하리라. 침묵과도 같은 저 유리의 길 또한 금이 가게 되리라.

나는 이곳이 입김이 드나들고 더위와 추위가 유희하는 곳이 되길 원한다. 황야보다 메마른 곳에서 나는 빈둥거리는 것조차 하지 못하면서 박제가 되어간다. 아니, 꼭 그렇지만은 않다. 오디세우스가 귀향을 바랐던 심정으로 나는 바깥으로 나갈 수 있길 애태운다. 출구라는 게 교수가 알려준 방법만이 유일하다해도 아직은 그 어떤 것도 하지 않는다.

인형 가게가 어째서 있는지 절로 실감이 난다. 죽거나 미치지 않으려면 인형이라도 끌어안아야 하겠지만 나는 그렇게 하지 않는다. 가도 가도 끝이 보이지 않는 일자형 유리 길을 배회하지도 않는다. 나는 정말이지 여기에 있는 내가 사실인지 아닌지조차 알지 못한다. 티테이블 위의 꽃은 늘 싱싱하고, 침실에서 한 발짝도 움직이지 않는 내게 음식을 가져다주는 것도 변함이 없다. 눈에 뜨이지 않게 양이 줄고 비린내가 나는 음식들의 수가 느는 것만 빼면 처음 여기 왔을 때와 다르지 않다. 그들은 기다리고 있는 것이다. 지치고 지쳐 스스로 인육을 먹고 아담어를 만들 때까지 기다리겠다는 묵언의 선언이다. 사실이 그렇다면 나는 자살할 일만 남았다. 저들은 죽은 나를 항아리에 넣어 간장이나 소금, 또는 된장에 잴 것이고, 새로 들어온 신입에겐 연구를 하다 한계를 느껴 죽었다고 말할 것이다.

저들의 목적은 이 무덤 속에서, 이 유리벙커 안에서, 자신들만의 세계를 만들고자 한다. 협조할 수 없다. 내가 저들에게 채집되어 온 한 마리의 곤충으로, 이 유리 시험관 안에서 죽는 일만 남았다 해도 그렇게는 하지 못한다. 신조가 있어서라기보다 본능으로 지배하는 거부감이 저들을 흡수하지 못한다. 이 또한 수순일지도 모르겠다. 암에 걸린 사실을 알았을 때처럼 처음엔 부인하고 그다음엔 받아들이는 단계와도 같이 말이다. 나는 지금 저들이 신입이면 거치는 단계라고 말했던 걸 차질 없이 행하고 있는 중인지도 모른다.

글이 쓰고 싶어진다. 속을 훑어 내리는 이 쓰라림을, 죽음만큼이나 지독한 이 외로움을, 억울하고 분한 이 심정을 글로 토해내고 싶다. 저 유리 방벽이 있는 한 이러한 생각 또한 저들이 읽고 있을 게 아닌가.

유리벽을 주먹으로 친다. 발로 걷어찬다. 악악 소리를 지른다.

이렇게 소란을 피우는데도 사람들은 달려오지 않는다. 지나가며 미소를 짓거나 살짝 손을 들어 안녕! 인사를 던진다. 괴물들이 따로 없다. 괴물들의 집단에서 빠져나갈 길은 괴물이 되는 길밖엔 없다.

그래, 책을 먹자. 인육을 먹자. 아담어로 글을 쓰자. 나갈 길이 그것밖에 없다면 일단 그렇게 해보는 거다. 나가서 어디를 가고 무슨 짓을 하던 이곳을 벗어나는 게 급선무다. 여길 나가면 제일 먼저 집으로 가겠다. 아버지가 퇴근해 오고 어머니가 저녁을 차리는 집이 몹시도 그립다. 푸근하다고 말할 순 없지만 우리 집엔 어머니와 아버지가 있고 툭하면 신경질을 부리는 여동생이 있다.

나는 굶기 시작한다. 책을 먹고 인육을 먹으려면 눈이 뒤집히게 굶어야 한다.

눈이 뒤집힌다. 머릿속엔 온통 먹을거리로 득실댄다. 유리병의 꽃도 먹고 싶어지고 침대도 먹고 싶어지고, 내 팔뚝이며 손가락까지 뜯어먹고 싶어진다. 눈에 뵈는 게 없어진다. 때가 왔구나.

침실을 나간다. 머릿속은 빙빙 소용돌이치고 다리는 허청거린다.

바로 앞 서점으로 들어간다. 제목을 읽을 겨를이 없다. 손에 닿는 책을 뜯어먹기 시작한다. 생각보다 먹을 만하다. 몇 장을 뜯어먹었지만 포만감보다 허기가 더하다.

몸뚱이를 질질 끌고 침실로 돌아온다. 덜덜 떨리는 손으로 노트를 편다. 메인 서버와 연결됐다는 걸 염두에 두고 글을 쓰기 시작한다. 조사나 형용사, 부사를 쓸 정도는 멀었으므로 명사와 동사로 시작한다.

여기 좋다. 책 맛있다. 배고프다. 개고기 먹고 싶다. 인육 먹고 싶다. 아담어 쓰자.

나는 몇 안 되는 글자를 쓰기 위해 긴 시간 몸부림친다. 몇 시간이 지났는지 며칠이 지났는지는 알 수 없다. 애를 쓰고 신경을 집중한 대로라면 몇 달이 훌쩍 지나고도 남았을 일이다.

이곳이 시간을 막는 곳이라 해도 어딘가는 새는 곳이 있을 것이다. 배가 고프다든지, 졸음이 온다든지, 하품이나 눈이 감기는 생리현상은 간접적이지만 시간의 흐름이다. 헌데 아담어를 쓰자고 작정하기 전까지 만해도 배가 고프다거나 졸음이 오지는 않았다. 저들은 내가 언제까지고 빈둥거리자 유리벽을 이용해 내 신체 리듬마저 조절한 것일 수도 있다.

나는 유리벽이 깨지도록 유리벽을 쏘아본다. 그 어떤 것으로도 깨지지 않는 저 철벽의 유리는 저들과 너무나 닮아 있다. 살아있으나 죽어버린 저들. 죽어있으나 살아있는 유리벽. 살아있는 몸으로 대항하기엔 불가능해 보이는 불멸의 것들.

나는 나를 포기하고 저들이 되어보려 한다. 저들이 되면 저들의 아담어를 쓸 수 있을 게 아닌가. 나는 신경을 집중하여 아담어를 쓰기 시작한다. 몇 자를 쓰다 보면 파이스토스 원반의 문자에 에트루리아어를 삽입한 꼴이 되고, 다시 몇 자를 쓰다 보면 페니키아 문자에 선문자를 섞는 식이 된다. 이런 것들은 아담어가 될 수 없다. 보는 것만으로도 산만하고 조잡스러워 내가 봐도 쓰레기다.

하지만 이곳을 나가자면 무엇이 됐든 써야 한다. 쓰다 보면 기품 있고 미학적으로도 괜찮은 문자가 나오지 말라는 법도 없다.

나는 어느새 아담어에 골몰한다. 관념어와 형용사와 부사를 어떻게 쓸까 고심한다. 과거와 현재와 과거 진행형과 현재 진행형의 시제는 또 어떻게 표현해야 할까 머리를 싸맨다. 미해독 문자를 만들었던 고대인들의 입장으로 돌아가 보기도 한다.

시간이 얼마나 흘렀는지 알 수 없다. 내가 알고 기억하던 시간은 서서히 옅어지고 나는 아담어와 사귀며 나를 잊는다.

내가 없는 나, 뜻밖에도 편안해진다. 진로와 연봉 같은 것은 언제 애착을 가졌는지 실감나지 않고 그토록 볶아대던 탈출도 남의 일인 양 멀어진다. 나를 괴롭히던 생각이라는 것도 아담어 하나에 쏠린다. 나는 객관적인 내가 되어 아담어를 분석하며 쓰기에 열중한다.

며칠이 흘렀는지 몇 달이 갔는지 눈이 쑤시고 침침해진다. 나는 펜을 놓고 침대에 벌렁 눕는다. 여자 친구는 잘 있나? 여동생은 시험을 잘 치렀나? 아담어는 쓰기만 한다고 다 되나? 아는 사람이라곤 하나도 없는 이곳에서 죽을 때까지 아담어나 써야 하나? 미학과 지학을 겸비한 아담어를 완성하면 그 후엔 어떻게 되지? 아담어라는 티켓을 거머쥐고 밖으로 나갔을 때 아버지도 어머니도 여동생도 친구도 죽고 없다면 어떡하지? 보장 받을 수 없는 미래에 나를 던지고 있는 건 아닐까?

갑자기 침울해진다. 객관적인 내가 되었다고 믿었던 건 어느 새 스러지고 아담어고 탈출이고 허무해진다. 지금까지 썼던 아담어를 다시 들여다본다. 조악하기 짝이 없는 중구난방의 쓰레기. 노트를 잡아 힘껏 찢는다. 노트는 종이로 된 것임에도 구김 하나 가지 않는다. 펜을 잡고 그동안 썼던 아담어를 북북 긋는다. 아담어는 펜도 먹히지 않는다. 노트를 유리벽에다 던진다.

속이 달아오른다. 머릿속은 복수심에 들썩이고 이빨은 무엇인가를 씹고 싶은 충동에 근질거린다. 침이 고이고 고기가 눈앞에 어른댄다. 지글지글 기름을 흘리며 구워지는 살점이 눈을 어지럽힌다. 침대에서 일어난다. 내 혓바닥이라도 깨물어 먹고 싶어 견디기 어렵다.

지나가던 여자가 나를 보며 혓바닥을 쏙 내밀며 쌩긋 웃는다. 혓바닥과 웃음이 영락없는 살코기다.

침실을 나간다. 여자가 나를 돌아보며 다시 한 번 혓바닥을 쏙 내밀며 웃는다. 나는 혓바닥을 잡으러 가는 사람처럼 여자 뒤를 따라간다.

여자가 옷가게로 들어간다. 여긴 식료품 저장실도 아니고 음식점도 아니다. 나는 실망한 채 옷가게 앞에 선다. 여자가 손짓으로 나를 부른다. 나는 혓바닥에 끌려가듯 옷가게 안으로 들어간다.

여자는 가방 속에서 소풍 갈 때 쓰는 찬합을 꺼낸다.

"배가 많이 고파 보여요. 이걸 먹고 기운을 차리세요."

여자의 음성은 내 목젖을 간질이고 위와 창자를 찌른다. 나는 여자가 내민 찬합을 빼앗듯이 받아 허겁지겁 연다. 싱싱한 고깃점이 찬합 한 가득이다. 나는 씹는지 마는지 모르게 먹기 시작한다.

삶은 고기인지 날고기인지 묻지 않는다. 닭고기인지 개고기인지 인육인지 묻지 않는다. 눈알인지 귀인지 성기인지 묻지 않는다. 나는 토할 만큼 먹고 또 먹는다. 찬합이 비어간다. 그제야 물을 마시며 찬합을 물린다.

아담이 금단의 열매를 먹고 눈이 밝아진 것처럼 나는 고기를 먹자 정신이 나고 활기가 생긴다. 웃음도 나오고 인심도 넉넉해진다. 마음이 더할 수 없이 풍요로워지자 이 감정이 식기 전에 글로 남기고 싶다는 생각이 불일 듯 인다.

달리다시피 침실로 간다. 쓰다 만 글을 붙잡고 필사적으로 매달린다.

아담을 만났다. 아담의 언어를 쓸 수 있겠다. 귀를 열어놓는다. 아담이 다가온다. 아담이 자신의 문자를 가르쳐준다. 문자들이 또렷하지 않다. 눈을 크게 뜬다. 문자들이 삐뚤삐뚤 달아난다.

글을 쓰다 멈칫한다. 유리 천장 저 어디쯤에서 사분거리는 소리가 난다. 나는 한껏 고개를 젖히고 소리에 귀를 세운다. 소리는 깃털로 뺨을 간질이는 듯한 촉감으로 다가온다. 나는 눈을 감고 소리에 열중한다. 소리는 보들보들하게 나를 말아 어디론가 간다.

나는 아프로디테의 젖가슴을 빼다 박은, 횡금빛이 노는 체리핑크 무덤 위에 엎어져 있다. 무슨 소리를 들을 양인지 무덤에 찰싹 귀를 대고 있다.

나는 무덤에 엎어져 있는 내게로 와락 엎어진다. 내 밑에 깔린 나는 여전히 무덤에서 나는 소리를 들으려 꼼짝도 하지 않는다.

내 밑에 깔린 나와 그 위에 있는 나는 소리를 들으려 하나가 된다. 소리는 짐작조차 하지 못했던 말을 뱀의 꿈틀거림으로 토해낸다.

~잘했어, 잘하고 있는 거야~ 아담어는 너만이 만들 수 있어~ 너만이 멋지게 완성시킬 수 있어. 너는 아담어의 창시자가 될 거야~

낯설기도 하고 낯익기도 한 음성이 내 안을 파고든다. 나는 술에라도 취한 듯 나른하게 목소리에 잠긴다. 목소리는 내 안을 휘돌며 물안개처럼 퍼진다. 나는 목소리를 잡으려 무덤을 쓰다듬다 움켜잡다 한다. 목소리는 같은 말을 반복하며 나를 은은하게 에워싼다. 목소리가 반복될수록 아담어의 완성도에 대한 확실성이 커간다. 그것은 우리나라에서 발굴되지 않은, 우리의 선대들이 썼던 우리만의 고유 문자를 내가 발견하고 싶다는 명예욕과 너무도 흡사하다.

목소리가 빛의 테두리를 만들며 나를 둥그렇게 감싼다. 나는 풍토병에라도 걸린 양 아담어의 창시자가 나라는 착각마저 든다. 그와 동시에 나는 안전핀을 뽑듯 날아오르는 느낌이 든다. 영웅심 같은 것이, 저속하다고 밀쳐버렸던 욕망 같은 것이, 현기증을 내며 가볍게 떠오른다.

나는 번쩍 눈을 뜬다. 유리 천장엔 계곡의 물이 흐르고 쓰다 만 노트엔 처음 보는 글자들이 난립해 있다. 나는 노트를 베고 유리 천장을 똑바로 본다. 저 어딘가에는 오래 전부터 나를 묻어두었던, 황금빛이 도는 체리핑크의 무덤이 있었는지도 모른다. □

은유

　이건 하찮은 비밀. 눈을 뜨자마자 감을 때까지 나, 고독했다. 다섯 살 때부터 지금까지 나, 고독하다. 고독하지 않았던 때를 계산하면 한 사 년 사 개월 쯤 되려나? 내 나이 대비 사 년 사 개월이란 별 것도 아닌 시간.

　별 것도 아닌 시간 속엔 별스럽지 않은 것도 들어있다. 비가 오는 것도 아니요 아닌 것도 아니게 올 때는 잠시 고독하지 않았다. 우유부단한 나와 우유부단한 비가 짝짜꿍 잘 맞는다고 여겨서였나? 쳇, 이런 따윈 억지로 꿰맞추려는 점쾌 같은 것. 외롭고 권태롭고 느리고 허접한 나를 이렇게라도 장난질치고 싶었나?

　장난질이란 고여 있는 무엇인가를 들쑤시고 헤집어놓는다는 뜻. 내 앞에 버티고 선 저 우울한 공기, 공기 속에 박혀있는 잡다한 목소리, 잡다한 목소리 속에 틀어박힌 뜬소문, 뜬소문에 떠다니는 왕따, 왕따에 결박당한 나와 은유, 은유와 내게 들러붙어 있는 꿉꿉한 욕구, 꿉꿉한 욕구를 비웃는 준엄한 심판, 준엄한 심판을 비웃는 엉터리 생각, 엉터리 생각을 비웃는 그리움, 그리움을 따라다니는 그리움, 그리움의 그리움 은유, 은유는 어디로 갔을까.

이건 그저 그런 비밀. 야참으로 라면을 먹을 때, 변기에 엉덩이를 철썩 내려놓고 쏴쏴 오줌을 눌 때, 나, 외로움에 압사 당한다. 어쩌다, 아주 어쩌다 전화벨이 울리는 순간, 전화벨이 그치는 순간, 컴퓨터를 켜는 순간, 컴퓨터가 부웅~ 켜지며 화면이 드러나는 순간, 나, 사무치게 외롭더라. 은유도 그랬을까? 그래서 사라졌나? 외로움이 점점 거대해지는 몸뚱이를 닮아가는 게 괴로워서? 은유야, 너도 그렇잖아요. 나처럼 뚱뚱하잖아요. 뚱뚱녀들은 외로워.

외로워에 들어있는 것은 한숨, 한숨에 들어있는 것은 자책, 자책에 들어있는 것은 후회, 후회에 들어있는 것은 과거, 과거에 들어있는 것은 나 그리고 은유. 은유는 무엇 때문에 가버렸을까.

이건 뜻밖의 비밀. 고개를 홱 돌리는 바로 그때, 소시지를 우적우적 씹어대는 바로 그때, 걸어가다 윈도우에 비친 나를 우연히 보던 바로 그때, 나, 참으로 쓸쓸했다. 울 수도 없게, 아닌 척 반짝 웃을 수도 없게 나, 몸이 떨리게 서글펐다. 누군가가 이런 나를 보았더라면 이렇게 말했을 거야. 쟤는 원래 저런 애야.

원래 저런 애라는 말을 견뎌내야 하는 건 영혼이 아니라 몸뚱이더라. 그래, 영혼만 있는 것보다 몸뚱이가 있는 건 다행이지 뭐야. 아니, 불행이야. 감출 수 없는 게 몸뚱이니까. 신은 몸뚱이도 없으면서 추앙을 받아. 나, 죽으면 신이나 되어 볼까. 신이 되면 날씬해져야지. 계명도 만들 거야. 왕따를 시키는 것들은 모두 왕따를 당하리라! 속도에 왕따 당한 나와 은유. 은유가 보고 싶어라. 은유는 어디서 무엇을 하고 있을까.

이건 비밀다운 비밀. 뚱뚱녀라는 것을 빼면 내가 누구인지 나이는 몇인지, 언제부터 이런 꼬락서니로 지하방에서 살고 있는지 아무도 모른다. 비밀은 은밀하지. 은밀한 즐거움이야. 눈에 보이는 몸뚱이와는 질이 다르거든. 절대 노출하지 않을 거야. 알아봐야 시시해지니까. 시시해지고 싶은 인간이 어디 있담. 다들 자신만은 중요한 사람이라고 생각하며 살잖아. 오죽하면 전생에 무수리가 아니라 왕비였다고 믿을까. 하긴 그래야 사는 맛이 제대로 나거든.

이건 비밀의 비밀. 빨간 딱지 빨간 도장이 꽝꽝 찍힌 진짜 비밀. 은유와 나, 동거를 한다. 동거한 지는 두 달하고도 삼 일. 헌데 은유는 며칠 째 없단 말이다. 두 달 삼 일 동안 행복했던 나와 은유였는데 은유는 어디로 갔을까. 달콤새콤 아삭아삭 오도독오도독 사이가 좋았던 것을 생각하면 제 발로 나간 건 아닐 거야. 혹시 누가 꼬셨나? 내가 은유한테 그랬던 것처럼? 누가 나의 은유를? 혹시 저 바다가?

바다가 있네. 비록 스캔으로 뜬 사진이지만 바다는 바다. 넓고 넓은 바다가 프레임 속에 갇혀 갯내음 대신 곰팡이를 피운다. 뭐 그래도 바다는 바다. 바다에는 항상 하늘이 있기 마련이고 파도가 있기 마련. 파도, 참 깜찍한 것이야. 사진이나 그림으로 정지되어 있어도 늘 속도가 있는 것처럼 보이거든. 속도에 피살된 나, 속도의 대왕 파도에게 차렷! 경례! 파도는 영웅인 척 갈기를 세우는데 행복한가? 자랑스러운가? 배가 부른가? 노래를 부를 줄 아나?

노래하는 파도를 분석해본다. 파도는 어디에 사는지 몰라도, 어디서 자고 어디서 먹고 어디서 근무하는지 몰라도 우르르 달려와 와르르 부서진다. 언뜻 보면 터프하니 꽤 그럴싸해 보이지만 알고 보면 참패로 쾌락을 연주하는 행위. 나 같이 멍청한 인간에게조차 그 질척한 욕망을 숨기지 못한다. 파도는 헛똑똑이. 본능을 숨긴다고 숨기지만 다들 알지. 쉬지도 쉴 줄도 모른 채 해변으로 출근하지만 결국엔 깨진다는 걸. 은유는 저런 따위가 사는 바다로 가진 않았을 거야. 은유는 얼떤녀가 아니거든. 은유야말로 약아빠지고 잽싸고 싹싹하지. 아오~ 은유의 장점. 은유의 장점이 생각나는데 왜 갑자기 소름이 쪽 끼치게 외롭지?

외로워 보이는 쉬파리 한 마리가 바다 한복판으로 슬금슬금 기어간다. 상어라도 잡으시려나? 정보라도 캐내시려나? 아니야, 바다의 생각이라는 게 뭔지 알고 싶은 걸 거야. 그도 아니면 바다 복판에 빠지고 싶거나. 그래봤자 외로움은 덜어지지 않아. 바다의 그 허무한 옆구리나 핥을 뿐이라고. 그따위로 헛짓거리나 할 거면 유서라도 써. 유서 쓴 게 아깝다 싶으면 내게 팩스로 보내줘도 좋고. 나, 아직은 글을 읽을 줄 안단다. 감성도 그다지 메마른 편은 아니란다. 얼마든지 쉬파리 니 입장에서 생각해 줄줄도 안단다. 니가 인간의 포식자가 되고 싶어 하는 그 뜬구름까지 다. 근데 넌 어디서 왔니? 문이란 문은 꽝꽝 닫고 사는데 재주도 좋구나.

재주를 피우려는지 쉬파리가 푸르르 날아 침대 쪽 벽으로 간다. 자살을 포기했나? 바다를 추궁하다 추궁 당했나? 추궁 당하기 전에 바다의 속도나 칭찬해주지 그랬니. 에효~ 쉬파리마저 없는 바다, 왠지 안타깝고, 왠지 배알이 꼴리고, 왠지 심심하다.

심심한 게 아니라 외로운 나, 바다 사진에서 고개를 돌린다. 돌린 곳엔 내 눈길을 무척이나 기다렸다는 듯이 있는 은유의 양말. 은유는 없는데 양말만 있다는 게 어째 괴이쩍다. 사실 저 양말은 은유의 것이긴 하나 은유가 신은 적은 없다. 너무 컸거든. 내 발 사이즈에 맞춰 사왔으니 그렇지 뭐. 그때 나, 기뻤던가? 기뻤나봐. 기쁘고 싶었나봐. 때때신을 산 그런 기분이었으니까. 은유도 그랬을까?

은유 생각이 나니 데뷔 무대에 오를 때처럼 가슴이 두근거려. 둘이 손잡고 연극을 하거나 노래를 부른 적은 없지만 은유와 나만큼 밀착된 관계도 드물다. 아주 잘 알아야 밀착된 관계라고 생각하는 건 고정관념. 고정관념을 뒤엎은 게 은유와 나의 관계. 은유와 나는 피차 아는 게 없었지만 끈끈하고 명랑하고 살랑살랑 친했더랬다. 그것을 우정이라 말해도 허락할 것이고 사랑이라 말해도 승낙할 것이다. 모르기에 정을 줄 수 있고 사랑할 수 있다는 사실을 아시는지 모르시는지? 그 불확실성은 모르지만 안다, 라는 이상한 공식을 뽑아낸다. 누군가는 이런 말에 일침을 가하고 싶을지도 모르겠다. 잘난 척 드럽게 하네, 말이 되는 소리를 해야지.

말이 되지 않는 소리는 많다. 시집을 가라는 말, 살을 빼라는 말, 직장을 잡으라는 말, 작작 처먹으라는 말. 그 말을 날이 샜다 하면 잘 때까지, 나를 볼 땐 물론 보지 않을 때에도, 내 생각만 나도 퍼부어대는 엄마의 전화가 아까부터 내 전화기를 달군다. 저런 전화는 받아야 하나 말아야 하나. 전화기를 노려보는데 벨소리는 그치고 문자 왔다는 소리가 엄마의 영상을 확인, 재확인시킨다. 야, 뚱녀야, 전화는 왜 안 받아? 낼 아빠 생신이다. 니 몸무게만큼 차릴 거니 와서 처먹기나 해라. 사귀는 놈 있음 반푼이라도 좋으니 델구 와라.

반푼이라도 좋다고? 뚱뚱녀는 자존심도 없는 줄 아나? 하다하다 이젠 별 거지발싸개 같은 소리를 하시네. 직장을 나온 건 내가 아니다. 많이 처먹는 것도 내가 아니다. 내가 아닌 뚱뚱녀가 직장을 나왔고, 내가 아닌 뚱뚱녀가 많이 처먹었다. 뚱뚱녀는 직장에 맞지 않는다. 뚱뚱녀는 많이 처먹는 게 어울리지 않는다. 뚱뚱녀는 뚱뚱녀라는 이유만으로 몰살을 당한다. 이런 문자를 받는 것으로. 말이 되지 않는 소리에 말이 되게 성질이 팍팍 난다. 팍팍 나니 팍팍 나는 답문을 보낸다. 은유가 실종돼서 못 가. 걔 찾으면 갈 거고 못 찾으면 안 가. 엄마는 문자를 읽으며, 읽은 다음엔 성질이 팍팍 나다 못해 온몸을 구르며 분통을 터트릴 것이다. 엄마가 젤 싫어하는 게 은유였으므로. 은유 파이팅!

파이팅 자세로 두 주먹을 불끈 쥐고 팔을 뻗는다. 주먹에 닿는 건 침울한 공기. 공기가 침울한 건 나를 닮아서다. 나를 닮은 것 중엔 단호박도 있다. 비닐을 씌워 얄쌍하니 매끈하게 키운 연둣빛

호박이 아니라 발로 차면 데굴데굴 구르는 칙칙하고 투박한 색의 단호박. 단호박에 나를 넣고 푹푹 찐다면 황홀한 단호박죽이 나오리라. 그것도 나쁘지 않다. 뼈만 남은 날씬녀가 될 터인 즉.

날씬녀들은 사랑을 받지. 먹어라 더 먹어라, 라는 말을 듣는 것으로. 살 좀 쪄야겠어요, 하는 부러움과 시샘어린 말을 듣는 것으로. 날씬녀들은 고따구로 이슬만 먹고 사는 듯한 이미지로 쌤통나게 산다. 고렇게만 산다면 대충 눈감아 줄 수도 있다. 날씬녀들은 고렇고 고런 말을 들으면 무지 흥분한다. 아오~ 더더더 말라깽이가 돼야겠구나.

내가 말라깽이였다는 사실을 아는 사람은 아무도 없다. 아무도 없다는 것은 다 죽어버렸다는 말. 죽어버렸다는 것은 그 사실을 잊어버렸다는 뜻. 잊어버린 자는 죽어도 싸다. 잊어버릴 걸 잊어버려야지.

잊어야 할 것과 잊지 말아야 할 것을 배열해본다.

잊어야 할 것 → 속도, 무능.
잊지 말아야 할 것 → 비밀, 은유.

배열이라는 말이 무색하게 잊어야 할 것과 잊지 말아야 할 것은 잊을 수도 없게 간단하다. 기억상실증에 도움이 되는 약을 먹지 않는 한 절대로 잊을 수 없게 명료하다. 이럴 때 나, 무지하게 슬퍼진다.

슬퍼질 땐 냉장고가 최고. 냉장고엔 나의 영양식이 여백의 미도 없이 칸칸이 들어차 있다. 바라보는 것만으로도 빽빽하게, 잔인하게, 위대하게, 벅차게, 아름답다. 내 슬픔은 벌써 기화되고 비엔나소시지에 간실간실 눈도장을 찍는다. 고독하지 않았던 사 년 사 개월, 그 시간으로 돌아간 나. 여유만만으로 싱겁다면 싱거운 고민이 살짝 든다. 요 귀엽디귀여운 것을 전자레인지에 데워 먹을까 프라이팬에 구워 먹을까. 에이, 그럴 시간이나 있나. 나, 영 점 일 초쯤 고민하는 척하다 생으로 몽땅 해치운다. 해치우고 나니 목걸이로 걸어볼 걸 그랬나 불쾌지수가 올라간다. 불쾌지수는 불쾌한 지방의 수작을 떠올리게 하고, 불쾌한 지방의 수작은 불쾌해져가는 내 몸뚱이를 생각나게 한다. 이런 불쾌한!

불쾌해 보이는 쉬파리 한 놈이 빈 소시지 봉지로 날름 들어간다. 바다에서의 패배를 빈 봉지에서 어째 보시겠다? 발상은 현실적이나 결과는 실패작일 걸? 실패작인 내 슬픔처럼 쉬파리는 빈손으로 봉지에서 나온다. 하나도 가엾지가 않다. 가엽기는커녕 발로 뻥 차게 밉살스럽다.

밉살스런 날갯짓으로 쉬파리가 날아간다. 착지한 곳은 현관 바닥. 바닥엔 운동화 하나, 굽 낮은 샌들 하나, 굽 낮은 부츠 하나, 굽 낮은 구두 하나. 은유는 저 신발 중 어느 것도 신지 않고 나갔다. 은유야, 미안, 미안. 니가 좋아하는 비엔나소시지를 나만 먹었어요. 너는 비엔나소시지를 두고 왜 안 오는 거니? 가만, 무슨 소리가 난다. 발소리가 계단을 내려온다. 이게 누구? 은유? 아니지, 은유는 발걸음도 가벼워 저렇게 무거운 소리를 내지 않아. 발소리가 내

지하방 앞에서 멈춘다. 여기 사는 걸 아는 사람은 없는데 누구지? 혹시 엄마? 엄마는 이 시간에 오지 않아. 절친 아줌마와 전화로 긴긴 기~인 수다를 떨고 있을 때거든. 발소리가 문 앞에서 멈춘다. 가만가만 현관 앞으로 간다. 대문 앞에서 뭔가 부스럭거리는 소리가 난다. 숨을 멈추고 두 귀를 쫑긋. 발소리가 계단을 오른다.

계단을 오르는 소리가 더는 들리지 않자 참을 수 없게 궁금증이 인다. 내게 용무가 있는 사람은 단 하나도 없는데 누구일까. 이런 궁금증은 정신 건강에 이롭다는 학설이 있다고 한다. 외롭거나 쓸쓸하거나 비참하다는 사실을 잊게 해준다나 뭐라나. 학설을 믿으며 말며 살그머니 문을 연다. 문 앞 센서가 켜진다. 유괴를 하다 발각 난 것도 아닌데 밝음에 드러나는 내가 으스스하다. 어휵, 이래서 낮에도 컴컴한 지하 원룸은 뚱뚱녀의 은신처로는 베스트.

베스트는 아니다. 텅 빈 문 앞과 계단엔 사람 그림자 같은 것은 없지만 문에는 있다. 사람이, 그것도 비키니 수영복을 입은 날씬녀가 쪽 뺀 몸매를 과시하는 전단지가 붙어있다. 요따구 다이어트인지 살빼기인지는 무가치하다. 다시는 취업을 하지 않을 것이므로. 다시는 속도, 무능력을 겪지 않을 것이므로. 전단지를 파팍 떼어 안으로 들어온다. 빤들빤들 광택 나는 전단지가 영락없는 은유의 피부다. 다시 슬퍼지고 고독해진다.

슬픔과 고독을 추적해본다. 이 무형의 것은, 그러나 힘깨나 쓰는 이 거추장스러운 것은 최초부터 있었더랬다. 지구가 태어나던 바로 그 때에 허공을 붕붕 떠돌다 첫 번째 비에, 첫 번째 언어에, 첫 번째 성교에, 첫 번째 살인에, 첫 번째 시체에 들어가 주인 행세를 했다.

오, 시체. 은유를 처음 봤을 때 시체가 아닐까 의심했다. 제대로 입지도 못한 추레한 꼴, 며칠을 굶었는지 축 늘어진 어깨, 거동조차 힘들어 보이는 몸, 시체와 다를 바 없었다. 동병상련이 이런 것일까. 나, 비록 뚱뚱녀지만 마음만은 시체였다. 시체를 처치하기 위해 나, 치킨 집으로 갔더랬다.

치킨 집에서 나 홀로 맥주와 치킨의 시간을 끝낸 후 약간의 비애감을 느끼며 치킨 집을 나왔다. 취한 건 아니지만 취하고 싶어 하며 골목을 막 돌아섰다. 그때 비가 왔었지 아마. 부슬부슬. 곡절 있는 만남에는 꼭 그런 비가 등장하더라. 나와 은유에게도 그랬다. 우산을 써도 되고 안 써도 될 만큼 부슬부슬. 은유는 부슬부슬을 맞으며 피골이 상접한 몸으로 말했다. 배고파. 치킨 한 조각만 먹을 수 있다면 내 영혼이라도 팔겠어. 나, 몸으로 말하는 그 간절함을 내칠 수 없었다. 은유에게 살곰 다가가 말했다. 조금만 기다려. 치킨 한 조각 가져다줄 게. 나, 다시 치킨 집에 들어가 화장실에 가는 척하며 치킨 한 조각을 슬쩍했다. 은유는 가져다 준 치킨을 광속도로 꿀꺽했다. 그때 우주 저 끝에서 송곳놀이를 하던 섬광이 내 몸을 관통했다. 은유가 먹어대는 속도와 내가 먹어대는 속도는 이퀄이라는 깨달음. 은유는 왜 그랬을까. 왜 그래야만 했을까. 문제는 두 얼굴을 가진 속도에 있다.

속도란 우선 따라가야 한다는 것. 못 따라가면 도태된다는 것. 도태가 무서운 자, 혓바닥에 불이 나도록 많이빨리많이빨리 먹는다. 그럼에도 도태된 자, 도태를 잊으려 위하수가 되는 줄도 모르고 많이빨리많이빨리 먹어치운다. 나, 어느 그룹에 속할까. 나와 같은 속도로 먹어대던 은유는? 처절한 얘기다.

처절한 얘기가 강물처럼 흐르고 흘러 내 사후 일 세기까지 이어진다. 사후 일 세기 전에도 같은 일은 있었다. 점심시간 삼십 분전. 팀장이 내 책상 앞으로 오더니 검지로 탁, 탁, 아주 조용히, 메트로놈의 박자로 책상을 치며 말한다. "의자왕으로 자리만 지킨다고 아이디어가 나오는 건 아니겠지? 열심히 사는 것과 흐름을 따라잡는 건 확실히 다른 문제야. 월차 낸 적 있었나? 아! 없었지. 아무튼 성실해. 이번에 월차 좀 내지 그래. 아니, 휴가 좀 다녀오는게 어때? 참신한 아이디어를 위해. 그런 거라면 회사도 얼마든지 대환영이니까."

대환영 같은 말씀이다. 의자왕이 월차를 내 낙화암에서 돌아올 얘기며, 빛 좋은 개살구를 왕창 먹고 나온 얘기라 어느 나라 말씀인지 헷갈리는 얘기다. 그런 팀장에게 나, 콧방귀가 절로 나온다. 우리 회사에서 참신한 아이디어를 위해 휴가를 준다? 그런 케이스가 단 한 번도 없었다는 사실을 이렇게 친절하게 일러줘도 되나? 일러준 대로 하면 내가 첫 번째 케이스가 된다? 그러니 사직시를 쓰라는 말씀이네.

사직서, 아아아아아아 사직서. 은유는 언제 어디서 그놈의 속도에 도태되었던 걸까. 무지막지한 속도로 먹어대던 걸 보면 사표를 권유받았던 나와 같은 처지였다는 말이다. 갑자기 외로움 같기도 하고 고독감 같기도 한 것이 교감신경 부교감신경을 쑤셔댄다.

쑤셔대는 건 외로움이나 고독감만은 아니다. 빼빼녀였던 나, 제대로 된 아이디어를 내지 못하면서, 그 아이디어 조선시대 아이디어냐는 비아냥거림을 들으면서, 일의 성격 상 흐름을 따라가기보다 앞서 가야하건만 한가하게 문워크 스텝이나 밟고 있냐는 소리를 들으면서, 결재를 들이밀 때마다 왕따를 당하고 점심시간에마저 왕따를 당하면서, 앙갚음할 생각 대신 냉장고로 돌진하면서, 뚱뚱녀가 되는 것도 모르고 뚱뚱녀가 되면서, 속도에 사무친 원한만 품으면서, 결국 팀장이 원하고 팀원이 원하고 회사가 원하는 대로 사직서를 던져주었다. 바로 나홀로 치킨 집 가기 전에. 속이 후련했다. 진짜 후련했나?

진짜인지 아닌지 모를 그때 은유를 만났다는 거지. 이럴 때는 대단히 극적인 만남이라고 말해줘.

극적인 만남, 다시 극적인 만남이 필요하다. 이럴 때가 아니지. 은유를 찾아야겠다. 어디다 전단지를 붙이나? 우리 예쁜이 은유를 찾는다는 광고를? 이런 빤들빤들한 광고지에다 넬까 신문에다 넬까. 속도라면 따라올 수 없는 실시간 인터넷이 있었지. 빠른 게 아니라 느려 터져 흐름이라는 속도를 위반한 나, 속도로 번쩍번쩍 광을 내는 인터넷으로 들어간다. 다음과 네이버와 네이트, 페이스북, 트위터에 닥치는 대로 은유의 사진을 올린다. 사진만 올리면 서운한 거야. 우리의 애정을 낱낱이, 심금이 울리도록 공개한다. 제목은 나의 룸메이트 은유를 찾습니다.

컴퓨터를 켠다는 게 무섭다. 끈다는 것은 더 무섭다. 소리 없이 돌고 도는 기계의 회전, 그 속도가 끔찍하다. 더 끔찍한 건 눈에 보이지 않는 속도가 정지될 때 갑자기 들이닥치는 적막감이다. 정지, 정지를 나타내는 컴퓨터의 까만 화면을 보고 있자면 까만색의 정체가 무엇인지 감이 온다. 막막함, 질림, 소외감, 허전함, 단절감, 상실감, 토탈 추락감, 뭐 이런 것들이 지저분하게 떼도둑으로 공격한다. 그럴 때면 나, 치를 떨게 되더라. 나와 같은 유전자를 느껴서였나?

내 유전자는 이럴 때마다 헉헉 냉장고로 뜀박질한다. 이번엔 땅콩과 오징어. 봉지를 잡는 손이 바르르 떤다. 무진장 급하고 무진장 좋을 때 나오는 현상. 이런 현상은 몇 년 전부터 익숙하다. 모든 것엔 느려 터졌지만 먹는 것에만큼은 쾌속 과속으로 속도위반 딱지를 무더기로 받는다. 아, 통쾌해라. 백만 번 통쾌해라.

통쾌한 속도로 오징어를 주욱 찢는다. 사람의 살도 오징어처럼 말리면 결대로 찢어질까? 아마도. 미라를 먹어본 사람의 증언은 없지만 아마도. 그렇다면 독수리는? 캥거루는? 악어는? 쥐는? 미라가 된 오징어를 잘근잘근 씹는다. 오징어를 씹으며 땅콩도 얼른 까 넣는다. 침과 오징어와 땅콩이 입안에서 범벅이 된다. 몹시도 훌륭한 식감, 돌아가시겠어.

돌아가시라는 것 중엔 욕도 있다. 욕은 들을 때보다 할 때가 더 맛이 좋단다. 맛좋게 욕을 한 사람들 구경이나 할까. 은유야, 너도 욕을 좋아했잖아요. 나랑 같이 오징어를 씹으며 한바탕 씹었잖아요. 신났지. 우리는 신났다고. 그런데 왜 가버린 거니?

가버린 사람을 찾아 욕을 찾아 인터넷으로 들어간다. 얼씨구, 천만 년을 살아도 너끈할 정도로 욕밭이로다. 은유를 찾는다는데, 룸메이트 은유를 봤으면 연락해달라는데 욕에 굶주린 자들이 너무 많다. 이건 불멸의 왕으로 오래 살라는 뜻. 오래 살기 싫어도 오래 살 수밖에 없는 댓글들이 기다렸다는 듯이 쌈질을 한다.

skfkd*** 　　　룸메이트라고? 그렇게 놀면 행복하냐? 그러지 말고 나랑 사는 게 어때? 내가 은유보다 훨~ 잘해줄 수 있어.

뻑시게잘난님 　은유는 독도로 갔소. 독도로 가서 은유와 면사포 쓰고 잘 사시오.

qnfTkdsu** 　　이해한다. 불쌍하다는 뜻이 무엇인지 알겠다.

감독끝판왕 　　👎👎👎✂✂✂☝☝☝

담력실험자 　　된장녀의 최후가 기다려진다. 부디 결과를 올려주기 바람.

ehakdsu** 　　　은유는 이도령 만나러 한양으로 내뺐다.

gjwjqsu**** 　　방 빼!

시크발랄녀　　불쾌하고 불길하고 불안하고 불건전한 관계는 빨리 청산
해라.

ehakdwk**　　여긴 사이버수사대다. 이 글, 얼렁 삭제해라. 풍기문란 조장
죄로 잡혀갈 수 있다. 안 잡아가면 내가 잡으러 간다.

잡으러 오겠다고? 나, 모처럼 외로움도 없이 키득키득 웃는다. 누
구라도 좋으니 제발 잡으러 와라. 누구라도 괜찮으니 제발 고소해
라. 나와 은유가 매스컴에 떠들썩하게 올라가면 호기심의 호객豪客
들이 은유를 찾아내고야 말 게 아닌가. 신상털이는 기본이겠으나
나, 어디에도 적을 두고 있지 않으니 찾기는 어려울 걸? 이리로 이사
한 것도 엄마밖에 모른다나? 용용 죽겠지, 숨바꼭질하는 재미가 벌
써부터 달달하다. 나, 푼수떼기 모양 욕에 도취하다말고 갑자기 슬
퍼진다. 이 슬픔은 외로움과 너무나 닮았다.

　외로움을 깨는 전화가 온다. 거의 반 년 만에 온 과 동기의 전
화. "모레 하영이 결혼식 때 말이야, 부케는 니가 받을래 내가 받
을까?" 나, 싹싹하게 대꾸한다. "당근 니가 받아야지." 과 동기, "그
림 내가 먼저 시집갈시도 모르는데 그래노 되겠니?" 나, 애써 시큰
등하게 대답한다. "그걸 말이라고?" 과 동기, "호호, 우리 미리 만
나서 같이 갈래? 어디서 만날까?" 나, "글쎄… 못 갈지도 몰라." 과
동기, 화들짝 놀라며 "왜? 너 결혼하니?" 나, 은유가 가출해 못 간
다고 말하려다 말을 돌린다. "룸메이트가 내 단벌 정장을 입고 해

외 출장 갔거든." 과 동기, "말도 안 돼. 옷 때문에 못 왔다고 하면 하영이가 웬수 삼을 걸? 그러지 말고 내 정장 빌려줄게 그거 입고 와." 나, 와장창 모욕감을 느낀다. 내 몸이 결코 들어가지 않을 줄 뻔히 알면서 빌려주겠다는 건 자기 몸이 날씬하다는 것을 과시하는 싸가지며 나의 비대함을 각인시키는, 아주 비인간적인 발언이다. 이런 메마르고 흉악하고 형편없는 전화는 오래 붙들고 있으면 벌 받는다. 딱! 소리 나게 전화를 끊는다.

전화를 끊은 것뿐인데 외로움 같은 것이 까슬까슬 돋는가 싶더니 욱신욱신 쑤신다. 이 귀찮고 너절한, 그러나 강력하기 짝이 없는 이 세력을 확실하게 건조시키고 사살시키고 매몰시킬 그 무엇이 간절해진다. 아싸~ 냉장고.

이번엔 치즈와 햄과 땅콩버터와 식빵. 식빵에다 땅콩버터를 코팅하듯 몇 겹을 바르고 치즈와 햄을 깐다. 미끌미끌 쫀득쫀득 고소한 맛이 치욕적일만큼 관능적이다. 나, 나를 닮은 그것을 댓글에 단 욕을 보며 욕처럼 먹는다. 댓글은 통화를 한 잠깐 동안에도 알알이 포도송이로 많이도 달렸다. 저 많은 댓글엔 사람이 들어있다. 눈이 있고 코가 있고 항문이 있고 외로움이, 지독히도 나쁜 외로움이 들어있다. 사람들은 외로움을 덜고자 몸부림친다. 몸부림치는 댓글에 축복 있으라.

축복을 받으려고 이런 지하방으로 온 건 아니다. 좋게 말하면 독립이요 나쁘게 말하면 쫓겨남이다. 좋게 말하면 은유와 살기 위함이요 나쁘게 말하면 실컷 먹기 위함이다. 현재의 나, 나쁘게 말한 축에 속한다. 치즈와 햄과 땅콩버터가 거덜이 나도록 식빵 한 봉지를 해치우고 있단 말이다. 그렇다고 후회? 그렇다고 자책? 질리도록 한 게 후회요 자책인데 뭘 또 더? 더 할 게 남았대도 하기 싫다. 엄마는 다르다. 하기 싫은 말이 없을 정도로, 하기 싫은 말이 대체 있기나 있나 싶을 정도로 한 말을 하고 또 한다. 새로운 말이 아니라 한 말을 재탕한다는 말씀. 기억력이 떨어져서는 아니다. 나를 보고 그냥 지나치면 손해가 나는 것쯤으로 안다. 내가 안 보일 때까지, 내가 못 들을 때까지, 한 말을 하고 또 한다. 엄마를 약 올리거나 복수하려고 은유를 데려 간 건 아니다.

은유를 집으로 데리고 갔을 때 엄마는 거품을 물었다. 저런! 저런! 저런! 이라는 말끝에 아무 말도 못하고 실신했다. 그렇게 말 잘하던 엄마가 우리 은유 때문에 실신? 실신한 척 쇼를 한 거겠지. 나, 언제까지 실신한 척하고 있나 시간을 재어볼까 하다 보리차 한 컵을 건넸다. "앞으로 얘랑 살 거니까 토 달지 마." 엄마, 보리차가 든 컵을 냅다 던지며 소리 질렀다. "가라는 시집은 안 가고 별 미친 꼬라지를 다 하네! 너 같은 년을 누가 데려갈지 모르지만…." 나, 방문을 쾅 닫는 것으로 엄마 입에서 줄줄이 비엔나소시지로 나올 말을 차단한다. 예상내로 악을 써대는 소리가 숙은 자도 깨울 만큼이나 났다. "아이고! 아이고! 이를 어째. 시집도 안 간 년이 저 지랄을 해대니 어쩌면 좋아. 기제사를 잘못 모셔서 그러나 아이고! 아이고! 내가 죽어야지. 야 이년아! 당장 나가!"

방 빼! 라는 댓글은 엄마가 쓴 것일지도 모르지만 이제 와서 그래봤자 헛수고다. 엄마는 내게 절망했고 나는 내게 절망했다. 속도에 치여 절망하고, 왕따에 치여 절망하고, 은유와 동거를 해야만 할 정도로 외로움에 절망했다면 믿어줄까. 믿어줄 자 없어도 좋다. 내겐 먹을 게 잔뜩 있고 은유가 있다. 지금은 찾지 못하지만 은유는 며칠 안에 반드시 돌아오고야 말 것인즉.

돌아온 건 은유가 아니라 쉬파리다. 쉬파리는 내가 먹다 흘린 빵부스러기를 핥느라 정신이 없다. 한 마리, 두 마리, 세 마리… 아까 본 쉬파리는 같은 쉬파리가 아니라 여러 쉬파리 중 하나였다는 말? 놀라워라. 쉬파리는 얄밉도록 씨근씨근 잘도 먹는다. 잘 먹는 쉬파리를 보고 있자니 나, 그렇게 먹었음에도 식욕이 동한다. 식욕이 동하는 만큼 냉장고가 비어가는 사실이 두려워진다. 두려워지면 안 되지. 안 두려워지려면 먹을 걸 채워 넣어야지. 채워 넣자면 주문을 해야지. 주문을 하려면 인터넷으로 들어가야지.

인터넷으로 주문하는데 그저 그런 생각이 난다. 뱃속에 들어가 없어진 것은 소비, 소비는 재 소비를 해주는 게 기본, 기본은 그 어떤 핵심보다 중요한 것, 중요한 것은 빠뜨리면 절대 안 되는 것, 안 되는 것은 되게끔 하는 게 의무, 의무는 말로 하는 게 아니라 실행하는 것, 실행은 정신이 아니라 몸으로 하는 것. 몸의 일부 손가락으로 인터넷 쇼핑몰을 뒤진다. 와우~ 먹을 게 왜 이리 많다냐. 은유와 내가 즐겨찾기에 넣어두었던 식품 관에는 얌전한 색깔의 것부터 시끄러운 색깔의 것까지 종류도 다양하다. 이 많은 것을 척척 다 주문해 척척 다 먹을 수 있다니 나, 근심걱정이 일시에 날아간다.

날아가는 것엔 퇴직금도 있다. 백수 주식회사 대표로 전신에 욕창이 생기도록 송장놀이나 하는 마당에 이런 뿌듯한 생활을 언제까지 할 수 있을지, 누구라도 좋으니 알려주세요. 방 빼! 라는 말은 반사. 은유와 헤어지고 집으로 들어가라는 말도 거절. 속도에 상처받은 종들은 이런 지하방에서 꾸물꾸물 사는 게 제격이라나. 알고 보면 이렇게 사는 것도 다른 사람들에게는 봉사라나. 앞에서 알짱거려 속 터지게 하지 않으니 친절한 서비스라나.

친절한 서비스로 함께 했던 은유. 은유 생각이 나니 속이 탄다. 은유와 나는 뭐든 함께 했다. 먹는 것은 물론, 목욕도, 인터넷도, 한이불 속에서 자는 것도, 식사 준비도, 게임도, 세상 돌아가는 이야기도, 외출만 빼곤 (나도 외출은 안 했으니까) 언제나 몸을 부벼대며 함께 했더랬다. 은유도 그 점은 기억하고 있을 걸? 우리가 얼마나 기똥찬 시간을 보냈는지. 목이 메어. 그때는 영영 돌아오지 않을까? 처음 은유를 봤을 때가 지금인 것처럼 눈에 어른거려. 비를 맞으며 가련한 모습으로 서 있던 은유. 눈은 퀭했지만 보석처럼 빛났지. 내가 졸도할 만큼 매혹적인 눈이었다고.

오오, 은유의 눈. 이제야 알겠다. 은유의 시력은 별로 좋지 않았다. 시력이 나빠 길을 잃었던 거야. 길을 잃고 나를 만났을 때처럼. 길을 잃고 돌아오지 못하는 지금처럼. 진즉에 안경을 맞춰줄 걸 그랬다. 안경보다 라섹이 더 좋지 않을까? 이참에 나도 라섹을 할까?

라섹을 할 걸 그랬다. 속도를 따라잡지 못했던 것은, 흐름을 꿰지 못했던 것은, 지독한 근시와 난시 때문이었다. 글자도 잘 안 보였고 팀장의 째래보는 눈도 정확하게 보이지 않았다. 눈이 그 모양이니 생각도 그랬던 거지. 라섹을 하면 속도를 따라잡을 수 있을까? 너무 잘 따라잡아 스카우트 제의가 밀려드는 건 아닐까? 그렇게만 돼 봐라. 뚱뚱녀가 빼빼녀로 환골탈태 되는 건 시간문제다. 그렇다고 외롭지 않은 것은 아니겠지.

아니, 아니겠지. 근시 난시가 심하기 전에도, 빼빼녀로 있을 때에도 나, 많이 외로웠더랬다. 부족해서 오는 외로움 말고, 외로움은 설명하기가 쉽지 않다. 초점 잃은, 초점 없는, 소실점 없이 그냥 떠다니는 먼지 같은 것이라고나 할까. 그보다 시간의 족적 같은 것은 아닐까. 바람을 결박했을 때 나오는 열기 같은 것일지도 모르지. 표현이 어째 건방지네.

건방은 내게 어색해. 핫팬츠에 킬힐을 신는 것만큼이나. 나, 그런 여자를 보면 많이 싫어했고, 많이 좋아했고, 많이 증오했고, 많이 부러워했다. 이건 변덕이고 소심함이야. 소심함이 지나치다 보면 이런 생각도 든다. 내 건방에 상처를 입는 사람이 생기면 어쩌지? 그래서 목을 매면? 그래서 내가 수갑을 차면? 근심이 미워. 근심밭엔 도라지 대신, 더덕 대신, 인삼 대신, 검은 휘장만이 펄럭인다. 빛이 바래는 법도 없이, 찢어지거나 떨어지는 법도 없이 새것 그대로 달려있다. 언젠가 저놈의 휘장에 칼을 푹 쑤셔 넣고야 말 테다. 낙랑공주가 북을 찢었던 그 결단으로.

결단이 중요해. 회사에 사직서를 던진 것도, 은유와 같이 산 것도, 은유를 찾는 방을 붙인 것도, 칭찬할만한 결단이다. 은유는 무슨 결단으로 집을 나간 거지? 결단이 아니라 시력이 나빠 집인지 밖인지도 모르고 나갔을 거야. 내 지독한 근시처럼. 내가 형편없는 시력이면서도 안경을 쓰지 않는 것은 결단일까 고집일까. 사치라고 생각하겠다. 턱 선이 무너진 지는 오래고, 줄자가 허리를 감당하지 못한 것도 오래고, 저울이 체중을 버거워하는 것도 오래고, A컵 브래지어가 지금은… 말하기도 싫다. 그런 형편에 도수가 소용돌이로 치는 안경까지 쓴다면 그 꼴을 누가 봐줄까. 내가 나를 용서하지 못해 검은 휘장이 아니라 내 목 한가운데에다 칼을 꽂았을 수도 있겠다. 하나도 우습지 않은 얘기다.

우습지 않은 얘기보다 마음에 차는 얘기가 낫다. 그래, 푸른 여우를 기르는 얘기가 좋겠다. 푸른 여우가 길을 잃고 내게로 온다. 나, 푸른 여우의 목에 보랏빛 공단 리본을 매어준다. 네 개의 발목엔 구슬이 달린 발찌를 채워준다. 푸른 여우가 내 품에 안기며 말한다. 좋아, 좋아, 파티에 가자. 초록별처럼 말하는 푸른 여우, 마음에 쏙 든다. 푸른 여우와 동물원에 간다. 동물원 사자가 푸른 여우를 질투한다. 사자가 질투하니 공작새도 질투한다. 공작새가 질투하니 비단뱀도 질투한다. 비단뱀이 질투하니 장수하늘소도 질투한다. 나와 푸른 여우, 질투밭을 거닐며 같은 생각을 한다. 질투, 참 좋은 것이야.

질투를 깨는 초인종 소리가 난다. 보나마나 인터넷으로 주문한 영양식 택배다. 택배 기사가 문을 두드리며 내 이름을 부른다. 나,

택배 기사의 목소리와 비슷한 크기로 거기 놓고 가라고 말한다. 택배 기사는 내 얼굴을 본 적이 없다. 나도 택배 기사의 얼굴을 본 적이 없다. 택배 기사와 나는 얼굴 없이도 소통할 줄 안다. 참으로 이 시대에 꼭꼭 맞게 산다. 그럼에도 회사는 나를 잘랐다. 왜? 왜긴. 시대보다 앞서가야 하잖아. 택배 기사가 계단을 올라가는 소리가 난다. 발소리가 안 들리자 문을 연다. 주문한 영양식이 거룩함을 풍기며 누런 박스에 담겨 있다. 누가 볼세라 얼른 박스를 안에다 들여놓는다.

박스에 든 소시지며 햄, 삼겹살, 스프, 빵, 참치 캔, 라면, 콜라, 냉동만두, 냉동피자, 우유 등을 냉장고에 착착 집어넣는다. 먹을 게 이렇게 꽉 차다니 아이 좋아라. 기분이 좋으니 마음이 넉넉해진다. 마음이 넉넉해지니 여유가 생긴다. 여유가 생기니 속도도 소심함도 외로움도 떠날 채비를 한다. 에이, 못난 것들아, 잘 가서라. 늬들이 없어져야 세상이 느긋해진다.

느긋한 자세로 즉 활개 치는 자세로 그 자리에 눕는다. 누워서 할 일은 생각을 연장시키기. 생각이 다시 푸른 여우에게로 간다. 푸른 여우는 사교적이다. 지나칠 정도는 아니고 좋아, 좋아, 파티에 가자, 그 수준에서 스톱. 푸른 여우는 질투를 받아도 나대거나 거만 떨지 않는다. 엄마처럼 아빠가 퇴근해 올 때까지 긴 수다도 떨지 않는다. 나처럼 지독하게 소심한 것도 아니다. 다만 외로울 때는 누구처럼 오징어를 뜯는다.

오징이 껍질괴 땅콩 껍질이 쟁반에 그대로다. 쉬파리가, 나쁘

시력임에도 쉬파리로 보이는 것이 오징어 껍질 위로 웅성웅성 내려앉았다 날아올랐다 한다. 날기가 어지러웠는지 이번엔 내 팔뚝 위에 사뿐 앉는다. 나, 오징어 껍질인 양 가만히 있는다. 쉬파리가, 결국 쉬파리였다. 쉬파리가 팔뚝을 오르내리더니 오징어 껍질로 리턴 한다. 내 몸보다 꼴꼴한 오징어가 더 좋았나? 쉬파리는 어디서 날아왔을까. 푸른 여우가 태어난 고장에서 왔다면 푸른 여우의 연애 스캔들에 대해 물어보련만. 은유는 쉬파리를 좋아할까 싫어할까. 은유가 돌아온다면 미인대회에 나갈 수 있게 피부 관리며 옷을 럭셔리하게 해줄 테다. 가만, 은유가 오기 전에 옷감부터 끊어야겠구나. 은유가 돌아왔을 때 얼마나 기뻐하겠어.

기쁜 마음으로 인터넷 검색창에다 파티 복 천을 친다. 색깔도 질도 기찬 신상이 탐나게도 많다. 고민 고민 하다 미인대회에 어울릴만한 꽃분홍 천을 골라 결재한다. 결재를 하고 나니 가슴이 뛴다. 이런 마음이 텔레파시로 통한다면 은유는 오늘 안에 돌아올 것이다. 기대감이 벅차게 차오른다.

기대감과는 달리 안이고 밖이고 조용하다. 조용하지 않은 건 쉬파리들의 날갯짓 소리. 저놈의 것들! 파리채를 찾아 허둥허둥 방 안을 둘러본다. 파리채는 없고 구깃구깃 버린 선난지가 방구석에 박혀있다. 전단지를 판판하게 편 다음 돌돌 만다. 전단지를 막대로 치켜들고 쉬파리를 향해 다가간다. 쉬파리는 기다렸다는 듯 팔랑 나는 것으로 나를 비웃는다. 그렇다고 물러날 순 없지. 은유가 와서 널 보면 싫어할 테니 죽어줘야겠다. 다시 쉬파리에 도전.

쉬파리는 그 사이 부화라도 했는지 오 마이 갓! 떼 지어 난다. 아이구야 미쳐 날뛰는 저것들! 살충제 생각이 간절해진다. 간절하면 대부분 없기 마련. 없는 것을 찾기보다 원인을 찾는 게 빠르다. 가만히 서서 쉬파리 떼를 관찰한다. 쉬파리 떼가 넘나드는 데는 다름 아닌 침대 밑. 조심조심 바닥에 엎드려 침대 밑을 살핀다. 시력이 흐리멍덩한 탓에 쉬파리는커녕 아무 것도 보이지 않는다. 안경을 어디다 두었더라. 컴퓨터 책상 위에서 안경을 찾아 쓴다. 다시 침대 앞에 포복. 침대 밑엔 알 수 없는 덩어리를 중심으로 쉬파리가 우르르 날다 앉다 한다. 저것이 대체 무엇이냐.

무엇인지 모를 것에 대한 공포가 서서히 부푸는 물집처럼 신경줄을 잡아당긴다. 살갗이 옥신옥신, 목젖이 따끔따끔, 머리가 주뼛주뼛. 손전등을 찾아 책상 서랍을 뒤진다, 욕실 수납장을 뒤진다, 싱크대 서랍을 연다, 가스대 수납장을 연다, 신발장을 연다. 신발장 구석에 비상용 작은 손전등 하나가 깊은 잠에 빠져있다. 아우~ 반가워라.

반가움도 잠시, 두려움인지 공포인지 둘 다인지 모를 것이 빠르게, 묵직하게 나를 누른다. 무겁게 침을 삼키며 침대 밑에다 손전등을 비춘다. 비춘 거기엔 퉁퉁한 몸집의 은유! 은유가 있다.

은유는 푸른 여우처럼 몸은 푸른색이고 목엔 보랏빛 공단 리본을 매고 발엔 구슬이 달린 발찌를 찬 채 반듯하게 누워있다. 그 위로 은유만큼이나 퉁퉁한 구더기가 보글보글, 쉬파리 떼가 파르륵 파르륵 난장을 친다. 으윽! 저것은 시체! 손전등을 떨어뜨리고 벌렁 자빠진다. 누가 우리 은유를 죽였을까? 온 사람은 아무도 없는데 설마 엄마가?

엄마에게 전화를 건다. "엄마! 은유가 죽었어! 으흐흐흑, 엄마가 죽였지? 엄마가 은유 미워했잖아! 지난 번 왔을 때 죽이고 싶다고 했잖아. 그렇다고 죽여? 날더러 어찌 살라고 으흐흐흑…." 전화기 저편에서 탁하게 갈라진 음성이 내 몸과 영혼을 십만 분의 일로 조각낸다. "이년이 또 발작이 났나. 은유라니, 니 이름과 똑같은 그 시궁쥐 말이냐? 죽이긴 누가 죽여! 한두 번도 아니고 뻑 하면 그 짓거리에 내가 죽겠다. 이번에도 파랗게 염색해서 죽였냐? 잘했다. 아무리 그래도 이젠 안 간다. 니년이 죽였으니 니년이 알아서 처리해! 삶아먹든 구워먹든."

삶아먹거나 구워먹기보다 미라로 말려 먹으면 어떨까 하는 생각이, 생각지도 않게 난다. 그런데 말이지, 미안하지만 말이지, 은유야, 쥐도 미라로 만들면 오징어처럼 결대로 찢어질까 아닐까? 죄송하게도 왜 갑자기 그게 중요해지는지 모르겠어요. 더 중요한 건 엄마가 오지 않겠다는 선언이야. 엄마는 내가 은유 너를 죽였다는구나. 바퀴벌레 한 마리를 죽이려도 삼박사일 끙끙대다 나자빠지고 마는 내기 말이다. 믿을 수 없어. 믿시 않을래. 이제부터 나, 어떻게 살아야 하니. 이 숨 막히는 고립무원을, 실패한 은유로 어떻게 살아야 좋겠니. □

이것은 루머라네

　　어머니는 공순이다. 공순이에 관한 사연은 대부분 거기서 거기다. 어머니의 사연도 그렇다. 아주 흔한, 흔하디흔한, 너무 흔해서 별 것도 아닌 그렇고 그런 얘기.

　　어머니는 경리를 담당했을 뿐 공순이는 아니었다고 한다. 부실 시공으로 올린 건축물만큼이나 믿어지지 않는 얘기다. 어머니는 내가 믿든 말든 시간이 났다 하면 그 시절의 공순이에 대해 일장 연설을 하듯 늘어놓는다.

　　어머니 말에 이하면 그 시절의 공순이는 나팔꽃이나. 길가나 빈 터에서 풀처럼 피고 아무나 따도 괜찮은 꽃. 어머니가 죽어라 싫어하기도 하는 꽃 아닌 꽃.

　　출근하는 공돌이들도, 퇴근하는 공장장들도, 야근하는 작업반장들도, 아무런 가책 없이 나팔꽃을 꺾는다. 화분도 온실도 아닌 공장 담벼락 밑에 핀 꽃을 꺾는다고 어느 누가 뭐랄까.

공순이로 있던 그들도, 공순이 꽃을 땄던 그들도, 지금은 잘산다. 우리 어머니는 사장님으로, 공순이 꽃을 땄던 공장장은 어엿한 기업가로 변해 있다.

기업가가 된 공장장은 은탑산업훈장을 받으며 이렇게 말한다.

"1960년에서 70년대, 공순이라 불리던 그들이 없었다면 산업의 발전은 없었을 것입니다. 시대를 걸머지고 이끌었던 그분들께 우리는 빚을 진 셈입니다. 따지고 보면 저 역시 공돌이였지만요."

마지막 말이 마음에 걸린다. 그때의 저 공장장은 공돌이가 아니다. 명문대 공대 출신의 공장장이 자신을 공돌이라 말하는 건 겸손이 아니라 자랑이다. 명문대 공대 출신의 공돌이는 공돌이가 되고 싶어도 될 수 없다. 대학을 다니다 공돌이나 공순이로 위장취업을 한 사람들 역시 마찬가지다. 공돌이 공순이와 식판을 마주하고 공장 밥을 먹었다 해도 그들은 진정한 공돌이 공순이가 되지 못한다. 왜냐고 묻지 마라. 아는 사람은 다 아는 사실을 부연해야 한다면 시간이 아깝다.

어머니는 공장장의 인터뷰를 보며 박장대소를 한다.

"어머머, 저 새끼, 사람 웃길 줄도 아네."

어머니는 화를 내는 것일까. 화를 웃도는 화를 웃음으로 돌려치기 하는 것일까.

어머니는 구운 쥐포를 찌익 찢어 내 입에 넣어주며 말한다.

"아들! 저 새끼 말 믿어지냐? 하이구야, 지가 공돌이란다. 저렇게 상을 타는 놈이 공돌이라구? 공돌이한테 누가 상을 줘! 찢어 죽일 놈!"

나는 내가 태어나기도 전에 있었던 공돌이나 공순이라는 용어에 대해 생각해본다.

80년대 이후, 공순이라는 용어는 여자 노동자, 생산직 여직원, 라인 작업자, 비정규직이라는 용어로 바뀐다. 언어에 옷을 입히고 구슬을 달아주고 왕관을 씌워준 격이다. 식순이 또한 파출부나 가사 도우미로 부른다. 빠순이도 여종업원으로 부른다.

호칭이라는 것도 은탑산업훈장을 받은 저 공장장 출신의 기업가처럼 기억의 회로를 바꾸었거나 업그레이드한다. 장하다면 장한 일이다. 내용이야 어떻든 모두가 그레이드를 높이려 안간힘을 쓰는 시절에, 머리만 살짝 굴리면 나오는 용어에 그동안 상처받았던 사람들은 위로를 받는다. 윈- 윈- 윈, 이렇게 좋을 수가 없다.

좋은 건 또 있다. 빠순이의 경우, 예전의 빠순이를 모르는 지금의 세대들은 오빠, 오빠, 하며 연예인이나 특정인에 빠져 극성을 부리는 오빠부대로 안다. 우리의 어머니 공순이들 빠순이들이 기를 펴도 될 만한 진전이다.

어머니가 식순이도 빠순이노 아닌 공순이를 택한 건 수순에 의해서다. 공순이들이 천편일률적으로 가진 시대적 사고이자 출구라고 할 수 있다.

어머니는 똥구멍이 째지게 가난한 산골 마을에서 맏딸로 태어났다. 밑으로 동생만 다섯. 산아 제한이 없던 시절 가난한 집안일

수록 자녀들은 많았다. 요즘엔 가진 게 없으면 적게 낳던지 안 낳던지 하지만, 통행금지가 서슬 퍼렇던 시절엔 가진 게 없을수록 자식이라도 많이 낳아야 살아남을 수 있었다. 여러 자식 중 하나라도 잘되면 잘된 자식이 나머지 형제를 거둔다는, 일종의 개천에서 용 내기 식 출산이었다. 적어도 60년대, 70년대, 우리 어머니들이 공순이라는 직업을 가지게 된 이유다.

어머니 역시 동생 다섯을 산골에 남겨둔 채 서울로 상경했다. 어머니는 식순이가 될까 빠순이가 될까 공순이가 될까 고민이 많았다. 식순이는 밥은 먹고 살겠지만 발전할 울타리로는 좁았다. 빠순이는 우선 인물이 반반해야 했고 인생 막장이 아닌 다음에야 갈 만한 데는 아니었다. 그에 비해 공순이는 기계를 상대로 하고 급여도 사람이 아닌 공장에서 줬다. 빠순이나 식순이와는 차원이 달랐다.

공순이가 된 사람들은 흔히 우리 어머니가 생각했던 것과 같은 판단으로 공순이가 됐다. 그렇게 들어간 공장에서 잘리면 식순이로 빠지든지 빠순이로 빠졌다.

그 시절 지방 출신 여자들의 취업 순서다. 이런 얘기는 누구나 아는, 너무도 일반적인 얘기다. 어머니는 그 신물 나는 얘길 쉬지도 않고 계속한다. 너는 그 시절을 모를 터이니 잘 들어보라면서. 글쓰기에 도움이 될 터이니 물어보고 싶은 건 죄 물어보라면서. 내 얘기가 아니라 작업반에 있던 김 양이 경리인 자신에게 털어놓았던 얘기라면서. 오해하면 안 된다는 말을 강조하면서.

어머니가 얘기하는 김 양의 사연을 어머니로 대입하면 이렇다.

김 양, 즉 어머니가 공순이들의 텃밭 가리봉동 전자회사로 간 건 나팔꽃처럼 여리고 예쁘던 때다. 위장취업이라는 거창한 것도 없었던, 공순이들의 초창기에 속하던 시절이다.

어머니는 처음으로 잿빛 작업복을 받아든다. 손은 떨리고 눈을 어디다 둘지 모르게 감지덕지다. 먼지가 풀썩거리는 마른 밭을 갈 때 입었던 옷이나 아궁이에 불을 때며 시꺼멓게 그을렸던 옷과는 비교되지 않는다. 산골 마을 사람들이 부러워, 부러워, 시샘하는 모습이 눈에 선하다. 사장 말대로 당당한 산업의 일꾼이 된 것이다. 나라를 일으키고 산업을 발전시킬 전사라고 한 말은 한 치의 거짓도 없다. 이런 유니폼이야말로 아무나 입을 수 없는, 미래를 찬란하게 펼쳐줄 보증수표다.

미래를 확인시켜주듯 작업장은 시골 학교 운동장보다 넓고 여자들로 꽉 차 있다. 여자들은 똑같은 옷을 입고, 똑같은 손놀림으로 산업의 전사로 일을 한다. 그중 몇몇은 손바닥만 한 트랜지스터를 켜 놓고 트랜지스터에서 나오는 노래를 흥얼거리기도 한다. 서울이 아니고는 감히 있을 수 없는 일이다.

어머니는 접힌 선이 그대로인 새 작업복을 입은 채 쩔쩔맨다. 놀라움과 주눅이 한꺼번에 든 것이다. 요즘 흔히 말하는 문화적 충격이다. 어머니는 문화적 충격이라는 낯선 친구와의 첫 대면에서 그저 어쩔 줄 모른다.

작업반장이 다가와 잘해보자며 어머니의 어깨를 다독인다. 남녀칠세부동석이 남아 있던 고향에선 생각도 못할 파격적인 접촉이다. 가슴은 설레고 낯은 붉어진다. 이상스레 사랑이라는 단어도 떠오른다.

작업반장이 어머니를 데리고 작업대로 간다. 컨베이어벨트가 돌아가고 그 위에선 브라운관이 쉴 새 없이 밀려 나온다. 어머니는 가슴이 벌렁댄다. 말로만 듣던 텔레비전을 자신이 맡아 한다는 게 도무지 믿기지 않는다. 말은 제주도로 가야하고 사람은 서울로 가야한다는 말이 이렇게 맞아떨어질 수가 없다.

어머니는 작업반장의 설명대로 회로기판을 조립한다. 그다음은 무엇을 했을까. 유감스럽게도 그게 전부다. 브라운관이라는 게 뭔지, 텔레비전은 어떤 모델인지, 어떤 공정을 거쳐 작동되는지, 아는 것도 알려주는 사람도 없다. 아니, 알 필요가 없다. 점심시간이 되면 식당으로 가 밥을 먹고, 밥을 다 먹으면 다시 작업대로 가 회로기판을 조립하면 월급이 나온다. 고민도 즐거움도 컨베이어벨트가 해결해준다.

첫째 날이 가고 둘째 날이 가고 셋째 날이 간다. 어머니에게 말을 붙이거나 알은체하는 사람은 없다. 옆자리에 앉은 최 양도, 잘 해보자며 어깨를 툭툭 두드려주던 작업반장도, 언제 봤냐는 듯 냉랭하다. 왜들 이럴까. 서울은 이런 데인가. 산업의 일꾼은 일하는 것도 저렇게 도도하게 해야 하는 것인가.

어머니는 회로기판을 조립하며 옆 자리 최 양에게 말을 붙인다.

"어디 살아요? 난 이런 일도 서울도 처음이라 그런데 잘 좀 일러 주세요."

어머니의 말이 끝나기 무섭게 최 양이 헛김 빠지는 소리를 내며 대꾸한다.

"나 참, 누군 처음부터 이런 일 했나? 작업 중에 잡담하지 말라는 말 듣지도 못했어요?"

최 양은 팩 쏘아붙이더니 언제 그랬냐는 듯 트랜지스터에서 나오는 문주란의 '동숙의노래'를 홍얼거린다.

어머니는 무안하기도 하고 부럽기도 하다. 산업의 전사로 틀이 박힌 저 당당한 자세며 어투는 전문 직업인이 아니고는 나올 수 없다.

어머니는 최 양의 트랜지스터를 흘깃대며 회로기판을 조립한다. 트랜지스터는 얼마면 살 수 있을까. 언제쯤이면 최 양처럼 트랜지스터를 놓고 일할 수 있을까. 최 양처럼 능숙해지려면 얼마나 걸릴까.

작업반장의 호통이 어머니 머리 위로 떨어진다.

"쌩 초짜가 벌써부터 딴 생각에 빠져 잡담이나 해? 야, 최 양아! 넌 옆에서 뭘 가르쳤어? 이러다 불량 나면 니가 책임질래?"

어깨를 툭툭 두드려주던 작업반장이 아니다. 순간이지만 가슴 울렁이게 하던 작업반장도 아니다. 작업반장은 금세 먹살이라도 잡을 기세로 삿대질을 해가며 최 양과 어머니를 노려본다. 어머니는 혼이 나간다. 그리고 깨닫는다. 산업의 일꾼이란 작업반장처럼 정은 정으로 일은 일로 해야 한다는 것. 컨베이어벨트처럼 쉬지 않고 정확하게 해야 한다는 것.

컨베이어벨트는 쉼 없이 돌아간다. 어머니가 야단을 맞는 중에도, 최 양의 손이 나사를 조이는 중에도 멈추지 않는다. 어머니는 컨베이어벨트와 함께 시작해 컨베이어벨트로 끝난다.

퇴근시간이 지났건만 작업대에서 일어나는 사람은 아무도 없다. 오늘은 잔업이 있다고 했다.

동료들끼리 하는 말을 들어보면, 잔업이 계속될 때에는 누군 코피를 쏟았다고 했고 누군 생리통 때문에 포기하고 싶어 한다고 했다. 그래도 모두 잔업을 받고 싶어 했다. 잔업 수당이 나오면 구두며 백도 살 수 있고, 고향에 있는 부모님께 속옷 한 벌도 부쳐줄 수 있어 좋다고 했다. 일요 특근이 있는 달은 월급봉투가 두둑해져 부자가 된 기분이라고도 했다.

어머니는 처음 잔업을 하면서 공장 동료들이 생각하는 것과 같은 생각을 한다. 시골에서 까맣게 눈을 굴리며 있을 동생들에게 첫 월급으로 제법 나가는 돈을 부쳐줄 수 있다는 생각. 잔업은 무엇과도 바꿀 수 없는 보람이자 희망이며 종잣돈의 거름이 된다는 생각.

어머니가 잔업을 끝낸 시간은 밤 열한 시. 동료들은 통행금지에 걸리지 않으려 일이 끝나기 무섭게 꽁무니를 뺀다. 어머니는 생초짜답게 우물쭈물 거리다 맨 마지막으로 나간다.

어머니가 작업장 문을 막 나서던 때 작업반장이 부른다.

"어이! 잠깐만! 임 양이라고 했던가? 내가 요즘 자주 야단치지? 나라고 그렇게 하고 싶었겠어? 불량 나면 내 책임이니까 그렇지. 반장 자리라는 게 원래 그래. 참, 지금 급한 일 있나?"

작업반장은 언제 삿대질을 했나 싶게, 노려본 적도 없었다는 듯, 그런 것은 전혀 할 줄 모르는 사람인 양 폭신폭신 솜사탕으로 말한다.

어머니는 당황한다. 죄송하고 미안해서 죽을 맛이다. 이렇게 인정이 많은데, 손으로 쓰다듬은 건 아니지만 마음으로 쓰다듬는데 잠시나마 노여움을 탔던 게 밴댕이 속이다.

어머니는 그런 마음을 어떻게든 전하고 싶어진다.

"급한 일이 어디 있겠어요. 혼자 사는 데… 숙소도 바로 요 앞이에요."

작업반장의 얼굴에 퀴즈를 맞혔을 때나 나오는 웃음이 번진다.

"으응, 그래? 바빠도 시간을 내긴 해야 했어. 공장장님이 잠깐 사무실로 오라는군. 우리 공장장님은 대학교를 나오신 분이라 누굴 호출할 때도 그 사람 시간이 있냐는 말부터 물으시지. 자, 가 봐. 저기 저 사무실이야."

어머니는 혼란스럽다. 높고 높은 공장장이 입사한 지 얼마 되지도 않은 초짜를 부르다니 무슨 일일까. 혹시 최 양과 잡담한 걸 보고 자르려는 건 아닐까. 잘리면 시골에 있는 동생들 학비는 어떻게 해야 하나.

어머니는 갑자기 많은 생각을 하며 떨리는 목소리로 묻는다.

"저 혼자요? 무슨 일로… 저… 반장님도 같이 가 주시면…"

작업반장은 어머니의 근심을 일시에 날려버린다.

"겁먹지 마. 야단치려는 건 아닌가 봐. 공장장님은 인떼리셔. 이 공장 사장님 막내 동생인데 그분께 잘 보이면 좋은 부서로 옮기거나… 뭐 그 이상이 될 수도 있지. 임 양을 잘 보신 거 같으니까 잘해 봐. 다들 공장장님이 왜 안 부르나 목을 빼고 있는데 쌩 초짜가 운이 좋은 거지.”

작업반장은 처음 어머니에게 대했듯, 어깨를 다독인다. 아무한테나 오는 기회가 아니니 잘 잡으라는 말도 잊지 않는다. 어머니는 자상하고도 싹싹한 작업반장이 오빠인 양 애인인 양 아롱아롱한 기분마저 든다.

나는 안다. 지금 어머니는 그저 그런 얘기를 배설하고 싶어 한다. 대화가 아닌 일방적인 얘기로, 지금 하는 얘길 잘 써서 신춘문예에 내라는 말도 덧붙인다.

나는 어머니가 뱉어내는 말을 톡톡톡 키보드로 치며 이것이 과연 글이 될 수 있을까 반문해본다. 어머니가 원하는 건 글도 신춘문예도 아니다. 상반신만 살아 있는 아들에게 소일거리를 제공해주겠다는 뜻이다. 외출 없이 오직 휠체어에서만 살아가는 아들을 위한, 혹은 그렇게밖에 해줄 수 없는 어머니 자신을 위한 알량한 배려다.

나는 어머니의 말이 픽션인지 논픽션인지는 잘 모른다. 다만 어머니는 공순이라는 말을 할 때마다 잊지 않고 자신은 공순이가 아니라 경리를 봤다고 한다. 강한 부정은 긍정이라는 말을 염두에 두지 않아도 나는 어머니가 공순이 출신이라는 걸 의심하지 않는다.

어머니는 쥐포를 씹어가며 인터뷰에서 눈을 떼지 못한다.

"아들! 넌 저런 새끼가 보고 싶지 않니? 낯짝이 얼마나 두꺼운지 두더지가 파먹으려면 백 년도 넘게 걸릴 거다 흥!"

어머니는 인터뷰에 나온 '저런 새끼'라는 사람을 알고 하는 말일까. 특정인을 지목해 하는 말인지 모든 공장장을 포함한 얘기인지 아직은 모른다.

어머니가 쥐포 부스러기를 탁탁 신문지에 털며 말한다.

"저런 새끼 혼꾸녕 내 줄 뭐 없을까? 아들! 지금 잘 받아쓰고 있지? 쓰는 거 잠깐만 멈추고 머리 좀 굴려 봐."

나는 머리 굴리는 게 급한 게 아니라 목이 마르다. '저런 새끼'가 어머니에게 어떤 파장을 일으켰는지, 김 양의 사연이라고 풀어대는 얘기 중 들어선 안 될, 또는 듣기 거북한 말이 나오면 어쩌나 목이 탄다.

*

나는 어머니가 정수기로 간 사이 티브이를 끈다. 어머니가 침을 튀어가며 하는 말엔 진실성이 있기도 하고 없기도 하다. 사실 어머니는 공순이가 아니다. 어머니 말대로 공장 사무실에서 경리 사원으로 근무하다 자기 장사를 해보자고 나온 것뿐이다.

어머니 말에 의하면 백날 공장에서 숫자만 들여다봤자 쥐꼬리만한 월급만 받았지 번듯한 전세거리도 마련하기 어려웠다고 한다. 이대로는 안 되겠다 싶어 결단을 내린 것이 자기 장사를 하는 일이었단다. 믿거나 말거나 한 얘기지만 경리를 할 때 알아둔 거래처 사람이 도와줘서 이만큼이나마 기반을 닦게 된 것이라고 한다.

어머니는 그때의 일을 말할 때면 어디서 들었는지 프리랜서라는 말을 쓴다. 경리를 관두고 프리랜서로 나섰다고. 그 일도 얼마 해보니 돈이 안 돼 내 장사를 시작하게 됐다고 한다.

어머니의 말에 진실성을 운운하는 건 어머니에겐 안타까운 일이다. 어쨌거나 지금은 가내공업에서 벗어난 니트 공장과 매장 세 개를 가진 어엿한 사장님이다. 사장님은 사장님이되 아직도 그 시절의 사장님이다. 어머니는 급여를 주는 공장 여직원들을 일컬어 공순이라 부른다. 공순이라 부르는 어머니 역시 공순이였다는 생각이 든다. 세월에 박힌 호칭이 어디 그리 만만하게 물러나던가.

어머니가 얼음을 띄운 물을 가져다 내 입에 댄다. 나는 쥐포를 먹은 갈증을, 어머니가 말한 '저런 새끼'에 대한 갈증을 얼음물로 넘긴다.

어머니가 리모컨으로 티브이를 켜며 성마르게 말한다.

"아니 왜 테레비는 껐어? 아까 그 새끼가 어떤 말을 하는지 더 보고 싶었는데."

티브이는 벌써 다른 프로로 나가 있다. 어머니가 신경질적으로 리모컨을 던진다.

"아이 참! 짜증 이빠이 나네. 아까 그런 새끼한테 무슨 은탑인지 개탑인지를 주고 지랄들이야. 하여간 돈도 많아. 사형을 시켜도 아깝지 않구만."

나는 아무 말도 하지 않는다. 아니, 못한다. 어머니가 공순이라는 걸 안 이상 나는 할 말이 없다.

어머니가 내 노트북을 힐끗거린다. 어머니는 내가 다른 걸 끄적일 때는 보란 듯이 펼쳐놔도 안 보지만 어머니가 얘기한 건 흘끔대는 버릇이 있다.

어머니가 내 머리를 쓰다듬으며 말한다.

"지금 욕한 건 쓰지 말지 그랬어. 어디 보자⋯. 그래, 안 써야 맞지. 아들 참 똑똑해. 어? 근데 머리가 벌써 이렇게 자랐나? 아휴, 내가 바쁘다 보니 아들 미용실 가는 것도 잊어뿌렸네."

어머니는 당장 미용실에 가야겠다며 휠체어에 나를 싣는다. 나는 하나의 가구처럼 차에 실린다. 어머니가 차에다 나를 싣고 또 휠체어를 싣고, 차에서 휠체어를 내리고 또 나를 내릴 때마다 내 몸은 언제부터 무엇 때문에 이렇게 됐을까 치욕에 가까운 심정이 든다.

어머니와 나는 미용실로 들어간다. 미용실 원장이 반색하며 말한다.

"어머, 사장님 나오셨어요? 아드님도 오셨네요. 아드님 머리 손질할 때가 지났는데 왜 안 오시나 막 전화 걸려고 했어요."

이제 어머니를 공순이라 부르는 사람은 없다. 경리 사원으로 시작해 사장님이 되었으니 공순이라는 말을 들은 적도 없다. 아니,

있다. 딱 한 번.

어머니가 동네 아주머니 한 분과 니트를 만들던 시절이다. 나는 어머니와 함께 미용실엘 갔다. 그때 내 나이가 다섯 살이었는지 여섯 살이었는지는 분명하지 않다.

어머니는 파마 캡을 쓰고 있었고 나는 휠체어에 앉아 머리를 깎고 있었다. 그때나 지금이나 미용실이 내겐 유일한 외출이었다.

미용실 아줌마가 내 머리를 가위질하며 말했다.

"녀석 참 잘 생겼다. 두상이 장군감이야. 복이 꽉 들어찼어. 내가 남의 머리 만진 지 십 년이 넘었지만 이렇게 훌륭한 두상은 첨이에요. 이 녀석 팍팍 밀어주세요. 나중에 아들 덕 많이 보겠어요."

하체가 성치 못하니 머리라도 칭찬해주자는 것일까. 그게 아니라면 미용실 아줌마의 말은 믿고 싶은 그대로다. 어머니도 나와 다르지 않았는지 입가가 길게 찢어졌다.

"아닌 게 아니라 걔 사주를 보니 효도 많이 하겠다고 그러더라구."

미용실 아줌마는 어머니 말에 신바람이 나 말했다.

"애 누구 닮았어요? 사장님 닮은 데가 하나도 없는 거 보니 아빠를 닮았나 봐."

어머니의 입가는 길게 찢어지다 말고 그대로 굳는다. 나는, 그 나이의 나는, 그런 어머니를 이해할 수 없었으면서도 이해했다. 어머니가 아버지에 관한 말을 한 적은 없지만 나는 어느 불문율처럼 아빠라는 말을 입에 올리면 안 된다는 걸 터득하고 있었다.

아줌마는 내 얼굴에 붙은 머리카락을 스펀지로 털어내며 말했다.

"아빠 퇴근해 오시면 이게 웬 잘생긴 아들인가 하고 몰라보겠네?"

거울 속의 어머니는 당장에라도 나가고 싶어 하는 표정이 역력했다. 나는 어머니와 아줌마를 번갈아 보며 어머니 못지않게 미용실을 나가고 싶어 안달이 났다.

내가 두 다리를, 아니 한쪽 다리라도 쓸 수 있었다면 다음에 벌어진 일은 내 기억에 없었을지도 모른다. 나는 다리는 있지만 허리 아래는 쓰지 못한다. 이것은 천형이다. 내 뜻과는 상관없이, 어머니의 뜻과도 상관없이, 굳이 하늘의 뜻이라면 하늘이야말로 죄덩어리다. 죄도 없는 사람에게 이런 벌을 내리다니 하늘은 하늘로서의 자격을 반납해야 한다.

그때 나는 막연하지만 신에 대한 생각과 함께 이런 생각도 했던 듯싶다. 몸이 이러니 앞으로 할 수 있는 일은 글을 쓰는 일이며, 글을 쓰게 되면 무작정 천형을 당하게 되는 인간의 억울함에 대해 써야겠다고.

어머니는 캡을 쓴 채 입을 꼭 다물고 있기만 했다. 어머니의 생각은 이랬을 것이다. 이놈의 미용실을 다시 오나 봐라.

그날은 그런 날이었던 모양이다. 듣지 않았다면 좋았을 말이 형편없이 춤을 춰내는 그런 날 말이다.

아줌마가 대야를 가져다 내 머리를 감기고 있을 때였다. 문이 열리고 어머니보다 서너 살은 더 먹어 보이는 아줌마가 들어왔다. 검정색 판탈롱 바지에 벽돌색 스웨터를 걸친, 입도 튀어나오고 배도 만삭만큼이나 나온 아줌마였다. 아줌마는 조금은 그악스러워 보이는 얼굴로 나와 어머니를 흘끔 돌아보았다.

미용실 아줌마는 내 머리를 감기며 말했다.

"돈 좀 그만 아껴라. 나도 먹고살자. 머리가 그게 뭐냐? 파마한 지 일 년은 더 돼 보인다. 그래 가지고 남편이 바람 안 피우냐?"

판탈롱 아줌마는 어머니 옆자리에 앉으며 대꾸했다.

"손님이 있는데 뭘 죽는소리를 해? 바람피우면 다리몽뎅이를 분질러 놓으면 돼."

판탈롱 아줌마는 거울을 보며 말하는가 싶더니 돌연 어머니를 돌아봤다.

"어머 이게 누구야? 어쩐지 낮이 익다 했더니 너 임, 임… 임 양 아니니? 비니루를 뒤집어써서 몰라봤다야. 이게 얼마 만이니?"

어머니의 얼굴은 굳어졌다. 일그러지며 허옇게 질렸다. 어머니의 얼굴이 거울 속에서 나를 향했다. 나와 눈이 마주쳤다. 어머니의 얼굴은 회반죽을 뒤집어쓴 가면과 다르지 않았다. 나는 다른 누구도 아닌 내 어머니에게서 죽음과 닮은 얼굴을 보았다.

미용실 아줌마는 내 젖은 머리를 마른 수건으로 비비며 아는 사이냐고 물었다. 어머니는 기이하게 뒤틀린 얼굴로 입술을 꼭 깨물고 있기만 했다. 어머니와는 달리 판탈롱 아줌마는 절호의 찬스를 잡은 양 목소리를 높였다.

"알다 뿐이야? 한때 같은 공장 밥 먹은 사인데. 그러니까 쟤가 니 아들이니? 어쩜 저렇게 판박이니. 아니라고 해도 믿을 사람 하나도 없겠다. 저렇게 빼다 박았는데 어떻게 딴말이 나올 수 있겠니?"

어머니는 판탈롱 아줌마의 말이 끝나기 무섭게 자리를 박차고 일어났다. 눈을 노랗게 까뒤집으며, 턱을 부르르 떨며 주먹을 흔들어댔다.

"야 이년아! 너 말 다했냐? 이년이 지금 누구한테 개수작을 까고 있어?"

어머니는 대뜸 판탈롱 아줌마의 얼굴에 손톱을 세웠다. 판탈롱 아줌마도 지지 않았다.

"어어어… 이년이 지금 누구한테 반말에다 삿대질이야? 나이로 보나 공장 밥 경력으로 보나 내가 니년보다 까마득한 선배라는 거 까먹었냐? 아하, 그러니까 니년이 지금 오리발을 내미시겠다? 흐흥, 그렇게 하고 싶겠지 왜 안 그렇겠어. 나라도 그렇게 하겠다."

어머니는 참지 못한다. 판탈롱 아줌마의 머리칼을 움켜잡으며 마구 흔들었다.

"더 떠들어라. 더 떠들어. 주둥아릴 확 찢어놓을라."

판탈롱 아줌마는 머리를 잡힌 채 어머니의 머리를 잡아 뜯었다. 어머니가 쓴 캡이 벗겨지고 개뼈다귀를 닮은 라드가 바닥으로 툭툭 떨어졌다.

"찢어 봐라 이년아! 그렇다고 사실이 덮이길 줄 아나? 니년이 누구 애를 뱄는지 천하가 다 아는데 이런 드러운 년! 공순이라고 다 너같이 몸이나 파는 줄 아냐?"

공순이, 공순이…. 어머니는 폭발한다. 말이 필요 없는 힘으로 판탈롱 아줌마의 얼굴이며 목이며 옷을 닥치는 대로 잡고 흔들며 할퀴었다. 판탈롱 아줌마도 어머니의 얼굴이며 어깨에 둘렀던 비닐커버며 월남치마를 잡아채고 찢었다.

내 최초의 기억은 산동네 미용실에서 시작해 공순이로, 내 출생에 관한 의문으로 이어진다. 의문을 질질 끌어가며 알고 싶은 마음은 없다. 나는 이 세상에 태어났고 고칠 수 없는 장애를 가졌으며 어머니와 단둘이 살며 휠체어로 족하다.

나는 하나의 굼벵이처럼 휠체어라는 작은 은신처에서 어머니의 이야기를 듣고, 들은 이야기를 어머니가 원하는 대로 조금씩 써 나간다. 존재에 대한 근원이나 의문 따위는 솔직히 번거롭다. 나는 어머니처럼 세상과 전투를 벌일 만큼 씩씩하지도 않고 그럴 의지도 없다. 지금처럼 어머니가 미용실에 오자면 오고 머리를 깎자면 깎는다.

그때와는 너무도 다른 미용실 원장이 내 어깨에 비닐커버를 씌운다.

"요즘 젊은 남자들 파마하는 게 유행인데 분위기도 바꿀 겸 파마 한번 해 볼래요?"

나는 아무 대답도 하지 않는다. 권유에 대한 답은 어머니가 알아서 한다.

어머니는 내가 휠체어를 타고 나갈 때 내가 세상을 보기보다 세상이 나를 본다는 것을 잘 안다. 내 외출복은 전부 이름 있는 브랜드의 것이며 해가 좋은 날 외출할 때면 명품 선글라스를 씌워주는 것도 잊지 않는다. 미용실도 동네가 아닌 강남의 번듯한 미용실을 찾는 것도 그중 하나에 속한다.

미용실 원장도 어머니가 결정하는 줄 알지만 내게 물어보는 것은 어머니의 자존심을 생각해서다. 하나뿐인 아들에게, 장애를 가진 아들에게 먼저 물어보는 게 맞는 순서이며 팁이 나온다는 사실도 잊지 않는다.

어머니가 내 머리를 갸웃거리며 들여다본다.

"파마? 뭐 것도 나쁘지 않겠네. 아들! 파마해 볼 생각 없어? 근사할 거 같지 않니?"

어머니의 물음표는 파마를 하라는 마침표다. 나는 엄지와 검지로 동그라미를 만들어 보인다. 어차피 내가 아닌 남에게 보여줄 것이면 파마를 하던 삭발을 하던 무슨 상관일까.

나는 어머니가 말았던 개뼈다귀같이 생긴 라드를 말고 캡을 뒤집어쓴다. 어머니는 이제 그때의 어머니가 아니다. 사장님 소리를 들으며 차를 대접받고 내가 파마할 동안 얼굴 마사지도 받는다.

미용실 원장은 어머니 얼굴에 마사지를 해주며 운동에 관한 얘기를 시작한다.

"사장님, 혹시 골프하세요?"

어머니는 아니라고 대답한다. 회사 일도 바빠 죽겠는데 무슨 여유로 골프를 치겠냐고 한다.

원장은 목소리를 낮춰가며 말한다.

"사업도 중요하지만 골프를 시작해 보는 건 어떠세요? 운동도 되고 사회 저명인사도 만날 수 있고 나름 재미있어요. 어때요, 골프하실 생각 없으세요? 하시겠다면 급이 좋은 골프장이랑 라운딩할 사람을 연결해드릴 수 있어요. 물이 좋아요.”

맨 마지막에 한 말은 거의 들을 수 없을 정도로 낮다. 나는 짐짓 못 들은 척 눈을 감는다.

어머니가 골프를 한다…. 못 할 이유는 없다. 물이 좋다는데, 사회 저명인사를 만날 수 있다는데, 혼자 산다지만 아직은 젊은데 하지 말아야 할 까닭은 없다.

어머니는 혼자 몸으로 온갖 궂은일을 해서 여기까지 왔다. 골프 아니라 그 어떤 것이라도 할 수 있다. 골프에 어울릴 만한 분위기는 아니지만 그 또한 해낼 능력이 다분하다. 사람이 가진 분위기라는 게 하루아침에 바꿀 수 있는 건 아니지만 어머니는 가진 돈을 이용해 어떻게든 흉내는 내 볼 수 있을 것이다.

어머니가 미용실을 나오며 말한다.

“골프를 할까 봐. 아들! 어떻게 생각해?”

어머니의 말은 골프를 하겠다는 뜻이며 벌써 골프복과 골프장, 만날 사람들을 그리고 있다는 암시다. 나는 엄지와 검지로 동그라미를 만들어 보일 뿐 왜 골프를 하고 싶은지 묻지 않는다.

어머니는 호기심으로 골프를 택하진 않는다. 미용실 원장의 말에 넘어간 것도 아니다. 어머니는 계획 없이 새로운 일을 벌인 적이 없다. 어머니가 골프를 하겠다는 건 비즈니스로 연결하려는 계산이거나 결혼을 염두에 둔 속셈인지도 모른다.

어머니는 결혼한 적이 없다. 결혼사진도 결혼반지도 결혼에 따른 그 어떤 것도 가진 게 없다. 나는 사생아다. 어머니가 뒤늦게 결혼을 한다 해도 나는 사생아라는 낙인에서 벗어나지 못한다. 비극적이진 않다. 아버지가 누군지 몰라도 사는 데 불편하지 않으니 굳이 누가 내 아버지인지 캘 것도 없다. 궁금한 건 사실이지만 티브이에 나온 연예인을 실제로 보면 어떨까 하는 궁금증과 다르지 않다. 그런 궁금증도 어린 시절 한때였을 뿐 지금은 그마저도 없다.

어머니는 나이 스물도 되기 전에 사생아를 낳았다는 걸 감추기 위해 노숙하게 옷을 입는다. 말하는 것도 그렇고 나이를 숨기거나 올려 말하는 것도 그렇다. 만약 어머니가 결혼을 하게 되면 어머니의 나이는, 사생아인 나는, 어떻게 되는 것인지 생각만으로도 참 어색하다.

*

어머니는 십에 와서도 다른 때와는 달리 말이 없다. 생각이 많아진 것이다. 사업과 골프를 연관 지을 생각이거나, 골프로 인해 연결될지도 모를 결혼에 대한 생각일 것이다.

그동안 어머니는 결혼할 기회가 있었을 터인데 왜 하지 않았는지 모르겠다. 장애아를 둔 미혼모와 결혼하겠다는 남자가 그리 흔

치는 않았겠지만, 그래도 젊었으니 집적대는 남자라도 있었을 것
인데 말이다. 어머니는 그 흔한 로맨스도 가지고 있지 않다. 그럴
정도로 결혼에 대해 부정적이거나 정숙하다거나 눈길을 받지 못
할 정도의 외모는 아니다. 그 사실은 어머니도 알고 나도 안다.

어머니는 내 옆에 누워 이마에 팔을 얹고 생각에 빠져 있다. 어
머니가 생각하는 들판엔 사업에 따른 오만 가지 꽃들이 할랑댄다.
공장을 확장해야 할까 매장을 하나 더 두는 게 나을까. 백화점 관
계자들을 만나 납품 건을 시도해 봐야 할 시점은 아닐까. 백화점
쪽과 아는 사람이 있어야 좋은데 누구 없을까. 미용실 원장 말대
로 골프를 쳐서 인맥을 만들어야 하지 않을까.

어머니가 이마에서 팔을 내리며 일어나 앉는다.

"아들! 엄마가 골프를 시작할까 하는데 아들 생각은 어때?"

어머니는 내 생각을 묻는 게 아니라 어머니의 생각을 말한다.
골프를 치고 싶다는, 기필코 쳐야겠다는 결심이다.

나는 엄지와 검지로 동그라미를 만들어 보인다. 어머니는 내 지
지가 마음에 들었는지 화색 돋은 얼굴이 된다.

"골프 얘기하니까 생각나는 게 있다. 아들! 노트북 켜봐. 엄마가
하는 얘기 잘 쳐봐. 아까 하던 얘기의 연속이야."

어머니는 모든 이가 물릴 정도로 잘 아는 이야기를 또 풀어놓겠
단다. 공장의 김 양이 경리를 보던 자신에게 하소연하더라는 단서
도 빠뜨리지 않는다.

작업반장이 가자 김 양은, 아니 어머니는 열 발짝도 안 되는 공

장장 사무실로 가면서 불안과 설렘을 동시에 느낀다. 작업반장의 얘기로는 공장장이 일개 초짜 사원을 부르는 일은 흔한 게 아니란다. 이런 기회는 아무에게나 오는 게 아니며 공장 동료들이 학수고대하는 일이라고 한다. 헌데 불안감은 왜 이렇게 끈질기게 달라붙는지 알 수가 없다.

어머니는 주뼛주뼛 공장장 사무실로 들어간다. 공장장은 미혼인지 기혼인지 모르게 젊다. 젊은 나이에 공장장 자리에 앉은 걸 보면 사장의 막내 동생이라는 말은 거짓이 아닌 듯했다.

공장장은 소파 테이블에다 신문지를 깔고 짜장면과 군만두와 배갈을 먹는 중이다. 근엄하게 앉아 서류를 보고 있을 거라는 상상은 빗나가고 어쩐지 인간적인 모습으로 다가온다.

공장장의 모습은 어머니를 자극한다. 거만한 사람이 아니라 어머니와 같은 종류의 사람이라는, 차고 냉정한 사람이 아니라 사람 냄새 풍기는 소박한 사람이라는, 일종의 동류의식을 준다.

아무리 그렇다 해도 하늘같은 공장장은 하늘같은 공장장이다. 어머니는 공장장 앞에 삐죽이 서 있기만 한다. 공장장은 어머니를 돌아보지도 않은 채 연거푸 배갈만 마신다. 어머니는 무슨 말이든 공장장이 먼저 말문을 터주길 기다린다.

공장장은 예의 어머니를 쳐다보지도 않은 채 군만두를 집으며 말한다.

"멀뚱히 서 있지만 말고 이리 와 술 좀 따르지."

공장장의 목소리는 뜻밖에도 추연하다. 한참이나 울다 온 듯도 하고 해결할 수 없는 문제로 날밤을 새우다 겨우 입을 뗀 듯도 하다. 너무나 고독하고 쓸쓸하여 누군가가 곁에 있어주어야 할 그런 목소리다.

어머니는 여전히 쩔쩔매며 그 자리에 서 있기만 한다. 고향에선 이와 같은 일을 겪은 적이 없다. 이와 같은 목소리도 들어본 적이 없다. 어떻게 하라는 것인가. 아무도 없는 이곳에서, 공장장과 단둘이 있는 이곳에서, 혼자 무엇을 어떻게 해야 한단 말인가.

공장장이 담배에 불을 붙이며 말한다.

"눈치가 없군. 반장한테 무슨 소리 못 들었어? 그렇게 서 있을 거면 나가고."

눈치가 없다니 이게 무슨 말일까. 다른 사람이 말하는 눈치가 없다는 말과 하늘같은 공장장이 말하는 눈치가 없다는 말은 뜻도 다르고 색도 다르다. 거기다 작업반장한테 무슨 소리 못 들었냐는 말과 그렇게 서 있을 거면 나가라는 말은 눈치가 없다는 말보다 더한 질책이 아닐 수 없다.

어머니는 겁에 질린다. 이대로 쫓겨나는 건 아닐까. 쫓겨나면 동생들 학비와 집안 생활비는 무엇으로 대야 한단 말인가. 이대로 내쫓기면 고향에도 못 가고 어디로 가야 한단 말인가.

어머니는 동생들을 떠올리며 공장장이 앉은 소파 가까이로 간다. 공장장은 멀뚱히 서 있기만 한 어머니를 보더니 어처구니없다는 표정을 짓는다.

"진짜 맹꽁이로군. 그렇게 눈치가 없어서야 어디. 반장 새로 갈아야지 안 되겠는걸."

어머니는 졸지에 엄청난 죄인이 되고야 만다. 눈치가 없다는 그 변변찮은 이유가 작업반장까지 자르게 할지도 모른다. 어머니는 고개를 푹 숙인 채 바르르 떨기만 한다.

공장장은 말과는 달리 여전히 눅눅한 목소리로 말한다.

"그렇게 서 있지만 말고 자, 따라 봐. 고향에선 언제 올라왔지? 때가 안 묻어서 좋긴 한데…."

공장장이 술잔을 내민다. 어머니는 반쯤 혼이 나간 채 술을 따른다. 공장장은 단숨에 잔을 비우더니 그 잔에다 술을 따라 어머니에게 건넨다.

"사는 게 힘들고 외로워서 친구나 해 볼까 하고 불렀는데…. 자, 마셔. 홀짝거리지 말고 단숨에 털어 넣는 거야. 내가 했던 것처럼 그렇게."

어머니는 공장장이 시키는 대로 단숨에 술을 털어 넣는다. 그렇게 하지 않으면 공장장을 실망시킬 것 같았으므로. 그렇게 하지 않으면 공장장의 친구가 될 수 없을 것 같았으므로. 그렇게 하지 않으면 내쫓길 것 같았으므로. 그렇게 하지 않으면 작업반장까지 잘릴 것 같았으므로. 그렇게 하지 않으면 고향에도 못 가보고 빠순이가 될 것 같았으므로.

어머니는 숨이 탁 막힌다. 기도가 타는 듯한 느낌 때문에. 꿈에도 생각해 보지 못한 일을 해냈다는 벅차오름 때문에. 이제 공장장의 친구가 될 수 있겠다는 생각 때문에. 좋은 자리로 옮길 수 있지 않을까 하는 기대 때문에.

공장장의 말은 어머니의 기대를 그대로 실현시킨다.

"잘했어, 그렇게 마시는 거야. 서 있지만 말고 이쪽으로 와 앉지 그래. 친구는 나란히 앉아서 마시는 거야. 그래야 친구라고 할 수 있지, 안 그래?"

어머니는 공장장 옆으로 가 앉는다. 잘 했다고 하지 않던가. 친구가 되고 싶다고 하지 않던가. 기회는 아무 때나 오는 게 아니라고 하지 않던가. 기회가 제 발로 걸어온 걸 찬다면 공장장의 말대로 맹꽁이가 되는 게 아닌가.

공장장은 어머니가 앉자마자 어머니의 손을 잡는다. 어머니는 참는다. 공장장이 술을 따라 어머니 입에 넣어준다. 어머니는 참는다. 공장장이 허벅지를 만진다. 어머니는 참는다. 공장장이 짜장면을 한 젓가락 말아 어머니 입에 넣어준다. 어머니는 참는다. 공장장이 어머니의 잿빛 작업복 속에다 손을 집어넣는다. 어머니는 참을까 말까 망설인다. 공장장의 손이 어머니의 속옷을 비집고 들어온다. 어머니는 공장장의 손을 잡는다. 어머니가 공장장의 손을 잡아떼려는 순간 공장장이 말한다.

"내가 부르면 오늘처럼 와서 친구해 줄 거지? 부탁해. 그렇게 해 줘. 공장장이라는 자리, 생각보다 외롭거든."

어머니는 차마 공장장의 손을 뿌리치지 못한다. 젖은 목소리는 눈물의 호소이고 젖가슴을 만지는 손길은 살려 달라는 부르짖음이다. 거기다 생전 처음 마신 배갈은 어머니를 취하게 하고 모성

본능을 흔든다. 어머니는 취기를 이기지 못해 소파에 비스듬히 쓰러진다.

공장장이 짜장면과 군만두와 배갈을 깔았던 신문지를 도끼다시 바닥에 편다. 어머니는 공장장의 모습이 한껏 부풀어 보이다 울렁울렁 일그러지다 제자리로 돌아오다 한다.

공장장이 어머니를 잡아 일으킨다.

"우리 여기에 좀 눕자. 하루 종일 한 번도 못 쉬었지? 나도 그래. 아, 피곤하다."

어머니는 우리라는 말에 감격한다. 대학을 나온 공장장이 초등학교만 나온 일개 시골뜨기에게 친구라 하니 이보다 더 격이 없고 다정할 수가 없다. 어머니는 슬그머니 행복해진다.

어머니는 공장장의 손에 잡혀 신문지가 깔린 바닥에 드러눕는다. 도끼다시에서 찬기가 올라온다. 술에 뜬 열기가 차츰 식어간다. 저절로 눈이 감긴다. 감은 눈 속에서 빛 같기도 하고 어둠 같기도 한 것이 왈랑왈랑 퍼지다 솟구치다 한다. 어머니는 고개를 옆으로 돌린다. 신문지에서 짜장면 냄새가 물큰 올라온다. 공장장이 어머니의 잿빛 작업복 단추를 푼다. 어머니는 간신히 눈을 뜬다.

공장장은 어머니의 눈을 손바닥으로 덮으며 말한다.

"가만, 착하지… 쉿! 아프지 않게 잘해줄게."

어머니는 공장장을 밀친다. 아무리 다정하고 도와주고 싶을 만큼 측은해도 이것은 아니다. 어머니는 공장장의 가슴팍을 힘껏 떠민다. 공장장은 어머니의 팔을 움켜잡으며 몸을 짓누른다.

공장장이 어머니의 바지를 벗기며 속삭인다.

"자, 가만, 가만, 착하지… 친구끼리는 잘 지내야 하는 거야. 나만 믿어. 잘해줄 거니까 나만 믿으라구. 지금 나가봐야 통금에 걸려. 경찰서 신세를 진다구. 경찰서 신세를 지면 어떻게 되는지 알지?"

통금, 경찰서, 이보다 더 무서운 말이 어디 있을까.

어머니는 통금이 해제된 새벽 네 시가 되어서야 공장장 사무실을 나온다.

공장장은 나가는 어머니의 귓불을 핥으며 말한다.

"내가 부르면 오늘처럼 와서 친구해 줄 거지? 내 옆엔 아무도 없어. 나, 보기완 달리 쓸쓸하게 살아. 오늘 일 누구한테도 말하면 안 되는 거 알지? 작업장에 있는 애들이 알면 좋은 부서로 배정해 주기 힘들거든."

나는 어머니의 말을 별다른 감정 없이 톡톡톡 노트북에다 친다.

살아남기 위한 몸부림은 공장장이나 어머니나 나나 다르지 않다. 상품이 되려면 필요한 공정을 거쳐야 하는 것과 마찬가지로 공장장이나 어머니나 나는 사람이기에, 거짓과 배신과 희망과 절망을, 때에 따라 내리는 비를 맞듯 맞을 뿐이다. 세상이 왜 이 모양이냐는 푸념보다는, 인간으로서 어찌 그럴 수 있냐는 반문보다는, 부족하고 흠 많은 인간이기에 얼마든지 그럴 수 있는 일이라고 생각을 굴려본다. 이런 말은 지극히 위악적이다. 더없이 불쾌한 말이기도 하다. 공순이 어머니를, 공순이라서 겪어야 했던 과거를, 나는 회피하고 싶은 것이다.

어머니는 어떨까. 그 지독했던 과거를, 화인이 찍힌 과거를, 다른 사람의 일인 양 토해내야 할 만큼 힘든 것일까. 아니, 그저 그렇게 배설하고 싶은 것에 불과하다. 저렇게 한가하게 손톱을 손질하면서, 천연덕스럽게 말하는 걸 보면 어머니는 이미 어머니가 아닌 김 양이 되어 버린 것이다.

어머니는 손톱 손질을 끝내며 말한다.

"에이, 이 짓도 귀찮다. 다음엔 미용실에 가서 해야겠다. 아들! 오늘 마사지 받은 엄마 얼굴 어때, 이뻐 보이지 않니? 이래서 돈을 벌어야 하는 거야."

어머니는 거울 앞으로 가 얼굴 이쪽저쪽을 보는가 싶더니 나를 돌아본다.

저 얼굴은 밉다. 아무렇지도 않은 척 태연하게 꾸미는 게 어쩐지 속이 뒤틀린다. 나는 어머니에게 엄지와 검지로 동그라미를 만들어 보일 뿐 웃지 않는다.

나는 어머니에게 하나의 메시지다. 언제나 옳다는 것을 확인시키는 메시지며, 나를 통해 그럴싸한 존재감을 증폭시키는 메시지며, 장애아를 둔 어머니로서 최선을 다한다는 자부심의 메시지다.

나는 노트북을 덮는다. 어머니에게서 더 들을 말은 없다. 어머니는 자신을 완벽하게 위장시키지도 못하면서 시간만 나면 자신을 들볶는다. 공순이였던 과거를 남의 일로 전환시키면서 자신과 아들을 속일 수 있다고 여긴다. 나는 그런 어머니를 이해하지만 동조하기는 싫다.

어머니는 내가 노트북을 덮자 약간 실망하는 눈치다.

"아들! 얘기 다 안 끝났는데 왜 벌써 파장이야? 엄마 얘기가 재미없어?"

나는 한숨이 나오는 걸 참아가며 오른손 검지와 왼손 검지로 엑스 자 모양을 만들어 보인다. 어머니는 안도한다.

"그럼 노트북 다시 켜야지. 골프 얘기 아직 안 나왔는데. 이런 얘기, 너니까 해 주는 거야. 이거 잘 써서 신춘문예에 내면 대박 날 걸?"

어머니는 뭘 알고나 하는 말일까. 신춘문예 아니라 글이라는 게 어느 개인의 한풀이가 아니라는 걸 이렇게도 모른단 말인가. 글과는 인연을 맺은 적이 없어서 그렇다고 돌려버리자. 어쨌거나 어머니의 의도는 신춘문예가 아니라 말의 배설에 있으니까.

어머니는 내가 노트북을 켜는 것을 보자 신명 난 얼굴로 다가온다.

"아들! 잘 생각했어. 엄마 낼부터 골프 시작하면 너한테 이런 얘기해 줄 짬이 없거든. 공장 가 봐야지, 매장 둘러봐야지, 거래처 사람 만나야지, 사무 봐야지, 골프해야지, 얼마나 바쁘겠니."

어머니는 바쁘다는 말을 해가며 할 얘기에 작심을 둔 듯 말한다.

"아들! 우리 짜장면하고 군만두 시켜먹을까? 아까 그 대목을 말하는데 갑자기 짜장면하고 군만두가 땡기는 거 있지."

어머니는 여유를 찾은 것일까. 내가 기억하기로 어머니는 짜장면과 군만두를 먹은 적이 없다. 나팔꽃을 싫어하는 것과 같이 짜장면과 군만두를 싫어한다. 그토록 진저리치던 음식을 시켜먹겠다는 것은 이젠 먹을 수 있을 만큼 그 일에 대해 너그러워졌거나 즐길 만큼 타인이 되었다는 뜻이다. 얼마 전부터 나를 잡고 공순이 이야기를 늘어놓는 것과 같은 현상이다.

나는 말없이 엄지와 검지로 동그라미를 만들어 보인다. 어머니는 음식점에서 보내오는 작은 책자를 찾으러 가며 내 머리를 톡 친다.

"아들! 말 좀 해. 입에서 구렁내 나겠다."

나는 왜 어머니에게 말 대신 손짓으로 말하는 것일까. 어머니는 왜 이름 대신 아들이라는 호칭을 쓰는 것일까. 말을 하지 않는다고 해서, 이름 대신 호칭을 쓴다고 해서 서먹하거나 더 친근해지는 건 아니다. 나는 이름은 있으나 사생아며 말을 하기보다는 생각하기를 좋아한다. 어머니도 말을 안 해 군내가 나겠다고는 하지만 딱히 싫어하는 것 같지는 않다. 오히려 내가 말을 많이 하면 어머니는 나를 싫어할지도 모른다. 이것은 지나친 억측이며 소심함이다. 아니, 직감이다.

이 말은 어머니와 나의 행동 습관에 관한 답으로는 부족하다. 어머니와 나는, 서로가 알지 못하는 어떤 불신을 가지고 사는지도 모른다. 내 쪽에선 말하지 않는 것으로, 어머니 쪽에선 지나치리만큼 내게 밀착하는 것으로 자신을 숨기고 있는 것일 수도 있다.

무엇이 됐든 어머니와 나는 큰소리 한 번 내지 않고 잘 지낸다. 장애인이기에 억지를 부릴 수도 있고 짜증을 낼 수도 있건만 나는 아직까지 그래 본 적이 없다. 어머니가 짜장면과 군만두를 시켜먹은 적이 없는 것과 흡사하다.

어머니는 짜장면과 군만두를 시킨 다음 거실 복판에다 신문지를 쫙 편다. 이제는 공순이가 아니므로, 마사지도 받고 골프도 칠 사장님이므로, 그때 그 시간을 시험해 보거나 넘어보려는 시도를 하려는 모양이다. 아니면 어머니 말대로 어머니가 겪었던 일이 아니라 김 양의 일이라 아무렇지도 않아서 저렇게 하고 있거나.

*

어머니는 그 어떤 표정도 없이 짜장면과 군만두를 먹는다.

짜장면과 군만두에 얽힌 이야기든 그 이야기를 새로 구성하고 각색하던, 어머니의 심중엔 깊은 우물이 있다. 어머니는 그 우물 물을 길어 올려 내게 쏟아낼 때마다 아픈 쾌감을 느낄지도 모른다. 내 추측이 맞는다면 어머니의 이야기는 이제 겨우 시작에 불과하다.

어머니는 짜장면이 묻은 입술을 닦으며 말한다.

"아들! 짜장면 먹으니까 김 양이 한 말이 생각난다. 공장장이 김 양 입에다 짜장면을 넣어줬다고 했잖아. 김 양이 엄마한테 와서 뭐라고 했는지 알아? 언젠가는 공장장 면상에다 짜장면을 비벼주고 싶다 그랬어. 반드시. 죽기 전에 꼭 그렇게 하고 싶댔어."

어머니는 죽기 전 어느 때쯤 어떤 계기로 공장장을 만나 짜장면을 그 면상에다 비벼댈 수 있을까. 짜장면을 비벼대는 일이 죽기 전에 반드시 해야 할 만큼 중요한 것일까.

어머니는 내가 대답하기 곤란한 질문을 던진다.

"아들! 내가 말이야, 김 양 얘기를 들었을 때 어떤 말을 했는지 알어? 김 양 니가 못하면 내가 대신 해주겠다고 그랬어. 그런데 그 약속을 못 지켰지 뭐야. 아들 생각은 어때? 엄마가 김 양 대신 그 새끼 만나서 짜장면을 면상에다 비벼줄까?"

어머니는 생각의 동굴에서 벌써 짜장면을 공장장의 얼굴에 비벼대고 있었다. 이럴 때 나는 어떤 대답을 해야 할까. 나는 동그라미도 엑스도 표하지 못한 채 전혀 생각지도 않은 말을 뱉어버린다.

"짜장면 가지고 되겠어요? 죽여 버리세요."

나는 엄지를 아래로 꺾는다. 어머니의 이야기에 한 점 동의를 해 본 적도 없으면서 어째서 이렇게 기가 막힌 발언을 했을까. 나는 내 속 어딘가에 들어 있을, 나도 모르고 어머니도 모를, 살해의 시뻘건 살점을 살근살근 썰어먹고 있었는지도 모르겠다.

어머니의 표정이 애매하게 일그러지는가 싶더니 이내 웃음으로 바뀐다. 어머니의 웃음은 은탑산업훈장을 받는 장면을 보며 박장대소를 지었던 웃음과 닮아 있다.

"아들! 생각 참 기발하다. 역시 글 쓰는 아들이라 달라. 지금 니가 한 말, 김 양이 들었다면 펄쩍 뛰며 좋아했을 건데."

나는 좋아했을 거라는 김 양이 지금 무엇을 하는지, 죽었는지 살았는지 연락은 하고 지내는지 묻지 않는다. 어머니는 김 양이라는 가공인물을 내세워 복수의 클라이맥스를 지향한다. 살인을 행동으로 옮길 수 있을지 없을지는 문제되지 않는다. 아들에게 기대 이상의 찬성표를 얻은 게 판사에게 승소판결을 받은 것만큼이나 기쁜 것이다.

어머니는 들뜬 목소리를 감추지 못한다.

"아들! 너는 역시 똑똑해. 김 양이 당한 얘기를 다 듣지도 않고 그런 말을 하다니 너는 천재야. 너가 그 사연을 듣고 하는 말 같아서 내 머리가 다 주뼛 선다야."

어머니는 짜장면 그릇과 신문지를 치우며 김 양의 사연이라는 얘길 벌려놓는다.

김 양, 즉 어머니는 통금이 풀리자 공장장 사무실을 나온다. 하늘엔 별들이 반짝이는데 어머니의 가슴 속엔 눈물이 반짝인다. 처녀라는 상징을 잃었으니 앞으로 어떻게 살아야 하며 누구와 결혼할 수 있단 말인가. 부모님이나 공장 동료들이 알면 또 어떻게 할 것인가.

어머니는 공장 건물을 나서자 공장 담벼락 아래 주저앉는다. 남아 있는 취기로 속은 울렁이고 다리는 후들거린다. 어머니가 앉은 바로 옆에 나팔꽃이 봉오리를 벌리며 어둠을 찢는다. 고향 풀 더미 속에서 보던 나팔꽃이 아니다. 여린 잎은 바람만 불어도 떨어질 듯하고 어둠을 향해 벌리는 나팔 모양은 통곡의 메아리다.

누군가 어머니 앞으로 와 선다. 작업반장이다. 작업반장은 그 시간까지 어디서 무얼 하다 왔는지 술 냄새를 풍긴다. 작업반장이 어머니 옆에 쭈그리고 앉는다.

"공장장님 만나본 건 어때? 서울이 첨이라 잘 모르겠지만 임 양을 잘 봐서 그런 거니까 행운이라고 생각해. 다른 여자들은 어떡허면 공장장님 눈에 들까 난리도 아냐. 임 양만 잘하면 경리 자리로 옮겨주는 건 공장장님한텐 누워 떡 먹기거든."

작업반장은 마치 공장장 사무실에서의 일을 본 것처럼 말한다. 어머니는 참았던 눈물을 터뜨린다.

작업반장은 때를 기다렸다는 듯 어머니를 품으며 등을 쓸어준다.

"아니 왜 울어? 무슨 일 있었어? 나한테 말해. 내게도 임 양 같은 여동생이 있어. 나를 오빠라 생각하고 뭐든 다 말해. 왜, 무슨 일이야? 내가 해결해 줄 게."

어머니는 작업반장의 말이 그렇게 든든할 수가 없다. 어머니는 어느새 작업반장의 품에 안겨 훌쩍훌쩍 울기만 한다.

작업반장은 어머니의 머리칼을 쓰다듬고 볼을 쓰다듬으며 말한다.

"나만 믿어. 내가 다 알아서 해줄 게. 나 믿지? 처음 임 양을 봤을 때 사실… 사랑을 느꼈어. 찐하게. 운명 같은 걸로."

작업반장은 말을 하며 어머니의 입술을 빤다. 어머니의 작업복에 손을 넣고 가슴도 만지작거린다. 어머니는 공상상을 대했을 때처럼 작업반장의 손도 내치지 못한다. 이렇게 선량한 사람에게, 사랑을 느끼는 사람에게, 매정하게 나간다는 건 사람이 할 짓이 아니다.

작업반장은 어머니를 잡아 일으키며 옷을 툭툭 털어 준다.

"자, 이제 집에 가야지? 조금 있음 날 새는데 누가 보면 어쩌려구.

잠잘 시간도 얼마 없겠다. 조심해서 들어가고 출근 때까지 푹 자. 사랑해."

어머니는 사랑에 빠진다. 사랑해, 라는 말에 빠지고 나만 믿으라는 말에 빠진다. 홀로 덩그러니 와 있는 낯선 도시. 아무도 챙겨주지 않는 공장 생활. 그토록 척박한 환경에서 자신을 토닥여주고 사랑한다고 말하는데 어느 누가 그 강력한 발신을 외면할 수 있을까.

그러나 사랑은 오래가지 못했다.

어머니는 거품을 물며 말한다.

"공장장보다 더 나쁜 새끼는 그 작업반장이었어. 김 양은 공장장에게 불려가 친구가 돼 주었고 그 일을 작업반장에게 말하며 의지했는데 작업반장 그 새끼는… 저만 믿으라고 한 그 새끼는… 어휴."

어머니는 물을 벌컥벌컥 마시더니 주먹으로 자신의 가슴을 친다.

어머니가 공장장 사무실에서 나오면 작업반장은 어머니를 데리고 작업장 뒤 자재창고가 있는 곳으로 갔다.

"사랑해 임 양. 임 양은 공장장만 좋아해? 나도 사랑해 줘. 나, 임 양 없이는 못 살아. 임 양 때문에 죽을 거 같아."

사랑으로 매달리는 남자에게 어머니 역시 사랑을 느낀다. 작업반장은 자신의 웃옷을 벗어 바닥에 깔고 어머니를 누인다. 작업반장이 몸을 들이밀 때 자재창고 담벼락 아래엔 나팔꽃이 여린 꽃잎을 활짝 피운다.

작업반장이 몸을 일으킨다. 캄캄하기만 하던 하늘은 먹빛을 풀어놓으며 통행금지 해제를 알린다. 작업반장이 나팔꽃을 따 어머니 가슴에 올려놓으며 말한다.

"임 양은 나팔꽃이야. 예쁜 나팔꽃. 사랑해. 내일도 만나줄 수 있지? 조만간 임 양을 편한 자리로 옮겨주려고 애쓰는 중이야. 나만 믿어. 나만 믿으라구."

어머니는 믿었다. 경리 자리가 됐든 다른 부서의 어느 자리가 됐든 사랑으로 나온 말이라고 믿었다. 어머니의 믿음은 신앙심과 다르지 않았다. 어머니는 신앙고백을 하듯 임신 사실을 털어놓았다. 작업반장은 누구 애라는 걸 말하기도 전에 솥뚜껑만 한 손으로 어머니를 후려쳤다.

"이런 개 쌍! 누가 니년더러 애 배라고 했어? 에이, 재수 드럽게 없네. 그 애가 내 새끼라고 우길 셈인가 본데 야 이년아, 그거 공장장 그 새끼 애 아냐. 한 번을 해도 그 새끼가 더 했지 내가 더 했냐? 아휴, 나 참 재수 드러워서. 야! 꺼져! 당장 꺼져!"

꽃잎으로 열던 사랑은 비릿한 한 배설물만 남긴 채 크랙을 긋는다. 도와주겠다고, 사랑한다고, 믿고 다 말하라고 한 말은 무시무시한 굉음을 울리며 뒷걸음친다.

공장장이 어머니를 찾는다. 공장장은 신문지를 깔고 짜장면과 군만두와 배길을 믹는 중이다. 어머니는 이제 알아서 긴다. 공장장이 말하지 않아도 신문지를 빼 도끼다시 바닥에 깔고 웃옷을 벗고 바지를 벗는다.

공장장이 배갈을 마시며 시들하게 웃는다.

"알아서 해주니 긴장도 목마름도 없어지는군. 그러지 말고 이리

와 앉지."

어머니는 속옷 차림으로 공장장 옆에 앉는다. 공장장이 짜장면을 어머니 입에 넣어준다. 어머니는 짜장면을 받아먹는다. 공장장이 실수인지 고의인지 짜장면을 어머니 젖가슴에 떨어뜨린다. 어머니는 이번에도 알아서 긴다. 가만히 있는 것으로.

공장장이 짜장면과 어머니의 젖가슴을 쭉쭉 빨며 깨문다. 어머니는 공장장의 머리꼭지를 내려다보며 비명을 삼킨다. 공장장이 다시 한 번 젖꼭지를 깨문다. 비명을 기대하며 긴장과 목마름을 추구한다. 어머니는 이번에도 비명을 삼킨다.

공장장이 젖꼭지에서 입을 떼며 말한다.

"뭐야 이거? 너 혹시 임신한 거 아냐? 젖꼭지가 왜 이래? 어디 배 좀 보자. 어? 이거 똥배야 애 밴 배야?"

어머니는 고개를 끄덕이며 임신했다고, 공장장님의 애를 가졌다고 말한다.

공장장은 자리에서 벌떡 일어나더니 다짜고짜 어머니를 잡아 일으킨다.

"뭐가 어째? 이년이 어따 대고 아가리를 놀려? 다시 한 번 말해 봐!"

어머니는 무릎을 꿇고 공장장의 바짓가랑이를 부여잡는다.

"공장장님의 애 맞아요. 저하고 친구하고 싶고 결혼하고 싶다고 하셨잖아요."

공장장이 어머니를 걷어차며 말한다.

"이년이 자꾸 아가리를 놀리네. 너 죽고 싶니? 하여간 공순이 년들은 어쩔 수가 없어. 조금만 이뻐해 주면 애 뱄다고 지랄을 떤다니까. 그 애가 내 애라는 증거 있냐? 너, 나 말고도 잔 놈 많다는 거 알아. 늬들 같은 년들, 우리 같이 순진한 남자들 보면 몸으로 수작 떨며 한밑천 잡아볼까 하는데 어림 반 푼어치도 없다. 그래도 지들이 알아서 지우지 너처럼 이렇게 까불진 않아. 에이, 재수 없어. 당장 나가! 꼴도 보기 싫으니까 당장 눈앞에서 꺼지란 말이야!"

어머니는 서슬 퍼렇게 나오는 공장장에게 매달리며 흐느낀다.

"공장장님, 사실이에요. 공장장님 애 맞아요. 제가 뭘 잘못했다고 이러세요."

공장장은 더는 뒤틀릴 수 없는 얼굴로 철제 캐비닛을 연다. 캐비닛에 들어있던 골프채를 꺼내 어머니에게 휘두른다.

"이년이 아직도 정신을 못 차리네. 너 지금 한 말, 다시 해봐! 난 니년 이름도 몰라. 이름 아니라 성도 모르는데 어따 대고 감히 애를 뱄네 마네 해! 다시 한 번 그따위로 아가리 놀리면 쥐도 새도 모르게 골로 갈 줄 알아. 근처 공장에서 일할 생각은 꿈도 꾸지 마. 벌써 니 소문 짜하게 퍼져 다른 공장에 취직하고 싶어도 못 할걸? 꾸물거리지 말고 당장 꺼지란 말이야!"

어머니는 공장장 사무실에서 나오는 즉시 잘린다. 배호의 '돌아가는 삼각지'가 최 양의 트랜지스터에서 나오는 바로 그때에, 컨베이어벨트가 무심히 돌아가는 바로 그때에, 수군거리는 소리가 동료들의 입에서 입으로 돌아가는 바로 그때에, 어머니는 골프채에 쫓겨 공장을 나온다.

어머니는 내 노트북을 흘깃거리며 잘 쓰고 있느냐고 묻는다. 나는 손가락으로 동그라미를 만들어 보인다.

어머니는 격한 호소문을 읽듯 말한다.

"그 새끼들, 작업장에 있는 여자들을 공순이라 부르며 말도 섞기 싫어했으면서 몸 섞는 건 좋아했지. 찢어 죽일 놈들! 하여간 세월 좋아졌다니까. 요새 성폭행이네 돌림빵이네 난리지만 그 시절엔 그런 말도 없었다. 인권? 인권이 무슨 삼립빵 이름인 줄 아냐? 그 시절이 그런 새끼들한텐 천국이었을 거다. 그 새끼들 요샌 무슨 재미로 사나 몰라."

나는 어머니처럼 흥분하지 않는다. 내가, 그러니까 공장장의 성폭행에 의해 태어난 자식이라 해도 놀랍지 않다. 내 아버지가 누구인지 지금에 와서 무슨 상관이 있을까. 내가 말하고 싶은 혈연관계란 태어나고 지켜보고 같이 웃기도 하고 애를 태우기도 하면서 시간과 공간을 함께 나누는 것이다. 어느 날 이것이 당신의 자식이라고, 이것이 당신의 아버지라고, 공유했던 시간과 감정도 없이 덜컹 떨어뜨린 관계의 사실은 저것이 귤이다 이것이 자동차다라고 말하는 것과 다르지 않다. 비극적이라는 말은 이러한 것을 두고 해야 하지 않을까.

내 마음은 비극적이지 않다. 어머니와 둘이 사는 생활에 만족해서는 아니다. 비극이 되기 위해선 지금보다 더한 비극이 있어야 한다는, 내가 생각해도 참으로 모를 생각을 한다. 그것이 어떤 것인지 알지 못하나 나는 비극의 정점을 기다리고 있는지도 모른다.

피비린내 나는 희열일지도 모를, 몽정과도 같은 황홀함일지도 모를 미지의 것에 내 눈은 충분히 열려 있다.

어머니는 여전히 흥분 상태로 말을 잇는다.

"김 양은 공장에서 쫓겨나자 쪽방으로 갔어. 수면제를 사 가지고. 죽으려고 그랬는지 자려고 그랬는지는 모르지만 임신 중이었는데 그걸 먹은 걸 보면 이판사판이었을 거야. 아무튼 이틀인지 사흘인지 만에 깨어났는데 죽진 않았더라나. 나중에 애가 태어났을 때 보니 멀쩡하더래. 그런데 팔자도 세지. 그 애가 무슨 죄를 지었다고 두 살 때인가 계단에서 굴러 척추를 다쳤대. 난 거기까지만 들었으니까 그다음은 어떻게 됐는지 몰라."

어머니는 미숙하게 결론에서 빠져나간다. 그다음은 어떻게 됐는지 모른다는 말로, 내가 이런 꼴이 됐다는 사실을 끝까지 털어놓지 않는다. 계단에서 굴러 떨어졌는지 죽어버리라고 내던졌는지는 어머니만이 알 일이다. 어쨌거나 김 양의 사연이라니 더 말하면 안 되는 게 아귀에 맞다.

어머니가 거실 문을 활짝 열며 말한다.

"어휴, 짜장면 냄새. 꼭 그 새끼 냄새 같아. 그러니 짜장면 가지곤 안 된다는 니 말이 맞지 뭐냐. 그런 새낀 죽어야 해. 죽음도 아깝지 뭐냐."

어머니 입에서 나오는 죽음은 살인이 아니다. 살인할 사람의 목소리치곤 정이 많다. 살인을 하려면 어머니는 다시 공장장과 작업반장에게로 돌아가 배워야 한다. 거짓으로 욕망을 채울 줄도 알아야 하고, 배신으로 상대는 물론 자신까지 모함할 줄 알아야 하며, 그것을 뒤돌아보지 않고 끝까지 밀고 나갈 줄 알아야 한다. 어머니가 산전수전 다 겪어 이 자리까지 일궈왔다곤 하나 살인은 그것과는 다르다. 좀 더 치밀해야 하고, 좀 더 냉정해야 하고, 좀 더 기다릴 줄 알아야 한다.

그래서인가. 나는 야생의 동물들이 사냥하는 모습을 더없이 좋아한다. 왜가리는 물고기 한 마리를 잡기 위해 얼음만큼이나 찬물에서 몇 시간이고 버틴다. 호랑이며 사자도 표적에서 눈을 떼지 않고 언제까지고 기다린다. 독수리와 매는 사냥감을 찾아 날갯죽지에 힘이 빠질 때까지 하늘을 난다.

그래서 어쨌다는 말인가. 어머니가 살인이라도 하길 바라는 것인가. 못할 이유는 어디 있으며 바라지 못할 이유 또한 어디 있을까. 어머니와 나는 미혼모이며 공순이이며 지체장애인이라는 불협화음으로 사는데, 그 사실을 피차 모른 척 좋아하는 척 사는데, 그것 역시 살인과 다를 바가 어디 있을까.

어머니가 냉장고에서 캔 맥주를 꺼내온다. 짜장면 냄새가 남은 입안과 후각을 씻어내고 싶단다. 어머니가 내게도 캔 맥주를 건넨다.

나는 캔 맥주를 한 모금 마시다 놓는다. 차고 산뜻한 이 맛은 어머니와 나를 압축해 놓은 맛이다. 첫 모금은 훌륭하나 조금 지나면 김이 빠지고 미지근해져 손길이 가지 않는 밍밍하고 쓴 맛. 참 배부른 소리다.

어머니는 캔 맥주를 마시며 입을 뗀다.

"아들! 우리 참 행복해 보이지 않니? 엄마는 얘기하고 아들은 글로 받아 적고. 아, 세월 좋아졌다. 그 새끼들에겐 나빠졌겠지만 우리한텐 좋은 세월이다. 아들! 이거 마시고 있자니 김 양 생각이 난다. 아직 노트북 안 껐지?"

어머니는 김 양에 대해 더는 아는 바가 없다면서 할 말이라도 남았나.

나도 들을 말은 있다. 내가 계단에서 굴러 척추를 다치고 하반신 마비로 살았다 해도 나는 재활치료 한 번 받아본 적이 없다. 어렸을 때에는 돈이 없어서, 청소년 때에는 어머니가 바빠서, 지금은 굳어버린 하체를 재활치료가 감당할 수 없어서, 그런저런 이유로 내 하체는 나무토막이 돼버렸다.

어머니가 최선을 다해 살았다고는 하나 나는 그 말을 신뢰하지 않는다. 마음만 먹으면 얼마든지 재활치료를 해 볼 수도 있었으련만 어머니는 시도조차 하지 않았다. 나도 재활치료를 원하거나 스스로 해보려는 노력은 하지 않았다. 왜 그랬을까. 어머니나 나는 어째서 일찌감치 모든 걸 접어야만 했을까.

엄밀히 말하면 나는 포기했다기보다 언젠가는 일어설 수도 있지 않을까 했다. 희망과는 다른, 어떤 계기가 주어진다면 벌떡 일어설 수도 있을 것이라 여겼다. 마음을 안 먹어서 그렇지 마음만 먹는다면 얼마든지 일어날 수 있으리라 미룬 것이다. 나는 참으로 딱하기 짝이 없는 생각에 기대어 여태도 이 하체를, 내 전부가 돼 버린 나무토막을 내버려두고 있다.

나는 언젠가 벌떡 일어설지도 모를 내 신체를 기다리듯, 무리인 줄 알면서도 어머니가 해 줄 얘기를 기다린다. 지금까지 왜 나를 감금하듯이 방치했는지, 그런데도 늘 살갑게 대하는 이유는 뭔지 구체적으로 듣고 싶다. 어머니 입에서 김 양이 아닌 어머니와 내 얘기가 나오려면, 묻혀 있던 치욕의 역사를 파헤칠 때나 나올 어두운 용기 같은 것이 있어야 하리라.

어머니는 어머니나 내가 아닌 김 양을 다시 꺼내든다.

어머니는 김 양이 수면제에서 깬 후 무엇을 어떻게 해야 할지 몰라 무작정 시내로 나갔다고 한다. 쫓겨난 공장의 인근 공장으로 들어가는 일은 공장장의 말이 아니더라도 들어갈 수 없었거니와 들어가고 싶지도 않았다.

어머니는 식순이가 될까 빠순이가 될까 별별 생각을 하며 명동 이라는 데를 갔다. 공장 동료들이 갔다 오면 자랑스레 말했던 명동은 듣던 바대로 가리봉동과는 달랐다. 번쩍이는 네온사인, 홍청 거리는 인파, 넘쳐나는 물건은 부족함이 없는 풍요로운 대지를 그대로 보여주었다. 같은 나라에, 같은 시간에, 명동과 가리봉동이 이렇게 공존하고 있다는 게 놀라울 따름이었다.

어머니는 한참을 돌아다니다 무엇에 끌리듯 생맥줏집으로 들어

갔다. 공장에서 잘린 선배들이 단골로 택하는 빠순이라는 것이 어떤 것인지 알고 싶어서였다고 한다. 그보다는 호기심이 때문이었으리라 짐작해본다.

생맥줏집은 담배 연기로 자욱했다. 팝송은 고막이 터져라 나오고 커다란 생맥주잔은 쉴 새 없이 테이블 사이를 오갔다. 어머니 눈엔 단순한 술집으로 보이지 않았다. 들뜬 함성, 붉게 타는 홍분, 슬픔을 농축해 놓은 듯한 열기, 분노와 열망과 자책이 한꺼번에 분출하며 빠르게 운동하고 있었다. 맥주잔을 나르는 여자 종업원도 어머니가 알고 있던 빠순이는 아니었다. 청바지를 입고 술을 마시며 담배를 피우는 여대생과 달라 보이지 않았다.

팝송이 끝나자 통기타를 든 남자가 여자처럼 긴 머리칼을 쓸어 올리며 작은 무대로 올라갔다. 사람들이 입에 손가락을 넣고 삑삑 휘파람을 불었다. 남자의 노래가 통기타의 음을 타고 가을비처럼 퍼졌다.

어머니는 자리에 앉지도 못한 채 입구 쪽 컴컴한 곳에서 자신과는 다른 세계를, 자유롭고 신선하며 말로 형용할 수 없는 젊음을 보았다. 가리봉동이 까마득하게 멀어졌다. 전자회사며 작업복이며 임신이며 조금 전까지 그곳에 몸담았던 사실도 실감 나지 않았다.

어머니는 풀이 죽었다. 그리고 깨달았다. 세상엔 이렇게 사는 사람들도 있었다. 가리봉동만 있는 것도 아니고 골프채가 공장장 사무실에만 있는 것도 아니었다. 골프채는 돈만 있으면 누구든 살 수 있고 칠 수 있게 매장에 번듯하게 진열되어 있었다. 어머니는 명동을 걸으며 다짐했다. 돈을 벌어 골프를 치자. 골프채를 휘둘렀던 공장장을 찾아가 골프채로 공장장의 머리를 박살내자.

어머니가 맥주를 마시며 말한다.

"김 양이 골프를 하게 됐는지 어쨌는지는 몰라. 어쨌거나 엄마는 김 양이 아니니까 골프를 하게 되면 사업을 위해서야. 사업이 잘 돌아가게 하려면 좋은 줄을 잡아야 하는데 좋은 줄이 있어야 말이지. 미용실 원장의 말로는 골프장이야말로 한다하는 사람들과 만날 수 있는 기회라더라. 백화점 납품을 성사시키고 수출까지 생각한다면 골프를 쳐야 하는 게 아닌가 싶어. 아들 생각은 어때?"

어머니는 사업을 위해 재활치료법을 강구한다. 그저 그렇게 현상을 유지하는 사업이 아니라 백화점 납품을 성사시키고 수출까지 하는 재활치료법 말이다. 재활치료법 중엔 골프채로 공장장의 머리를 박살내는 계획도 들어 있지 않을까.

나는 손가락으로 동그라미를 만들어 보인다. 어머니의 입이 벌어진다.

이제 어머니가 할 말은 다했다. 아들의 장애 원인과 재활치료를 하지 않은 까닭만 빼면 어머니는 자신의 이야기를 세상에 까발려도 무난하다고 생각하는 듯하다. 자신의 이야기가 아니라 김 양의 이야기이므로. 사실이든 아니든 소설이라는 이름이 붙을 것이므로. 그럭저럭 심심풀이 배설의 욕구를 채웠으므로.

나는 노트북을 닫는다. 어쩐지 진이 빠진다. 어머니는 내게 큰 걸 요구하지도 않는데 어머니와 같이 있을 때면 진이 빠진다. 특히 김 양의 이야기라는 걸 듣노라면 에너지가 급속도로 빠져나가는 것을 느낀다. 그럴 정도로 나는 어머니나 세상에 관심이 있었나. 나 자신에게조차 무신경하다고 생각한 것은 오해였나. 욕구에 대한 만족과 불만족 따윈 나와 관계가 없다고 여긴 것은 맞나. 내게도 욕구라는 게 있긴 있나.

나는 어려서나 지금이나 어머니에게 관상용 식물로 있으며 그것에 불만을 가져본 적이 없다. 내가 조용히 입을 다물고 생각의 거리를 쏘다니는 것은 어머니나 내게 좋은 일이다. 불편한 몸으로 세상을 기웃거려봤자 지금보다 나아질 거라는 생각은 들지 않는다. 원인이 무엇이든 어디에 있든, 나는 생각의 한 귀퉁이에서 졸기도 하고 웃기도 한다. 소리 없는 웃음은 너무나 쓸쓸하여 눈물이 나지만 그런대로, 그런대로 지낼 만하다고 달래본다.

어머니는 골프연습장에 등록한 다음부터 무척이나 열심이다. 노트북에 쓸 얘기 같은 것은 언제 했냐는 듯 시간만 나면 골프 얘기다. 어머니가 골프에 열중하는 것은 목적이 있다는 뜻이고, 그만큼 중요한 목적이라는 의미이기도 하다. 사업을 확장시킬 인맥에 관한 목적이든 골프채로 공장장의 머리를 강타할 목적이든 어머니는 야생동물을 닮아간다. 시선을 떼지 않으며, 감정을 드러내지 않으며, 포획할 목표물을 향해 꾸준히 다가간다.

그 수단의 하나라고 생각한다. 어머니는 타던 차를 외제차로 바꾸었다. 보톡스를 맞고 쌍꺼풀 수술을 하고 코를 높이고 체중조절에도 들어갔다. 하나씩 변화를 줄 때마다 어머니는 필드에 나가려면 신체를 어느 정도 고급화시킬 필요가 있다는 말을 입에 달았다.

어머니의 말은 자기 합리화다. 목적에 맞게 신체마저 프로그래밍하면서 여자들이 흔히 하는 얘기를 도용한다. 나는 어머니가 내게 보고를 하듯 굳이 말할 까닭이 어디에 있을까 짚어본다. 어머니의 관심과 목적은 필드에만 있는 게 아니다. 필드를 앞세워 다른 목적이 분명히 있다.

나는 노트북을 덮은 후 어머니를 면밀히 관찰하는 것으로 소일한다. 어머니와 나는 다른 모양새로 살지만 같은 계급에서 벗어나지 못한다. 다르지만 같고 같지만 다른 삶을 유추하는 일은 휠체어의 이 조그마한 세계에는 잘 맞는다.

어머니는 미용실 원장이 머리를 얹어준다고 한 날 최고급 골프복을 차려입고 퍼블릭이 아닌 정규 클럽으로 갔다. 아웃코스와 인코스를 무난히 마치고 물웅덩이마저 보기 좋게 통과하여 백화점에 납품할 인맥을 탄탄하게 엮게 될 꿈을, 혹은 공장장의 머리를 부술 꿈을 안고 갔을 것이다. 내 짐작은 대충 맞아떨어진다.

어머니는 머리를 얹은 지 얼마 되지 않아 회원권을 사고 라운딩할 사람들을 물색한다. 나는 라운딩 파트너로 공장장도 있었으면 하는 바람이 절실해진다. 어머니의 복수를 위해서는 아니다. 아버지를 찾겠다는 생각에서는 더더욱 아니다. 나는 휠체어의 이 세계가, 굼벵이처럼 작고 느린 세계가 역동적으로 날아오르길 바란다.

그 꿈은 어느 정도 나를 따라온다.

어머니가 드라이버의 헤드를 만지작거리며 말한다.

"아들! 이 큰 대가리 좀 봐라. 이거 한 방 맞으면 골로 가는 건 문제도 아니겠다. 아, 그 새끼가 그랬다잖냐. 골로 가고 싶지 않음 아가리 닥치라고. 이걸 한 방 맞으면 입을 다물고 싶지 않아도 다 물게끔 되어 있구만."

나는 손가락으로 동그라미를 만들어 높이 치켜든다. 어머니는 내 응원에 폭소를 터뜨린다. 그렇게 웃을 일도 아니건만 한참이나 웃음을 노리고 있었던 듯 호들갑을 떤다. 저런 웃음이야말로 어머니의 계획이 가까워졌다는 신호다. 내 짐작이 비슷하게 맞아떨어지는 얘기가 어머니 입에서 나온다.

"아참, 오늘 필드에서 누굴 만났는지 아니? 김 양을 만났다는 거 아니냐. 어이구야, 오래 살고 볼 일이더라. 글쎄 걔가 그런 일을 겪었는데도 나보다 더 잘나가지 뭐냐. 공순이 출신이 필드까지 나오다니 그 공장장이 알면 거품 물고 자빠질 일이 아니겠냐."

어머니는 뭐가 우스운지 드라이버를 휘두르다 말고 허리를 잡고 웃는다. 나는 입을 꾹 다문 채 어머니가 쏟아내는 웃음소리를 빤히 지켜본다. 야단스럽도록 무럭무럭 심이 나는 웃음소리가 어쩐지 공허하다. 억지로 만들어낸 행복처럼 날림이다. 어머니가 안쓰럽다. 차라리 김 양이 공장장을 만났다는 얘기를 듣는 게 훨씬 편하다.

나는 조만간 다시 노트북 켤 일이 생길 것이라는 생각이 확정적으로 든다.

아닌 게 아니라 한동안 잠잠하던 어머니가 노트북을 켜라고 입을 뗀다.

"김 양 말이다, 걔가 필드에서 공장장 그 새끼를 만났다는 거 아니냐. 부킹 때 한 사람이 빵꾸 내는 바람에 김 양이 대타로 나갔는데 거기에 공장장 그 새끼가 있었다는 거야. 나 참, 웬수는 외나무다리에서라더니. 근데 공장장 그 새낀 김 양을 알아보지 못했다는구나. 가리봉동에서의 세월이 얼마냐. 앳된 아가씨 때 보고 지금나이 먹은 아줌마를 보니 알아보지 못하는 게 당연하지."

어머니는 우연히 공장장을 만난 것으로 설정하지만 실은 세밀한 정보에 의해 공장장이 나가는 골프장을 알아봤을 일이다.

어머니가 공장장을 만난 건 클럽하우스 로비에서였다. 공장장은 김 양을, 즉 어머니를 알아보지 못한 반면 어머니는 한눈에 공장장을 알아보았다. 공장장에 대한 정보와 행보에 촉각을 세우고있었을 테니 왜 안 그럴까.

어머니는 공장장에게 이렇게 말했다고 한다.

"처음 뵙겠습니다. 근데 낯이 익네요. 혹시 테레비에 나오시지않았나요? 은탑산업훈장을 받으셨던…."

공장장은 벌쭉 벌어지는 입을 다물지 못한다. 일단은 자신을 알아봐 주는 사람이 있다는 게 좋다. 더욱이 외양이 그럴듯하니 젊어보이는 여자가 은탑산업훈장까지 들먹이니 더없이 마음에 찬다.

"아, 예, 그렇습니다만 잠깐 나온 건데 어떻게 아시고…. 저 역시 어디서 많이 뵌 분 같은데 혹시 K전자 주주총회 때 나오신 적은 없으신지.”

어머니는 재구성한 신체에 톡톡히 재미를 느낀다.

“어마나, 그런가요. 흔한 얼굴이라 그렇겠죠. K전자는 아니지만 다른 주주총회 때 남편을 대신해 나간 적은 있어요. 저도 사업을 하다 보니 산업훈장에 관심이 많거든요. 저는 언제 그런 상을 타 볼 수 있을지 정말 부러워요.”

어머니는 흡족하다. 자신이 뱉은 말도 그렇고 공장장의 시선이 며 반응도 그렇다. 공장장의 말은 어머니를 접수한다는 표시며 과 거를 몰라본다는 확실한 증거다. 이대로만 나가면 신분을 감추거 나 바꾸는 것은 어려운 일이 아니다.

공장장은 어머니에게 부쩍 눈길을 두며 말한다.

“제가 운영하는 클럽이 있는데 한 번 놀러 오십시오. 로데오거리 에 있는 골프 숍인데 말이 골프지 친목 차원에서 모이는 겁니다.”

어머니는 쾌히 승낙한다. 알맞게 뺀 체중, 자연스레 쌍꺼풀진 눈, 연예인의 코를 빼다 박아 놓은 코, 땀구멍이 보이지 않을 만큼 매끄러운 피부는 로데오거리에 내놓아도 손색이 없다.

어머니는 공장장과 한 조가 되어 투 볼 포 섬을 무사히 끝낸다. 어머니가 에어 샷을 날려도 오버 스윙을 해도, 공장장은 오히려 사 세를 잡아주며 그린피까지 지불한다. 그때에도 저랬더라면 얼마 나 좋았을까.

공장장은 골프장을 나오며 같이 식사나 하면 어떻겠느냐고 묻 는다. 어머니는 기다렸던바, 좋다고 대답한다.

어머니와 공장장은 드라마에 단골로 나오는 고급 레스토랑으로 간다.

공장장은 배갈이 아닌 와인을 마시며 어머니에게 말한다.

"왠지 가까운 사이처럼 느껴집니다. 저와 친구해 주시면 안 되겠습니까? 이 나이가 되니 적적하군요. 가끔 차도 마시고 말동무나 해주면 저로선 영광이겠습니다만."

어머니는 공장장의 입에서 나온 영광이라는 말을 곱씹는다. 짜장면과 배갈로 영광의 상처를 받았으니 그 보답은 해 주어야겠지.

어머니는 스테이크를 썰며 밝고 쾌활하게 대답한다.

"제가 오히려 영광이지요. 산업훈장을 받으신 분과 이렇게 식사를 하다니 주위 사람들에게 자랑하고 싶은 걸요. 호호."

공장장은 어머니의 말에 고무된다. 고무된 만큼 속도를 위반하는 말도 서슴없이 한다.

"거 참, 별말씀을 다 하십니다. 부족한 저를 좋게 봐 주시니 힘이 납니다. 혹시 여행 좋아하십니까? 일주일 후에 일본에서 공 치는 스케줄이 잡혀 있는데 시간이 되면 같이 가고 싶습니다만."

의외의 제의다. 뿌리치고 싶지 않은 유혹이다. 하지만 어머니는 한꺼번에 해치우기보다 야생의 동물로 최적의 시간을 기다린다.

"아이, 감사합니만 유감스럽게도 다음 주엔 독일 바이어들과 골프 약속이 잡혀 있어서요. 미리 말씀해 주시면 스케줄에 넣을게요."

공장장의 얼굴에 슬며시 아쉬움이 떠오른다. 그렇다고 물러날 공장장은 아니다.

"거절하시는… 겁니까? 오래 사귄 친구 같은 느낌이 들어서 청했던 겁니다. 그럼 나가서 치는 건 다음으로 미루고 내일은 어떻습니까? 내일도 바이어들과 약속이 있습니까? 전 내일 중요한 약속이 세 개나 있지만 취소할 수 있습니다. 시간을 내 주신다면."

공장장도 어머니도 같은 목적으로 야생의 시간을 길들이려 한다. 한 사람은 속전속결의 사냥 법을 쓰고, 다른 한 사람은 표적을 가지고 놀다 순간 잡아채는 사냥 법을 쓴다.

어머니는 클럽 헤드를 수건으로 닦으며 말한다.

"아들! 김 양이 다음 날 공장장을 만났을 거 같니 안 만났을 거 같니?"

나는 노트북에다 쓴 글을 보며 손가락으로 동그라미를 만들어 보인다. 어머니가 킬킬댄다.

"역시 아들은 똑똑해. 당연, 만났지. 김 양이 공장장을 만난 얘길 해주었는데 그 얘길 아들한테 하기는 좀 그렇다. 그렇지만 넌 글쟁이고 몸으로 겪기엔 한계가 있으니 너를 위해 얘기할게."

몸의 한계. 내게는 치명적이며 극복할 수 없는 현실이다. 어머니 또한 그 사실을 알지만 지금처럼 별 거리낌 없이 한계라는 말을 던진다. 그럴 정도로 어머니는 떳떳한가. 어머니는 자신을 속이는 게 아니라 자신에게 기꺼이 속아 넘어가는 것인지도 모른다. 내가 어머니의 숨겨놓은 장신구라는 자괴감은 어머니의 저 뻔뻔함에서 시작되었을 수도 있다. 그렇지 않고야 지금까지 미용실이 아닌 다른 외출을 원한다는 내색을 왜 하지 못했겠는가.

어머니와 내게 끝이라는 게 있다면 지금을 복사한 꼴이 나오리라. 따지고 보면 어머니와 내겐 끝도 시작이고 시작도 끝이니 새삼 끝이라고 말할 뭣은 없다. 어머니와 나는 끝이라는, 종말이 아닌 연장선상에서 그저 그렇게 살아가는 게 전부가 될지도 모르겠다.

＊

어머니의 이야기는 너무 흔하다. 하도 빤해 속이 다 보인다. 속이 보이니 식상하다. 식상하니 더는 쓰고 싶지가 않다. 쓰고 싶지 않으니 생각은 다른 곳을 향해 절름거린다.

행위에 관한 생각이다. 어머니는 이야기를 하고 나는 들은 이야기를 쓴다. 어머니가 끊임없이 이야기 하는 이유는 배설의 욕구에 있다. 다른 하나는 외출하지 못하는 장애아들에게 시간 때우는 법을 일러주는 중이다. 둘 중 하나이거나 둘 다여도 나는 도대체가 이러한 행위에 매력을 느끼지 못한다.

내가 어머니의 이야기에 매력을 느끼려면 지금의 이야기보다 훨씬 감각적이고 입체적이어야 한다. 어머니가 김 양을 대역으로 내민 카드는 극적이지도 폭로의 본능 쪽에도 속하지 못한다. 마지막 어느 순간에 기막힌 반전이 있다 해도 지금으로선 지리한 장맛

비다. 자신의 과거가 두렵거나 거치적거려 고발하고 싶은 심정에
서라면 봐줄 수도 있다. 어머니는 이것도 저것도 아니면서 대단한
것인 양 나를 잡고 늘어진다.

말은 이렇게 하나 나는 어머니만도 못하다. 어머니를 의심하면
서도, 한심하다고 얕잡아보면서도 불러주는 대로 쓰기만 한다. 이
런 행위는 위선이나 가식보다 나쁘다. 어머니가 불러주는 대로 쓰
면 글이 될 수 없다. 글은 어머니나 나처럼 허술하지 않다. 글 자
체에 완성이라는 게 없긴 하나 이런 따위의 글쓰기는 글 근처에도
미치지 못한다.

나는 내 글이 쓰고 싶어 이러나. 내 것이든 남의 것이든 내겐 글
을 쓰고자 하는 욕구가 없다.

욕구가 있다면, 없다고 단정했지만 있다면 이것이다. 내가 겪지
못한, 겪을 수 없는 바깥이 나이길 바란다. 낙하가 심한 롤러코스
터, 교미가 잔인하게 살해를 부르는 정글, 뜨거운 시가 새겨진 얼
음벽, 해저를 휘젓고 다니는 휠체어가 나였으면 한다. 나는 글을
쓰고 싶다기보다 나를 채우고 싶은 상태인지도 모른다. 가질 수 없
고 도달할 수 없는 세계는 내겐 잔혹한 상상보다 더한 현실이다.

생각은 이런데 어머니에게 고분고분한 건 여전하다. 이러한 행
위는 긴 시간에서 비롯되었다고 본다. 볼트나 너트가 서로를 좋아
해서 맞물린 게 아니라 필요에 의해 하나가 된 것처럼, 어머니와
나는 긴 시간 필요에 의해 맞물려 살았던 것일 수도 있다. 어쩌면
의지하기엔 적당히 맞았던 파트너라 지금까지 별 탈 없이 지내고

있는지도 모른다.

　별 탈 없이 지낸다고는 하나 어머니와 나는 나사의 관계를 넘어선 무엇이 있다. 아슬아슬하게 피하고 있거나 위태위태 바라보기만 하는 무엇. 의문을 내색하거나 삭이지도 못하면서 끈끈한 관계로 지속되는 무엇. 무엇이 무엇인지 모른다는 건 관계를 이어주는 힘일 수도 있다.

　어머니의 말이 생각을 자른다.

　"아들! 뭘 그리 생각해? 벌써 진력난 거야? 아직 김 양 얘기 안 끝났는데. 사실적으로 쓰려면 더 들어야 해. 참, 아까 올 때 포도 사 온 거 있다. 우리 그거 먹어감서 할까?"

　어머니가 포도를 가져온다. 포도는 놋쇠로 만든 요령처럼 방울방울 먹빛으로 붙어 있다. 어머니가 제일 큰 알을 따 입에 넣어준다. 껍질과 씨앗을 뱉으려 하자 어머니는 손바닥을 펴 내 입 앞에 들이민다. 나는 손가락으로 엑스를 만들어 보인다. 어머니가 작은 접시를 가져다 내 입에 댄다. 나는 접시를 받아 껍질과 씨앗을 뱉는다.

　어머니는 포도를 우물거리며 알 수 없는 표정을 짓는다.

　"엄만 너랑 이렇게 맛있는 거 먹어감서 얘기할 때가 젤 좋더라. 아들! 행복해? 엄만 행복한데."

　어머니는 행복해 보이지 않는다. 행복을 만들려 애를 쓰는 표정이라고나 할까. 행복해야 해서 행복하다고 믿는 표정이다.

　어머니는 내 이름이 무엇인지조차 잊을 만큼 내 이름을 부르지 않는다. 어머니가 부르지 않으면 불러줄 그 누구도 없는 내 이름

을, 어머니는 아들이라는 호칭으로 최고의 애정을 표한다고 믿는
다. 우리는 이렇게 정이 두터운 모자간이라고 스스로에게 다짐하
고 싶은 모양이다.

나는 손가락으로 동그라미를 만들어 보인다. 어머니처럼 행복
을 만들지 못해서, 어머니의 행복에 동참할 수 없어서, 나는 손가
락 사인 속으로 숨는다. 어머니는 내 손가락 사인에 안심한다.

안심했다는 증거가 나온다. 어머니는 똑똑 포도를 따먹는 듯 이
야기를 하나씩 딴다.

"아들은 김 양이 공장장을 만나서 잤을 거 같니 아닐 거 같니?
예전에 그런 일을 겪었는데도 잘 수 있었을까?"

자지 않았다면 이야기는 성립될 수 없다. 적어도 어머니가 하는
이야기에 있어선 그렇다. 어머니는 왜 자꾸 이런 이야기를 계속하
려는 것일까. 공순이로 출발해 지금은 넉넉한 사장님이 되었는데
뭐가 부족해 이리 질척이는 이야기를 그치지 않는 것일까. 어머니
나 내게는 차라리 자수성가에 따른 그렇고 그런 고생담이나 성공
담을 얘기하고 듣는 게 백 번 낫다.

나는 이번에도 손가락으로 동그라미를 표한다. 어머니가 고개
를 끄덕이며 예의 그 똑똑한 아들이라는 말을 한다.

어머니는 포도를 따 먹어가며 김 양의 이야기를 잇는다. 어머니
가 포도를 따 먹을 때마다 가지가 드러나듯, 김 양의 이야기가 조
금씩 늘어날 때마다 어머니의 과거도 가지로 드러나리라. 앙상한
가지만 남게 되면 어머니는 어떻게 할까. 그때에도 할 이야기가

남아 있을까. 더는 남아 있지 않기 위해서라도 어머니는 이야기를
해야 하고 나는 들어야 한다.

"김 양이 담 날 공장장을 만났다지 뭐냐. 걔도 참. 하긴 그렇게
라도 해야겠지. 나름 포원이 됐을 테니. 하여간 만났는데 공장장
은 예전과는 다르게 아주 점잖을 뺐다는구나. 그 미친 새끼가!"

어머니는 공장장을 만나러가던 날 제일 아끼던 옷을 차려입었
다. 공장장은 공장장 사무실이 아닌 호텔 커피숍에서 어머니를 만
났다. 공장장은 중요한 약속 세 개를 취소시킬 만큼 어머니와의
만남이 중요하고 급했던 걸까. 그렇진 않았을 것이다. 중요하고
급한 척하는 것도 하나의 처세술이니, 공장장으로선 몸에 밴 처세
술을 써먹었던 것에 불과하리라.

어머니는 내 생각과는 달랐다. 공장장이 중요한 약속 세 개를
취소시켜가며 만나길 원했다는 사실에 자부심을 느끼는 듯했다.
어머니도 공장장의 말이 전부 사실일 거라는 생각은 하지 않았겠
지만 믿고 싶은 마음이 컸던 모양이다.

공장장은 쥐색 양복바지에 푸른색 노타이셔츠 차림이다. 골프
장에서 봤을 때와는 분위기가 사뭇 다르다. 정통 비즈니스맨을 연
상시킨다고나 할까. 그 나이에도 눈빛은 날카롭고 입매는 단단하
다. 허튼 구석도 없고 나이를 먹었다는 느낌도 없다. 어머니는 순
간 가리봉동에서의 공순이와 공장장으로 돌아간다.

어머니가 긴장한 듯 어색해하자 공장장은 눈치 빠르게 분위기
를 바꾼다.

"바쁘실 텐데 이렇게 시간을 내주셔서 감사합니다. 차가 막히지 않던가요? 저는 방해 받고 싶지 않아서 기사 없이 왔습니다."

공장장의 말은 경제적 여유가 있다는 뜻이고, 은밀해지고 싶다는 의미이며, 어머니와 오래 있고 싶다는 드러냄이다. 어머니로선 긍정적으로 받아들이지 않을 까닭이 없다.

어머니는 살풋 웃어가며 공장장이 한 말과 다르지 않은 말을 한다.

"감사하긴요. 저야말로 감사하지요. 차는 별로 막히지 않더군요. 저도 기사 없이 혼자 왔답니다."

어머니의 말에 공장장은 같은 뜻으로 받아들여도 좋겠냐고 묻는다. 어머니는 그렇다고 대답한다.

공장장이 프런트 쪽을 돌아보며 말한다.

"일이 힘들 땐 가끔 호텔에 와서 쉬다 가곤 합니다. 무슨 사업을 하는지 모르겠지만 사업하는 사람들은 세컨드하우스 하나쯤은 가지고 있어야 합니다. 저로선 이 호텔이 프라임 세컨드하우스인 셈입니다만."

어머니는 꽤나 부담스러운 가격의 명품 핸드백에서 새로 박은 명함 한 장을 꺼낸다. 도매시장에 납품하는 니트와 매장을 운영하는 사장이 아니라, 상류층 마니아들이 입는 최고급 청바지와 웨딩 드레스, 그에 따른 수입품만 전문으로 취급하는 사업체가 찍힌 명함이다.

어머니는 명품 백 못지않게 디자인 한 명함을 공장장에게 건넨다.

"맞는 말씀이에요. 사업하는 사람들은 아무나 만나면 안 되지요. 사기꾼들이 좀 많아야죠. 전 회장님처럼 큰 걸 하는 게 아니라 잡다하게 이것저것 한답니다. 결혼할 사람들이 풀코스로 나가면 좋을 라인이에요."

어머니는 저인망 그물을 던진다. 고기는 잡을 수 있을까?

공장장은 어머니의 명함을 건성으로 보며 고개를 끄덕인다. 명함 따윈 대수롭지 않다는 듯, 정작 중요한 건 따로 있다는 듯, 묘한 미소를 짓는다.

공장장은 양복저고리에 명함을 넣으며 대꾸한다.

"이런저런 신경 많이 쓰이시겠습니다. 전 위층으로 올라가 와인 한 잔하면서 쉴까 하는데 어떠신지요? 피곤하시면 같이 올라가 쉬어도 좋습니다만."

공장장 역시 저인망 그물을 던진다. 고기는 잡을 수 있을까? 잡을 수 있을지는 몰라도 바다를 건져 올릴 순 없으리라.

어머니는 이번에도 살풋 웃어가며 몇 호실이냐고 묻는다. 공장장은 호실을 대며 먼저 올라가 있을까 하고 묻는다. 어머니는 그게 좋겠다고 대답한다.

어머니는 화장실로 가 얼굴이며 옷을 다독인 후 공장장이 말한 룸으로 들어간다.

공장장은 와인을 마시며 한강을 내려다보고 있다. 어머니는 멀뚱히 서 있기만 한 게 아니라, 후들거리며 촌티를 내는 게 아니라, 사뿐사뿐 공장장 곁으로 가 아래를 내려다본다.

"어머나, 전망이 좋네요. 한강이 한눈에 내려다뵈는 게 제가 가

본 곳 중 최고예요. 저 강에다 나팔꽃을 띄우면 어떨까요? 강 전체에다 나팔꽃을 뿌리면 꽃강이 되지 않겠어요? 신혼을 꿈꾸는 사람들처럼 말이에요.”

공장장은 어머니가 한 말을 빌미로 어머니의 어깨에 팔을 두르며 호탕하게 웃는다.

“젊은이들에 맞는 사업을 하셔서 그러나 소녀 같은 말씀을 하십니다. 친구가 되길 잘한 거 같습니다. 다음에 만날 땐 제가 저 강에다 나팔꽃을 띄우겠습니다. 십 톤 트럭에다 나팔꽃을 가득 실어서요.”

어머니 또한 그 말을 밑거름으로 공장장의 허리를 팔로 감는다.

“아이, 멋져라. 진짜 그렇게 해주실 수 있겠어요? 저야말로 회장님과 친구하길 잘했네요. 이렇게 호흡이 맞을 수 있다니 기대 이상이에요.”

어머니의 탄성에 공장장은 어머니의 어깨를 자신의 품으로 잡아끈다. 어머니는 못 이기는 척 공장장의 품에 안긴다. 공장장은 어머니를 안다시피 침대로 잡아끈다.

어머니는 풀기가 빳빳한 흰 시트에 누워 공장장의 귀에 속살거린다.

“전 이벤트를 좋아해요. 그렇고 그렇게 하는 것보다 파격적으로 하는 걸 선호하는 편이에요. 그렇다고 채찍으로 하자는 말은 아니고요, 침대에서 남들 다하는 식으로 하는 건 별로라는 말이에요. 제게 이벤트를 맡겨보실 생각 없으세요? 확실하게 책임질 수 있어요.”

공장장은 순간 뜨악해하는가 싶더니 이내 목젖이 보이도록 웃어젖힌다.

"아, 그러십니까? 이벤트. 그것 좋죠. 벌써부터 몸이… 기대하겠습니다."

어머니는 이벤트를 하기 전 식사부터 하고 싶다며 전화기를 든다. 어머니가 호텔 내에 있는 차이니스 레스토랑에다 짜장면과 군만두와 배갈을 시킨다. 어머니는 전화를 끊으려다 말고 신문지도 몇 장 가져다 달라고 말한다.

어머니는 전화를 끊은 후 말한다.

"금강산도 식후경이라는 말이 있잖아요. 짜장면 먹은 지가 언제인지… 갑자기 짜장면이 먹고 싶어지는 거 있죠? 회장님도 그러시죠? 회식이다 뭐다 짜장면 드실 기회가 없었을 거 같아요."

공장장은 어머니의 말에 엄지를 치켜세운다.

"센스가 여간 아니십니다. 말씀대로 짜장면을 잊고 산 지 꽤 됐습니다. 오늘의 이벤트는 벌써 짜장면으로 시작한 듯이 보입니다."

어머니는 짜장면과 군만두와 배갈이 오자 테이블에다 신문지를 깐다.

"짜장면 먹을 땐 신문지가 최고예요. 그거 깔고 먹을 때에라야 진짜 짜장면 맛이 나거든요."

짜장면 한 그릇 먹기도 어려웠던 시절, 그때의 짜장면은 얼마나 싫었던가. 얼마나 불온하고 혐오스러웠던가. 하지만 지금의 짜장면과 군만두와 배갈은 축배와도 같이 팡파르를 울리며 뜨겁고도 끈끈한 시선을 두근두근 교환한다.

어머니는 공장장이 어머니에게 했듯, 짜장면을 휘휘 말아 공장장의 입에 넣어준다. 공장장이 짜장면을 우물거리는 동안 어머니는 짜장면을 잔뜩 문 입으로 공장장에게 키스한다. 입안에 든 짜장면을 공장장의 입안으로 건네는 것도 잊지 않는다. 짜장이 잔뜩 묻은 입술로 공장장의 입가며 뺨이며 목덜미를 핥는 것도 빼놓지 않는다.

공장장은 지그시 눈을 감은 채 달뜬 음성으로 말한다.

"빨리 시작합시다."

어머니는 공장장에게 눈웃음을 쳐가며 짜장면 그릇을 치우고 신문지를 바닥에 깐다. 유감스러운 게 있다면 도끼다시 바닥이 아니라 카펫이 깔린 바닥이다.

어머니가 옷을 벗고 신문지에 눕는다. 공장장이 어머니 위에 엎어진다. 어머니는 몸을 빼 공장장 위로 올라간다.

어머니가 움직일 때마다 그때의 컨베이어벨트는 생생하게 돌아가고, 자재창고 밑에서 밤이슬을 맞던 나팔꽃은 으깨진다. 핏물을 뚝뚝 흘리며, 골프채에 내쫓기며, 숨이 턱에 닿게 몸서리를 친다.

어머니가 일을 끝내자 공장장은 만족한 웃음을 흘리며 신분시에서 일어난다.

"테크닉이 그만이군. 아주 오랜만의 쾌감이었어. 죽음 직전까지 갔으니까. 우리 또 만납시다. 다시 만날 땐 십 톤 트럭에다 나팔꽃을 잔뜩 실어 한강에 뿌려주겠소. 오늘을 기억하는 의미에서."

어머니는 다 먹은 포도 가지를 질깃질깃 분지르며 말한다.

"김 양이 왜 그렇게 했는지 어렴풋이 감이 오긴 해. 복수심 때문이겠지. 그렇다고 그 웬수하고 자는 방법밖엔 없었을까 아쉽더라고. 나 같으면 골프채로 대갈통을 날려버렸을 텐데."

어머니는 몰라서 그렇게 했을까. 다시 공장장과 잘 기회가 온다면 어머니는 망설임 없이 잘 것이다. 아들의 아버지여서가 아니라 어머니 자신도 모를, 한 번 강자에게 잡히면 끝까지 잡히는 동물의 속성 때문에라도 그렇게 할 것이다. 어머니가 공장장을 놀리고 자신을 놀리고자 택한 일이었다면 나는 춤이라도 췄을 것이다.

나는 픽 웃어가며 어머니에게 말한다.

"어머니 생각이 그러시다면 그렇게 말해주세요. 골프채 말이에요."

나는 골프채를 휘두르고 싶은가. 내 앞에 있는 이 포도 접시와 저 티브이와 이 휠체어와 어머니와 내게, 스틸의 그 차고 둔탁한 면으로 타격을 하고 싶은가. 머뭇거리며 미온적으로 나가는 어머니와, 이 지겨운 이야기에 간접으로밖에 개입할 수 없는 나를, 결국은 골프채로 종지부를 찍고 싶어 하는가.

언젠가 야생의 말을 타고 들판과 산골짜기를 질주하는 꿈을 꾸었다. 그때 나는 몽정을 했던가. 다시 그 꿈을 꾸고 싶어 잠자리에 들 때마다 야생의 말을 떠올렸던가. 바람을 가르며 심장이 터질 듯이 달리는 내게, 나는 기뻐하며 더 큰 기쁨을 원했던가. 피를 뿌리며 두개골이 터지는 그러한 기쁨을 꿈꾸었던 건 아닌가.

내 상념은 더는 이어지지 않는다. 어머니가 한쪽 눈썹을 찡긋

위로 올리며 말한다.

"골프채라… 것도 괜찮겠다. 김 양한테 골프채 말해줘야겠다. 김 양이 나더러 그 새끼 함 보지 않겠냐고 묻더라. 그 지저분한 새끼를. 첨엔 싫다고 했는데 가만 생각해보니 것도 괜찮겠다 싶은 거야. 이번 수요일 밤 강변에서 산책하기로 되어 있대. 그 새끼가 십 톤 트럭으로 나팔꽃을 왕창 실어다 강에 뿌려주겠다는데 그 장관을 혼자 보기엔 아깝다나. 나더러 그거 보라고 오라는데 아들 생각은 어때?"

나는 손가락으로 동그라미를 만들어 핵심 포인트를 강조하듯 몇 번이고 찍는다. 어머니의 입가가 살짝 비틀리더니 쓴웃음이 새어나온다.

"아들이 좋다면 그래 볼까?"

*

수요일을 기다린다. 이야기에 종지부를 찍게 될 그 날. 나와 어머니에게 무엇이 됐든 의미를 던져주게 될 그 날.

수요일은 생각보다 더디다. 더디게 느낄 정도로 나는 어머니의 이야기를 지겨워하면서도 알고 싶었나. 나는 무엇을 기대하는 것

일까. 그 무엇도 할 수 없는 나를 어머니가 대신해주길 바라기라
도 하나.

나는 어떤 변화에 감전되길 비밀스레 원하고 있던 것일 수도 있
다. 인생의 어느 실마리에 구깃구깃 들어 있는, 차마 대면할 수 없
는 어떤 것을, 그것이 파괴와도 같은 것이라면 더없이 좋겠다는,
밑도 끝도 없는 생각에 빠져 있던 것인지도 모른다.

어머니는 오후에 들어와서 나를 욕실로 데리고 간다. 다른 때와
는 달리 말이 없다. 나는 아무것도 묻지 않는다. 화장을 고치고 새
옷으로 갈아입어야 할 시간에 왜 나를 씻기는지, 머리를 감기고 면
도를 해주는 손길이 왜 이렇게 차고 딱딱한지 물어볼 수가 없다. 어
머니는 후회한 것일까. 후회했기에 약속을 취소한 것은 아닐까. 취
소는 했지만 약속 시간이 다가오자 긴장과 불안을 덜어보려 나를
씻기는 것일까. 그럴 정도로 어머니는 확신이 서지 않은 것일까.

어머니는 드라이어로 내 머리를 말리고 왁스로 머리칼에 멋을
낸다. 우습게도, 미용실에 갈 때처럼 머리를 손질하고 아르마니
셔츠와 양복을 입힌다. 어머니는 자신의 작품을 감상하듯 한 발
뒤로 물러나 내 아래위를 훑어본다. 어머니는 마치 혼잣말을 하듯
말없이 고개를 까딱까딱한다.

어머니가 나를 휠체어에 싣는다. 나는 어디를 가는지 묻지 않는
다. 미용실은 아직 갈 때가 아니다. 시간도 맞지 않는다. 추측이
맞는다면 어머니는 김 양이 했다는 약속 장소에 나를 데려가려는
것이다. 아버지가 누구인지 보여주고 싶어서는 아닐 터이다. 가는

동안 말동무를 삼기 위함은 더더욱 아니다. 어머니는 초조해진 것이다. 동행할 누군가가 있어야 할 정도로, 하다못해 주먹만 한 강아지라도 있어야 할 정도로 마음 붙일 게 필요해진 것이다.

어머니에게 하나의 장식품에 불과했던 내가 과연 어떤 역할이나 힘이 되어 줄 수 있을지 자문해본다. 기이한 생각이다. 마일리지처럼 살던 내가 이런 생각을 할 때가 오리라는 걸, 나는 결코 알지 못했다.

나는 준비가 되어 있지 않다. 어머니에겐 번복할지도 모를 마음을 꽁꽁 동여맬 고집 같은 것이 필요하겠지만 나는 아무 생각도 떠오르지 않는다.

어머니는 나를 뒷좌석에 앉힌 후 차를 몬다. 처음으로 만나는 밤. 모든 것을 간직한 채 숨죽여 우는 밤. 나는 이 밤을 견뎌낼 수 있을까.

생각만으로 있어 왔던 밤이다. 나팔꽃이 으깨지는 밤이 아니라, 탁하고 질긴 목소리가 왕왕대는 밤이 아니라, 달빛이 너울을 일으키는 밤이었다. 배꼽이 소용돌이치고, 불거진 힘줄로 뚜걱뚜걱 다리를 건너고, 수많은 환몽으로 우화가 되는 게 나의 밤이었다. 그때 내 발바닥은 붉은 진흙덩이를 밟고, 내 눈은 푸른 체크무늬를 만들며, 내 입술은 노란 구름을 만들었다.

밤으로 진입하는 시간, 나는 내가 만든 밤을 만날 수 있을까. 내 몸은 나를 씻기던 어머니의 손길처럼 차고 딱딱하다. 간간히 내쉬던 한숨처럼 조금은 근심스럽다.

어머니도 근심스러운지 말이 없다. 나와 어머니 사이에 낀 침묵은 어머니와 내가 살아온 모습을 빼닮았다. 쉴 새 없이 말하지만 알맹이가 빠진 이야기 다발처럼, 어머니와 나는 떠들지만 떠들지 않는 침묵으로 말을 나눈 셈이었다.

나는 이 침묵을 존중한다. 어머니는 구물구물 연동운동을 하는 창자와도 같은 생각을 하고 있을 테고, 나는 낯선 것들로 에워싸인 이 밤의 열기와 냉기를 어떻게든 통과해 보려 한다. 된다면, 나는 어머니가 행할지도 모를 일을 의연히 지켜보고자 한다.

가로등에 불이 켜진다. 희뿌연 어둠이 사물을 조금씩 덧칠한다. 어머니와 나는 밤으로 넘어가는 이 흐린 시간에 또렷이 살아 위태롭게 간다. 어머니는 방패를 준비하고 있을까. 드라이버라는 창만 가지고 성공할 수 있을까.

차가 정지신호를 받는다. 어머니가 조수석에 놓았던 드라이버를 들며 말한다.

"김 양에게 주려고 가지고 나왔어. 김 양이 이걸 휘두를 수 있을지 모르겠네."

어머니의 목소리엔 기운이 없다. 아들! 해가며 말할 때와는 다르게 망설임도 묻어나온다. 어머니는 두려워하고 있는 것일까. 휘두르기도 전에 자신감을 잃고 허방을 짚는 것은 아닐까.

나는 어머니의 어깨를 툭툭 치며 손가락으로 동그라미를 만들어 보인다. 무책임한 짓이 아닐 수 없다. 하지만 어머니가 원하고 있지 않은가. 아니, 내가 원하고 있다. 공장장의 머리를 부수고 골로 갈 만큼 흠씬 두들겨 패 주기를, 나는 나도 모르게 바랐던 것이다. 아버지에 대한 원한이나 복수 때문은 아니다. 나는 포복하며 살아온 듯한 이 느낌이 그저 싫을 뿐이다.

어머니는 입가 근육만 실룩이는 웃음을 슬쩍 흘리며 나처럼 손가락으로 동그라미를 만들어 보인다. 동그라미에 힘이 없다. 어머니는 벌써부터 힘에 부쳐 한다. 시작도 하기 전에 패배부터 배우려 한다. 이것은 어머니가 아니다. 어머니여서도 안 된다. 어머니는 공순이가 아니라 사장님이다. 찢어지고 으깨진 나팔꽃을 다시 일으켜 세워 북을 돋아줄 손이다. 나는 간사하게도, 어머니가 강인한 팔뚝을 가진 전사이길 바란다.

어머니는 말이 없고 나는 생각의 숲을 유랑한다. 지금까지 어머니라고 생각했던 김 양이 실재 인물이라면 그 다음은 어떻게 될 것인가. 김 양이든 어머니든 공장장이든 상관없다. 이 이야기의 끝은 적어도 휠체어에 갇힌 것처럼 답답하고 미적지근하면 안 된다. 누가 무엇을 어떻게 하던 이 이야기는 봅슬레이의 질주로 끝장을 봐야 한다.

갑자기 의구심이 든다. 속력을 가진다는 것은 누구에게나 해당되는 것인가. 속력을 쥔다는 것은 자격이나 용기가 있어야 할 수 있는 것인가. 나나 어머니는 속력을 제대로 핸들링 할 수 있는가. 그보다 어떤 결말이 나올지 충혈 된 눈으로 가는 게 더 적당한 건 아닌가.

차가 강변으로 진입한다. 한강의 물은 지금의 나나 어머니보다 무겁다. 도란거리거나 으쓱대는 강을 바란 건 아니지만 몹시도 무표정하다. 이것이 정녕 밤의 강이란 말인가. 두 다리가 길어지고 관절이 튼튼해지는 강은 아니었던가. 보고 싶다는 마음이 융단으로 깔리고 다시 시작하자는 말이 약속으로 있던 강은 아니었던가. 티브이에서 보던 한강은 한 점 거짓도 꿈도 없이 어두컴컴하게 누워만 있다.

교각에서 네온사인이 강물을 비춘다. 어머니와 내가 가고 있는 이곳은 네온사인과는 한참이나 떨어져 있다. 빛도 받을 만한 곳에 있어야 받을 수 있다는 생각이 미끌미끌 올라온다.

어머니는 운전을 하며 여기저기를 두리번거린다. 교각에서 멀찍이 떨어진 자리에 검은색 승용차 한 대가 서 있다. 차에서 비상등의 깜박임이 쉴 새 없이 터져 나온다.

어머니가 조심스레 검은색 차 앞에다 차를 멈춘다. 비상등의 깜박임이 멈추고 전조등만이 빛을 쏜다. 나는 검은색 차에서 눈을 떼지 못한다. 목표물을 향해 눈을 번뜩이며 웅크려 있는 커다란 짐승. 갑자기 살갗이 아프고, 손발이 시리고, 눈물이 핑핑 돈다. 나는 이런 내게 당황하며 숨이 막힌다.

어머니가 드라이버를 들더니 차 문을 연다. 내게 단 한 마디도 없이, 용기를 북돋아 줄 사인도 마다한 채, 부러질 듯 뻣뻣해진 몸으로 차에서 내린다.

어머니가 차문을 닫기도 전에 검은색 차가 급발진 하듯 내가 탄 차를 들이받는다. 내가 탄 차는 굉음을 내며 앞으로 밀린다. 어머니는 차문에 부딪쳐 그 자리에 나동그라진다. 나는 앞좌석 머리 지지대에 이마를 부딪친 후 뒤로 젖혀진다. 거침없는 속력, 무자비한 결단, 가차 없는 처리를 한 자가 궁금해진다.

차창 밖엔 김 양이 아닌 쥐색 양복바지에 푸른색 노타이셔츠를 입은 남자가 검은색 승용차에서 내린다. 사내는 늘씬한 걸음걸이로 쓰러져 있는 어머니에게로 다가온다. 가리봉동을 휘어잡던 튼튼한 몸으로, 골대 밑에 떨어져 있는 골을 잡으려 억세고 질긴 걸음을 성큼성큼 떼어놓는다.

나는 어정쩡하게 앉아있다 말고 차문을 열려 버둥댄다. 상체는 문 쪽으로 향하나 팔은 접어놓은 휠체어에 걸려 몇 십 리만큼이나 멀다. 언젠가, 마음만 먹으면 벌떡 일어설 수도 있을 거라는 생각은 무참히도 내 몸을 배신한다. 나는 어쩔 줄 몰라 하며 차창 밖을 내다본다. 사내의 모습이 여과 없이 눈에 들어온다.

"어디서 공순이 년이 까불고 있어. 어쩐지 낯이 익는다 했더니 니년이었냐? 신문지에서 하자고 했을 때 니년이 누구라는 걸 알았지. 새대가리 같은 년! 여태도 정신을 못 차리고 엉겨? 화장한 게 아깝고 차려입은 옷이 아깝다. 신분을 속이려 가짜 명함이나 파 가지고 다니나본데 아무리 그래 봐야 니년한테선 공순이 냄새가 나."

사내는 다시 한 번 공순이 년이라고 말하며 어머니 이마에 침을 뱉는다.

한때는 산업의 일꾼으로, 지금은 생산직 여직원으로 불리는 공순이는, 아직도 거세되지 않은 채 기세등등하게 살아 선연히 주홍

글씨를 토해낸다. 어머니가 정신을 잃고 있는 건 차라리 행운이다.

나는 공장장에게 눈을 박은 채 있기만 한다. 참으로 생경한 느낌이 아닐 수 없다. 나와 똑같이 생긴 인간 하나가 지구에 살고 있었다는 사실은 반갑기는커녕 징그럽고 이물스럽다. 나는 살갗을 쑤셔대는 느낌에 온몸이 아프다. 손이 귀가 되고, 머리가 항문이 되고, 심장이 손톱이 되는 느낌이 나를 미치게 한다. 이럴 때 나는 무엇을 어떻게 해야 할까. 어떤 방법으로 뒤집히며 거꾸로 도는 이 몸뚱이를 지탱할 수 있을까. 저 끔찍한 동물을 죽이거나 한패가 되려면 어떻게 해야 할까.

나는 자리에서 일어나려 움찔거린다. 그래봐야 엉덩이만 들썩여질 뿐 제자리다. 나는 접힌 휠체어를 문 쪽으로 바짝 밀어붙인다. 휠체어 너머로 차문이 손에 잡힌다. 나는 겨우 한 뼘 정도 차문을 연다. 사내가 흘끔 나를 돌아보더니 다가온다. 나는 공장장인지 아버지인지 모를 사내를 향해 무조건 몸을 던진다.

"야, 이 개자식아!"

나는 휠체어와 함께 사내가 아닌 땅바닥에 떨어진다. 땅바닥은 그럴 수 없이 낯설며 지독히도 아프다. 내 얼굴은 땅바닥에 처박혀 땅 냄새를 실컷 맡는다. 이것이 살아있는 냄새구나. 웃고 싶을 때 웃고, 울고 싶을 때 울고, 욕하고 싶을 때 욕하고, 격려하고 싶을 때 격려히는 솔직한 냄새. 나는 어머니가 죽었는지 살았는지보다, 놈이 내 아버지인지 아닌지 보다, 땅바닥에서 나는 흙냄새가 중요해진다.

공장장은 엎어져 있는 내 뒤통수에도 침을 내깔긴다.

"캬악 퉤! 병신새끼가 어디다 대고 욕이야? 공순이 새끼 아니랄까 봐 까불어? 다시 한 번 내 눈앞에 얼쩡거렸다간 진짜 토막 쳐 줄 테니 그런 줄 알아 병신 새꺄!"

공장장은 내 몸을 발로 걷어차더니 타고 온 차로 간다. 나는 어머니와 마찬가지로 지워지지 않는, 지울 수 없는 주홍글씨를 패치로 달고 헐떡인다.

공장장이 차로 가는가 싶더니 다시 어머니에게로 온다. 공장장은 드라이버를 꼭 쥐고 있는 어머니의 손을 구둣발로 자근자근 밟는다.

"무식하고 골 빈 년! 골프채나 잡고 있으면 다 되는 줄 아는 모양이지? 너 같은 년 때문에 골프가 똥칠을 당하는 거야. 그래도 니 년 몸은 괜찮았다. 싹싹 빌어도 공순이 냄새 때문에 다시 하는 일은 없겠지만."

공장장은 분이 풀리도록 어머니를 걷어차곤 차로 간다. 후진을 하더니 앞을 향해 급발진 하듯 소리를 높이며 어머니와 내가 쓰러져 있는 옆을 지나긴다. 검은색 승용차가 새빨간 미등을 야생의 눈으로 번뜩이며 멀어져 간다.

나는 뜻하지 않게, 욕지기가 나게 솔직한 저 인간이 좋아진다. 좋다. 좋아해 보자. 내가 하지 못한 말을 거리낌 없이 뱉는 저 야비하고 추악한 인간을 좋아해보자. 어머니가 살아남기 위해 나를 외부에 내놓기를 꺼려했던 것과 마찬가지로, 저 인간이 어머니를 공순이라 이용하고 내쫓았던 것과 마찬가지로, 나는 이미 끝난 이 게임에서 오롯이 살아남는 걸로 세상의 균형을 깨지 않겠다. 공순이에서 벗어나지 못하는 장애인이 있고, 하반신불수라는 장애인이 있고, 공순이라 병신새끼라 부르며 자신을 온전한 사람으로 아는 장애인이 있는데, 그보다 더한 것이든 못한 것이든 무슨 대수란 말인가.

나는 엉금엉금 기어가 어머니의 손에서 드라이버를 뺀다. 어머니의 손등과 손목엔 놈의 구둣발 자국이 피멍으로 맺혀 있고 부러진 듯한 뼈는 힘없이 건들거린다.

나는 드라이버를 꽉 쥐고 헤드를 뺨에 댄다. 차가운 감촉이 등골을 타고 머릿속을 찌른다. 나를 꼭꼭 감추고 싶어 했던 어머니. 공순이 미혼모라는 주홍글씨를 떼려 안간힘을 쓴 어머니. 나는 차갑기만 한 골프채를 흙바닥에다 꽂는 걸로 어머니와 세상에 예의를 갖춘다.

한강 바람이 은빛 드라이버 헤드를 부드럽게 쓰다듬는다. 어둠 속에서 은빛으로 빛나는 헤드가 푸른 잔디 위에 날씬하게 서 있는 핀의 깃발로 보인다. 어머니는 저 핀이 꽂힌 홀 컵에다 미스 샷을 날리는 게 아니라, 더프를 하는 게 아니라, 원 퍼트로 홀인원을 하길, 나는, 진정, 바란다.

클럽 위로 나팔꽃이 덩굴을 감으며 올라간다. 가리봉동에서의 나팔꽃이 모두가 환호하는 나팔꽃으로 피어난다.

이윽고, 나팔꽃에서 연보랏빛 향내가 퍼지기 시작한다. 나는 있

는 한껏 코를 벌름댄다. 나팔꽃 향내가 물에 내려앉은 바람을 타
고 눈물로 번득이는 내 얼굴에 너울져 내린다. ❑

루시의 딸

이렇게 말해도 된다면, 저는 낙타입니다. 낙타는 덜컥 태어났습니다. 사막이 아닌 도시 한복판에서 말입니다.

수진은 마침표를 찍는다. 문장의 낙타가 모니터를 나와 키보드를 터벅터벅 걷는다. 사구도 태양도 없는, 자음과 모음 사이를 헤매는 낙타. 낙타의 봉이 막막하다.

땅땅땅!

수진은 컴퓨터 의자에서 일어나려다 말고 그대로 있는다.

다시 땅땅땅!

또 땅땅땅!

쉴 새 없이 땅땅땅!

수진은 입을 옹송그리며 키보드에 손가락을 얹는다. 비읍과 시옷과 피읖과 아와 어, 오와 에, 그것들을 적당히 섞어 치면 문장이 나온다. 원하는 문장이, 때론 원치 않는 문장도. 수진은 타닥타닥 키보드를 친다.

낙타는 사막을 모릅니다. 낙타가 아는 건 지하철뿐입니다. 낙타는 집을 나와 지하철을 탑니다. 오늘따라 지하철을 타려는 사람이 많습니다. 낙타는 사람들을 비집고 지하철에 오릅니다. 낙타가 가는 곳은 시내에 있는 시장통입니다.

땅땅땅!
땅땅땅!
수도 없이 땅땅땅!
수진은 무겁게 일어나 할머니에게로 간다. 할머니는 가래처럼 끈적하고 희끄레 해진 눈으로 수진을 노려본다. 할머니가 효자손으로 수진을 친다. 수진은 효자손을 빼앗아 휙 던진다. 효자손이 벽에 부딪혀 방바닥에 떨어진다. 갈퀴처럼 생긴 막대 끝이 수진 쪽으로 발랑 잦혀진다.

수진은 할머니를 잡아 일으킨다. 몸도 살덩이도 아닌 거대한 바윗덩이. 천 년은 갈아도 바윗덩이로 남아있을 바위산. 수진은 간신히 할머니를 일으켜 요강에 앉힌다. 할머니는 간유리처럼 뿌예진 눈으로 수진을 쏘아본다. 쫄쫄쫄 오줌 누는 소리가 그친다. 수진은 할머니를 일으켜 자리에 눕힌다. 수진의 머릿밑으로 후끈 땀이 솟는다. 할머니가 손을 내민다. 수진은 할머니 손에 효자손을 쥐어준다.

수진은 다시 컴퓨터 앞에 앉는다. 시장통입니다, 라는 글자가 잔칫집을 스크린 영상으로 내보낸다.

6교시 영어 수업이 한창일 때였다. 교실 문이 열리고 교무실 여직원이 영어 교사에게 쪽지를 건넸다. 영어 교사는 쪽지를 읽더니 수진을 불렀다. "할머니가 쓰러져 병원에 계신다는구나. 이 병원으로 가봐라."

수진은 허둥지둥 책가방을 챙겨 들고 쪽지에 적힌 병원으로 갔다. 가는 동안 엉뚱하게도, 올 것이 왔다는 생각이 너풀거렸다.

수진은 불안을 털어내며 작은 개인병원으로 갔다. 할머니는 의식을 잃은 채 누워있었고 할머니 옆엔 사십 대 후반으로 보이는 남자가 서 있었다.

남자가 수진에게 말했다. "니가 저 할머니 보호자란 말이니?" 수진은 그렇다고 대답했다. 남자는 난감한 표정을 감추지 못했다. "너 말고 다른 누구… 어른은 없니?" 수진은 없다고 대답했다. 남자는 한동안 말이 없더니 할머니를 눈으로 가리키며 말했다. "시장통에서 쓰러지신 걸 모셔왔다. 일단 응급처치로 위험한 고비는 넘겨 다행이다만… 병원비는…."

수진은 고개를 숙였다. 기초생활보조금과 할머니가 건물을 청소해서 번 돈으로 겨우 살아가는 처지, 병원비는 날벼락이었다.

남자가 말했다. "형편이 곤란한 모양인데 일단 병원비는 내가 내고 가마. 나도 좋은 형편은 아니다. 너 혹시 이 근처에 있는 잔칫집이라고 아니? 내가 종종 그곳에 가는데 시간 날 때 글루 좀 와라."

수진은 시장통입니다,에 이어 글을 쓰기 시작한다.

시장통에는 잔칫집이라는 식당이 있습니다. 허름하니 오래된 집이지만 잔칫집처럼 손님들로 북적였습니다. 잔칫집에서 처음 아르바이트를 시작했습니다. 제 나이 열여덟, 고2 때였습니다.

땅땅땅땅땅땅!

스텐리스 요강 때리는 소리가 벼락 치는 소리보다 더하다. 수진은 키보드를 두드리다 말고 멈춘다.

땅땅땅땅땅땅땅땅 …

수진은 귀를 틀어막는다. 저 소리는 요강에서 나는 소리가 아니다. 꽹과리가 흥에 겨워 춤추는 소리고, 북이 노래하는 소리고, 징이 장단 맞춰 내는 소리다. 아니, 사람을 조준 사격하는 총소리다.

수진은 할머니 손에서 효자손을 빼내 던진다. 효자손의 갈퀴가 벽에 툭 부딪히더니 이불로 떨어진다.

수진은 가스대에 놓인 냄비를 연다. 아침에 먹다 남은 김칫국이 아직은 미지근하다. 수진은 국을 떠 대접에 담고 전기밥통에서 밥 한 주걱을 퍼 김칫국에 만다. 김칫국이 담긴 대접에 숟갈을 꽂고 할머니에게로 간다.

할머니는 김칫국처럼 미적지근해진 눈으로 김칫국을 본다. 수진은 밥덩이를 숟갈로 으깨어 김칫국과 섞는다. 수진이 김칫국밥을 한 숟갈 떠 할머니 입에 넣는다. 할머니가 말없이 받아먹는다. 수진은 잔칫집에서 보글보글 끓던 찌개며 부침개가 어른거린다.

수진이 잔칫집으로 갔을 때 병원비를 대준 남자는 보이지 않았다. 수진은 엉거주춤 서 있기만 했다. 잔칫집 여주인이 다가왔다. "혹시 그 학생?" 수진은 그렇다고 대답했다. 여주인은 빈자리를 가리키며 앉으라고 말했다.

여주인이 테이블 맞은편에 앉으며 말문을 열었다. "할머니는 좀 어떠셔? 사촌 오빠가 쓰러진 할머니를 병원으로 모셨다는 얘기 들었어." 수진은 거동을 못한다고 말했다. 여주인은 잠시 망설이는 듯하더니 말했다. "아직 학생이라 좀 그렇긴 한데 여기서 아르바이트 해 볼 생각 없니? 학교 끝나고 저녁 때. 별로 어렵진 않을 거야. 서빙하는 거니까."

가게 안으로 손님들이 자꾸만 들어왔다. 여주인은 손님들을 흘깃대며 빨리 말을 마치고 싶어 하는 눈치였다. 수진은 가만히 고개를 끄덕였다. 여주인이 자리에서 일어나며 말했다. "공부할 나이에 안 된 얘기지만 우리 사촌 오빠도 일용직에 형편이 안 좋거든. 병원비 얘기야."

수진은 그 자리에서 앞치마를 두르고 서빙을 시작했다. 밤 열 시가 넘자 손님들이 뜸해졌다. 마지막손님이 나가자 여주인은 철판에 남았던 굴전 몇 개와 새로 부추전 한 장을 부쳐 쿠킹호일에 쌌다. 여주인이 쿠킹호일을 내밀며 말했다 "오늘 애 많이 썼어. 이

거 할머니 갖다 드려."

할머니는 김칫국에 만 밥을 그저 우물거리기만 한다. 할머니가 밥을 다 먹더니 손을 내민다. 수진은 할머니에게 효자손을 쥐어주고 컴퓨터 앞으로 간다. 제 나이 열여덟, 고2 때,라는 문구가 면도칼로 베이듯 아려온다.

아르바이트로 시작한 식당 서빙은 기초생활보조금보다는 나은 편이었지만 계속 들어가는 병원비와 월세, 생활비를 충당하기엔 턱없이 부족했다. 거동이 어려운 할머니를 보살피는 것도 쉽지 않았다. 학교 수업이 끝나면 곧장 잔칫집으로 가야했다. 학업과 아르바이트와 집안일을 병행하기엔 몸이 열 개라도 모자랐다. 수진은 여름방학을 기점으로 학교를 그만두었다.

수진은 문장을 이어나간다.

잔칫집에서의 아르바이트는 순조로웠습니다. 학교를 그만두고 점심 때부터 밤까지 일했습니다. 일한 돈으로 병원비를 갚았고 그 다음 달부터는 정식 직원이 됐습니다. 시장통의 작은 식당에서 정식 직원이라는 말은 어울리지 않습니다. 하지만 시간제가 아닌 월급제였으니 정식 직원은 정식 직원입니다. 정식 직원으로 칠 개월을 일한 후 자리를 옮겼습니다.

땅땅땅! 땅땅땅! 땅땅땅!

스텐리스 요강 때리는 소리가 모든 문장을 집어삼킨다. 수진은 글쓰기를 멈추고 자리에서 일어난다. 할머니가 효자손으로 약봉지를 가리킨다. 수진은 약봉지를 찢어 약을 꺼낸다. 할머니가 입을 딱 벌린다. 어두컴컴한 동굴 속처럼 생긴 입안. 온갖 벌레와 괴물의 안식처처럼 생긴 입속. 수진은 할머니 입안에 약을 넣고 물컵을 입에 대준다. 할머니가 약을 삼킨다.

수진은 할머니 옆에서 웅크려 있기만 한다. 약을 삼키듯 살아가는 사람은 얼마나 될까. 삼킨 만큼 결과가 좋아진다는 보장은 없나.

잔칫집은 오전 열한 시부터 밤 열 시까지 손님들로 붐볐다. "여기 소주 한 병 더 주세요!" "여기 녹두전 하나 빨리 주세요!" "여기 막걸리 한 병 더요~" "물 좀 주세요!" "여기요~ 생굴무침 하나 추가요!" "여기 묵하고 얼큰수제비요~"

수진은 소주와 막걸리를, 녹두전과 묵을, 생굴무침과 얼큰수제비를 쉴 새 없이 날랐다. 술로 불콰해진 중년 남자가 수진의 엉덩이를 쓱 만지며 말했다. "얼굴도 빤빤하고 스타일도 좋구만. 너 몇 살이냐?"

또 다른 테이블에서 지분거렸다. "얼마면 되겠냐? 나, 돈 많은 죄밖엔 없다."

수진은 못 들은 척 빈 그릇을 치웠다. 나가던 남자가 수진의 앞치마 주머니에 명함을 찔러 넣으며 말했다. "연락해라. 이뻐해 줄게."

그때마다 약을 삼키듯 삼켰지만 나아진 건 없다. 할머니는 건물 화장실을 청소할 때보다 세 배는 뚱뚱해지고, 굶어죽지 않은 것만도 다행일 만큼 허덕이는 것도 여전하다. 아주 잠시, 형편이 조금 나아진 때도 있긴 했다.

수진은 할머니에게 효자손을 쥐어주고 컴퓨터 앞에 앉는다. 자리를 옮겼습니다, 라는 단락에서 추적추적 비가 내린다.

수진은 잔칫집에서 일을 마치자 지하철을 타러 계단을 내려갔다. 웬 남자가 쫓아오며 아는 척을 했다. "아가씨, 할 말이 좀 있는데…."

수진은 종종거리며 승강장 쪽으로 갔다. 남자가 따라오며 말했다. "잔칫집에서 나 본 기억 없어요?" 수진은 전동차가 오는 쪽을 보기만 했다.

남자는 수진의 곁을 왔다 갔다 해가며 조금은 성마르게 말했다. "왜 이렇게 까칠하실까. 싹싹하게 굴던 건 잔칫집에서만 하겠다? 뭐, 것도 나쁘진 않지."

전동차가 왔다. 수진은 전동차 안으로 들어갔다. 남자가 따라 들어와 옆자리에 앉았다. "잔칫집에서 일하는 거 좋아요? 그 얼굴에, 그 키에, 그 스타일에… 잔칫집에 있기엔 아깝다는 생각 안 들어요?"

수진은 앞만 볼 뿐 아무 대꾸도 하지 않았다. 남자가 지갑에서 명함을 꺼내며 말했다. "까놓고 얘기하지. 잔칫집 때려치워요. 아가씨한텐 안 어울려. 아가씨처럼 에이급 비주얼이면 거기보다 좋은 데 많아. 일하는 환경도 좋고 페이도 좋아. 그러니까 지금 어떤 미친놈이 작업 건다 생각하겠지만 유감스럽게도 나, 그런 놈 아니거든? 크다고 할 순 없지만 사업하는 사람이라고. 아주 착실하게."

남자는 연락하라는 말을 남기고 전동차에서 내렸다.

수진은 집으로 돌아와 그동안 받았던 명함을 하나하나 꺼내보았다. 명함에 박힌 이름들, 직업들, 직위들은 유혹의 미소를 흘렸다. 안정을 보장해주겠다고 목소리를 높였다.

수진은 지하철에서 받은 명함을 만지작거렸다. 가짜일지라도… 가짜가 아닐지도. 수진은 한동안 명함을 들여다보다 다른 명함과 함께 작은 상자에 넣었다.

밤이 깊어갔다. 할머니는 푸푸거리며 잠에 빠져있었다. 수진은 할머니 곁에 누웠다. 이번 달 지출할 내역이 명세표로 떠올랐다. 월세를 내고 병원비와 공과금을 빼면 세 끼 중 한 끼는 줄여야 했다.

수진은 자리에서 일어났다. 가짜일지라도… 가짜가 아닐지도. 수진은 작은 상자를 열고 지하철에서 받은 명함을 꺼냈다. 명함에 찍힌 이메일 주소가 생명보험의 증권 번호인 듯이 보였다. 수진은 두근대는 가슴을 다독이며 이메일 주소를 치기 시작했다.

수진은 키보드에 손가락을 얹다 말고 뒤를 돌아본다. 할머니는 약 기운에 빠져 잠들어 있다. 한동안 땅땅땅! 소리는 나지 않을 것이다. 수진은 한 자 한 자 치기 시작한다.

옮긴 직장은 와인 바였습니다. 잔칫집에 비해 일도 수월하고 급여며 환경도 좋았습니다. 출퇴근에 걸리는 시간은 잔칫집으로 가는 것보다 이십여 분 더 걸렸지만 오후에 출근한다는 점이 마음에 들었습니다. 오전엔 할머니를 돌보고 집안 일 몇 가지를 해놓고 나갔습니다. 부수적이지만 유니폼을 입고 일한다는 것도 꽤 괜찮았습니다. 유니폼은 술집여자라기보다 여직원이라는 인상을 줄 수 있었습니다. 유니폼엔 학교에서처럼 명찰을 달았습니다. 저는 유니폼과 명찰을 좋아했지만 손님들은 유니폼이나 이름 따위엔 관심이 없었습니다.

손님을 받을 때 제일 중요한 건 말동무가 돼 주는 일이었습니다.

현장에 투입되기 전, 그러니까 바로 나가 손님을 대하기 전, 사장님으로부터 교육을 받았습니다. 우선 손님에게 친절할 것, 손님 보다 아는 척하지 말 것, 손님의 수준이 어느 정도인지 파악할 것, 농담은 받아주되 같이 하지 말 것, 극존칭을 쓸 것, 대학을 나왔거나 휴학 중이라고 말할 것, 사생활을 물어보면 적당한 선에서 자를 것, 그런 정도였습니다. 여러 가지 술을 맛보며 술에 대한 지식도 공부했습니다. 간단하게나마 일반 상식이며 문화적, 역사적, 정치적 지식 같은 것도 배웠습니다.

여기까지 치자 수진은 문장 맨 앞으로 커서를 옮긴다. 몇 번이고 읽다 와인 바로 자리를 옮겼다는 대목만 남기고 모두 지운다.

와인 바에 오는 손님들은 대부분 남자들이었다. 남자 두 서넛이 함께 오는가 하면 혼자 오는 경우도 심심찮게 있었다. 그들은 잔칫집에 오는 손님들과는 달랐다. 대부분 화이트컬러로 증권회사 중역이거나 대기업 임원, 의사, 법조계 사람들, 정치인도 있었다. 그들은 아무리 취해도 일에 대한 얘기는 꺼내지 않았다. 그저 외롭다느니, 마음을 터놓고 얘기할 친구가 있었으면 좋겠다느니, 아무 때나 전화를 걸어도 받아줄 여자가 있었으면 좋겠다는 정도였다. 개중엔 자신을 대단한 사람인 양 떠벌이는 사람도 있었다.

영화기획사 대표라는 남자가 수진을 찾아왔다. 일부러 수진을 찾아온 건 벌써 세 번째였다. 그는 수진의 명찰을 보며 말했다. "수진 씨, 얼굴을 조금 옆으로 돌려보면 안 될까? 얼굴선이 기가 막히는군. 어때, 영화에 출연할 맘 없어?" 수진은 살짝 미소를 띠며 대답했다. "감사합니다. 말씀만 받겠습니다." 영화기획사 대표는 아쉽다는 듯 다시 한 번 말했다. "거짓말 하는 거 아냐. 키며 얼굴이며 아주 좋아. 분위기도 좋고. 어때 한 번 해 볼 의향 없어? 조연 정도는 줄 수 있어." 수진은 이번에도 같은 말로 대답했다. "감사히 말씀만 받겠습니다." 영화기획사 대표는 미련이 남은 투로 잘 생각해 보라는 말을 던지고 갔다.

수진이 일을 마치고 탈의실로 가자 민이 뒤따라 들어왔다. 민은 빈들빈들 웃어가며 말했다. "너, 조심해라. 영화기획사 대표가 한 얘기, 다 썰이야. 데뷔는 무슨 데뷔? 그 말 믿고 나갔다 완전 신데렐라 병 든 애 있어. 그 병에 걸리니까 약도 없더만."

땅땅땅! 땅땅땅!

수진은 반사적으로 일어나 할머니에게 간다. 할머니는 효자손을 움켜쥐 채 상한 굴처럼 데 버린 눈을 불안스레 굴린다. 수진은 할머니를 일으켜 요강에 앉힌다. 할머니가 쫄쫄쫄 오줌을 눈다. 수진은 할머니 옆에 쪼그리고 앉아 오줌 누는 소리가 그치길 기다린다.

이런 기다림은 기다림도 아니다. 해질녘이면 금세라도 대문을 열고 들어올 듯했던 엄마. 껌껌해질 때까지 대문 앞에 쪼그려 앉아 골목 끝을 바라봤던 시간. 길에서 엄마와 비슷한 사람을 보면 철렁 내려앉던 심정. 뒤쫓아 가 얼굴을 확인하고 돌아서야 했던 발걸음.

수진은 기다림이라는 단어는 누구도 아닌 엄마가 만들었을 거라는 생각이 든다. 할머니가 효자손으로 수진을 쿡 찌른다. 수진은 할머니를 일으켜 요에 뉜다. 할머니는 점점 달아나는 기억에 편승한 듯 멀거니 앞만 본다.

수진은 요강을 들고 밖으로 나간다. 안집 마당을 거쳐 대문 옆에 있는 화장실로 가 요강을 비운다. 빈 요강을 들고 마당 한편에 있는 수돗가로 간다. 수도꼭지를 틀고 빈 요강을 헹군 후 수세미에 빨래비누를 문댄다.

수진은 수세미로 요강 안쪽을 닦으며 하늘을 올려다본다. 하늘은 할머니의 눈동자처럼 희멀건하다. 겨울로 접어든 바람이 효자손의 갈퀴인 양 수진의 뺨을 할퀸다.

벌써 겨울이다. 겨울이면 마을버스도 다니지 않는 이 산꼭대기 집은 준비해야할 것이 많다. 눈이 내리기 전에 연탄도 들여놔야 하고 쌀도 사다놔야 한다. 어떻게, 무슨 수로. 두려움이 파르르 날갯짓한다.

수진은 한숨을 삼키며 비눗기를 헹군다. 다 헹군 요강을 옆에 놓고 비눗갑이며 솔, 세숫대야, 바가지를 정돈한다.

수진은 일어나다 말고 솔로 하수구며 수돗가를 벅벅 문댄다. 아무리 문대도 남아 있는 가난. 수진은 가난을 씻어 없애려는 듯 수도꼭지에 낀 호스를 이리저리 돌린다. 겨울을 담은 바람이 제법 날을 세우며 분다. 물 묻은 손이 시리다. 그때 오가던 말도 시리다.

대기업 중역이라는 남자가 수진에게 물었다. "학교는 어디까지 나왔나?" 수진은 사장이 일러준 대로 대답했다. "휴학 중입니다." 남자가 술잔에 술을 따르며 말했다. "몇 학번?" 수진은 말없이 웃기만 했다. 남자가 술잔을 입에 털어 넣은 후 말했다. "왜 휴학했지?" 수진은 사장이 예를 들어가며 해준 말을 했다. "학비를 마련하려고요." 남자는 고개를 끄덕이며 중얼거렸다. "학비라… 여기서 버는 돈이 학비 조달에 도움이 될 정도인가?" 수진은 말없이 미소만 지었다.

남자는 술을 다 마시자 카운터로 가 계산을 했다. 계산서를 받자 남자는 수진에게 와 십만 원짜리 수표를 내밀었다. 수진은 수표를 도로 건네며 말했다. "감사합니다만 팁은 받지 않습니다."

남자는 고개를 갸웃하더니 이번엔 명함을 꺼냈다. "전공이 뭐지?" 수진은 준비해 둔 말을 했다. "무용입니다." 남자는 조금 뜨악해 하더니 이내 말했다. "그래서 스타일이 좋은가? 아무튼 그 번호로 연락해요. 전공에 맞는 자리가 나면 말을 넣어볼 테니까."

수진은 기억을 털어내듯 손의 물기를 털어낸다.

대문이 열리고 안집 주인이 들어온다. "아가씨, 요새 직장 안 나가? 월세 석 달이나 밀린 거 알지? 그러다 보증금까지 까먹으면 어떡하려고 그래. 우리 집 양반도 일자리가 없어 굶어죽을 판이야. 나도 식당 설거지하던 일 잘려서 알아보고 오는 중이야. 집에만 있지 말고 어떻게 좀 해봐." 수진은 알았다고 말하고 쫓기듯 뒷방으로 간다.

수진은 할머니 옆에 요강을 놓고 컴퓨터 앞으로 간다. 옮긴 직장은 와인 바였습니다,의 '다'에서 커서가 깜박인다. 커서가 막막하기만 하다.

막막함은 사막이다. 별이 뜨고 뜨거운 바람이 들썩이는 저 먼 사막이 아니라 헤드라이트를 닮은 눈동자가 번뜩이는 도시라는 사막.

변호사인 남자가 수진을 단골로 찾아오기 시작했다. 그는 수진을 찾긴 했지만 혼자 술을 마실 뿐 말을 걸진 않았다. 그가 처음으로 한 말은 여기서 일하기 힘들지 않느냐는 말이었다. 수진은 아니라고 대답했다.

그가 의자 등받이에 등을 기대며 작은 소리로 말했다. "아직도 솜털이 보송보송하군. 혹시 자리 옮길 맘 없나?" 수진은 눈을 내리깐 채 미소만 지었다. 그가 술잔을 잡으며 말했다. "말동무가 필요해. 나 말고 우리 와이프. 와이픈 자네처럼 젊고 예쁜 여자를 좋아하지. 보수는 여기보다 따블로 줄 수 있어. 생각 있음 연락해요." 변호사는 먹다 남은 술과 명함을 남기고 갔다.

수진은 일이 끝나자 탈의실로 갔다. 윤이 뒤쫓아 들어오며 비아냥거리는 눈빛으로 수진의 아래위를 훑었다. 윤은 라커에 등을 기댄 채 짝다리로 건들대며 말했다. "너, 그 변호사 조심해라. 너 오기 전에 그 손님, 영 언니 거였어. 영 언니 단골이었다고. 영 언니,

지금쯤 너 벼르고 있을 걸?"

영 언니라면 와인 바에서 사장 다음 가는 최고참이었다. 나이나 경력으로 쳐도 수진과는 비교가 되지 않았다. 수진은 입을 다문 채 와인 바를 나왔다.

거리는 흐드러지게 피었던 네온의 꽃을 접고 있었다. 겨울도 아니건만 을씨년스러웠다. 수진은 뛰다시피 지하철 출입구로 내려갔다. 지하철은 이미 끊겨 있었다. 수진은 다시 계단을 올라 버스 정류장 쪽으로 갔다.

뒤에서 누군가가 불렀다. "야! 꼬맹아! 나 좀 보자." 영 언니가 잠자리 날개 같은 머플러를 살풋 날리며 다가왔다. "너, 손님들 싹쓸이 할 거니? 얌전한 척 눈 내리깔고 앙큼만 떨면 다냐? 니 덕분에 우리 직원들, 뜨내기만 받는 거 몰라? 애가 눈치가 없는 거야 양심이 없는 거야?"

수진은 대꾸할 말을 찾지 못한 채 머플러만 봤다. 머플러는 영 언니의 목에 감긴 게 아니라 밤바람에 감겨 하늘거렸다.

영 언니가 수진의 이마를 손끝으로 톡톡 밀치며 말했다. "너, 미성년자라는 거 다 알아. 확 불어버리기 전에 알아서 해라. 두고 보자니까 애가 분수를 몰라요."

땅땅땅! 땅땅땅!

수진은 깜박대는 커서에서 눈을 돌리지 않는다. 땅땅거리는 저 소리는 낙타에겐 맞지 않는다. 낙타는, 낙타도, 잠자리 날개 같은 머플러를 좋아한다. 그런 머플러를 두르고 사구 꼭대기에서 달빛

과 소곤댈 줄도 안다. 달빛을 엮어 낙타 목에 꽃 메달도 걸어주고,
달빛의 숨결로 무겁기만 한 봉에 시도 새겨주고 싶어 한다. 낙타
는, 낙타도, 괜찮은 것과 괜찮지 않은 것은 안다.

땅땅땅! 땅땅땅!

수진은 자리에서 일어난다. 할머니가 효자손으로 주전자를 가
리킨다. 수진은 물을 따라 할머니에게 먹이고 컴퓨터 앞으로 간다.

그 다음 직장은 개인 집이었습니다. 개인 집을 직장이라 말하긴 그렇
지만 제겐 직장이었습니다. 힘들게 결정해서 갔던 만큼 보수는 좋았습
니다. 그 직장에서 한 일은 도우미였습니다. 가사 도우미가 아니라 우울
증을 앓고 있는 부인에게 말동무가 돼 주는 일종의 간병인이었습니다.

수진은 간병인이라는 대목까지 치자 키보드에서 팔을 내린다.
그 부인은 지금도 간병인을 찾고 있을까. 마음이 아픈 사람과 생
활고에 시달리는 사람의 무게를 달면 어느 게 더 무거울까.

수진이 와인 바를 그만두고 변호사에게 연락했을 때 변호사는
말했다. "혼자 있는 걸 못 견뎌하니까 그냥 옆에만 있어주면 돼."

수진은 변호사가 알려준 집으로 갔다. 집은 두 사람이 살기엔
지나치게 넓었다. 혼자 있는 게 싫을 법도 했다.

수진이 안으로 들어가자 변호사의 아내는 소파에 앉은 채 수진
을 보는 둥 마는 둥했다. 수진은 고개를 숙이며 인사했다. "처음

뵙겠습니다. 혼자 계신다는 말씀을 듣고 왔습니다.”

부인은 가타부타 말 한마디 없이 어디랄 곳도 아닌 곳을 보기만 했다. 수진은 부인 곁으로 가며 말했다. “주스라도 만들어 드릴까요.”

그제야 부인이 돌아봤다. 부인의 동공은 더할 수 없이 깊이 들어가 있었고 눈빛은 잘 간 칼날처럼 번득였다. 견딜 수 없는, 견디기 힘든 눈이었다.

부인은 눈빛과 꼭 닮은 음성으로 말했다. “넌 누구니?” 수진은 잠시 그대로 있다 대답했다. “말동무가 되어 드리려고 왔습니다.”

부인이 소파에서 일어나며 말했다. “누구 맘대로?” 수진은 묵묵히 듣기만 했다. 부인은 거실을 서성대며 말했다. “누굴 정신병자로 모는가 본데 웃기네. 그 놈이 별별 짓을 다하더니 이젠 새파란 년까지… 그런 놈이야말로 정신병자 아냐?”

수진은 변호사가 한 말이 생각났다. 무슨 말을 하든 들어만 주면 된다고. 들어주는 게 수진이 할 일이라고.

부인은 다시 소파에 풀썩 주저앉는가 싶더니 묶은 짚단이 쓰러지듯 쓰러졌다. 눈은 감고 있었지만 눈 속 어딘가는 분주히 움직였다.

땅땅땅! 땅땅땅!

살인적인 저 소리, 수진은 질끈 눈을 감는다.

땅땅땅! 땅땅땅! 땅땅땅!

살인을 부르는 저 소리, 수진은 귀를 틀어막는다.

땅땅땅땅땅땅땅땅땅땅땅!…

수진은 가만히 의자에서 일어나 그대로 서 있는다. 등 뒤로 할머니가 보인다. 할머니는 어머니와 빼닮은 얼굴로 갈퀴 달린 효자손을 휘두른다. 돈을 벌어와 이것아! 월세를 내 이것아! 맛있는 걸 먹여줘 이것아! 재활치료는 왜 안 해주는 거야 이것아!

수진은 부르르 주먹을 쥔다. 할머니의 무기는 효자손이다. 부당해고를 당해도, 치한에게 욕을 당해도, 교통사고를 당해도, 눈알이 뽑히고 간과 신장이 도둑질 당해도, 할머니는 보호자가 돼주기는커녕 땅땅땅! 갈퀴손만 두드린다. 강하기만 한 약자, 약하기만 한 강자, 할머니는 그 부인과 꼭 닮았다.

부인은 지친 표가 역력했다. 소파에 누워 언제까지 있기만 하던 부인이 부스스 일어나 앉았다. 퀭한 눈은 여전했고 경계심과 질투심은 소파에 눕기 전보다 더했다.

부인이 갈라진 음성으로 말했다. "내 꼴이 우습니? 나를 정탐하러 왔다면 그 놈한테 이렇게 보고해. 마누라는 멀쩡하더라고."

수진은 부인 곁에 앉으며 말했다. "따끈한 우유라도 한 잔 드시겠어요? 아니면 달콤한 캔디나 케이크라도 찾아볼까요." 부인은 수진의 말을 귓전으로 흘리며 밑도 끝도 없는 말을 흘렸다. "그 놈이 여자랑 호텔로 들어가는 걸 봤어. 어? 지금도 저 강남 호텔 506호실로 들어가네. 저곳이 저 놈의 단골 호텔이야. 보여? 보이지? 내가 이렇게 보고 있는데도 딱 잡아뗀다니까. 개자식!"

부인은 섬망중인가. 말이 안 되는 말을 들어주는 것에도 정도가 있다. 부인은 말동무가 필요한 게 아니라 병원 치료가 필요하다.

수진은 이대로 있어야 할지 나가야할지 난감했다.

부인이 수진을 쏘아보며 격앙된 음성을 쏟아냈다. "여자가 하나가 아냐. 젊은 년, 늙은 년, 이혼녀, 과부, 이젠 딸 같은 년까지… 나 참 이게 사람이 할 짓이야?"

수진은 자리에서 일어났다. "전 그만 가봐야 할 거 같습니다. 제가 해드릴 게 없는 듯합니다." 부인은 수진이 발걸음을 떼기도 전에 전신을 와들와들 떨며 울먹였다. "간다고? 가긴 어딜 가! 날 두고 어딜 가! 날더러 혼자 있으라구? 가지 마! 가지 말란 말이야!"

부인의 극심한 변화는 연극의 한 배역을 열정적으로 하는 듯이 보였다. 말이 안 되는 소리도, 가지 말라고 애원하는 소리도 진심을 다하는 듯했다. 부인의 진심은 집을 나간 엄마와 같을지도 몰랐다. 울며 매달리는 어린 딸을 매몰차게 뿌리치고 가야할 정도로 자신에게 충실한, 그런 사람들의 상투성이 부인에게서 흘러나왔다.

수진은 잠시 서 있다 부인의 손을 잡았다. "진정하세요. 가지 말라면 가지 않겠습니다." 수진은 핸드백에서 초콜릿을 꺼내 부인의 입에 넣어주었다.

땅땅땅땅땅땅…

수진은 핸드백에서 초콜릿을 꺼내 할머니에게로 간다. 할머니가 효자손으로 수진의 등을 후려친다. 수진은 할머니를 끌어안으며 할머니 입에 초콜릿을 넣어준다. 할머니는 초콜릿을 우물대며 입맛을 쩝쩝 다신다. 수진은 할머니 등을 쓸어주며 토닥인다.

수진은 부인의 등을 쓸어주며 토닥였다. 부인은 초콜릿을 삼키며 울먹였다. "나, 미친 걸로 보여?" 수진은 아니라고 말했다. 부인은 우물처럼 깊게 들어간 눈을 이리저리 굴려가며 말했다. "혼자 있는 게 무서워. 나만 빼고 모두 행복해. 무서워 죽겠어. 가지 마."

수진은 부인을 이해했다. 이해하지만 인정하고 싶지는 않았다. 할머니와 어머니도 이해하지만 인정하고 싶지 않았다. 그들에겐 채우고자 하는 욕망만 있었지 책임과 의무는 없었다.

수진은 할머니를 놓고 컴퓨터 앞으로 간다. 모니터엔 말동무가 돼 주는 간병이라는 대목이 선연히 피를 흘린다. 나만 빼고 모두 행복한 것. 행복의 기준은 늘 흔들린다. 어깨를 나란히 하고 있어도, 같은 이불을 덮고 있어도, 행복의 자의성은 어째보지 못한다. 모두가 부인처럼 행복에 앓는다.

수진은 숨을 고르며 이어서 치기 시작한다.

몸이 아니라 마음을 다친 사람을 간병한다는 건 쉽지 않았습니다. 그런 분께 말동무를 해주려면 인내심이 있어야했습니다. 인내심에도 한계가 따른다는 걸 알았습니다. 그러나 점차 부인을 알게 되면서 공감하는 부분도 생겼습니다. 부인은 남편과 같은 대학, 같은 과를 나온 수재였습니다. 남편은 결혼 후 변호사로 탄탄대로를 걸었고 부인은 전업주부로 주저앉게 되었습니다. 부인은 남편을 볼 때마다 낙오된 느낌이 들었고 자신을 혐오하기 시작했습니다. 남편의 귀가가 늦어질 때면 안절부절 못하면서 밤을 지새웠습니다. 불안과 불면증의 시초였습니다.

수진은 쓰기를 멈추고 문장을 훑어본다. 문장이 빡빡하게 가슴을 쥔다. 수진은 커서를 맨 앞 문장으로 옮긴다. 다시 한 번 읽은 후 커서를 그 다음 문장에 둔다. 수진은 두 번째 문장부터 끝까지 지운다.

땅땅땅! 땅땅땅!

수진은 사탕 한 알을 까 할머니에게 간다. 할머니는 효자손을 움켜쥔 채 사탕을 받아먹는다. 사람을 부릴 줄 아는 할머니. 사람을 부릴 줄 아는 변호사.

수진은 변호사가 퇴근해 오자 부인의 집에서 나왔다. 변호사는 대문 앞까지 따라 나오며 말했다. "오래 버텼구만. 한 시간도 못 돼 다들 도망치는데 이 시간까지 있은 걸 보면 성실한 건가 참을 성이 좋은 건가." 수진은 변호사의 말에 아무 대꾸도 하지 않았다. 변호사가 수진의 어깨를 감싸듯이 해가며 툭툭 두드렸다. "수고했어. 내일은 좀 늦게까지 있어줘야겠어. 술자리 약속이 있거든."

와인 바에서 보던 변호사가 아니었다. 변호사는 수진을 찾아오긴 했지만 말없이 술잔만 기울였었다. 관음증 자처럼 수진을 감상하는 것도 아니었다. 무슨 생각에 빠져 있는 것 같지도 않았다. 조용히 술을 따라 마시기만 할 뿐 그 어떤 것에두 눈길을 두지 않았다.

수진은 변호사의 손길에 뜨악해 하며 몸을 뺐다. 수진이 대문을 닫으려 돌아서는 순간 부인이 보였다. 부인은 오래 된 조각물처럼 현관에 서서 수진과 변호사를 보고 있었다. 수진은 가슴이 쿵 내려앉았다.

다음 날 수진이 부인에게 가자 부인은 수진의 얼굴 가까이에 대고 말했다. "남편의 정부와 한지붕 아래서 지낸다는 게 스릴 만점이야. 그 놈이야 당연 그럴 거고 너도 그러니?" 수진은 잠시 그대로 있다 현관으로 나왔다. "이런 말을 듣자고 오는 게 아닙니다. 제게도 인격이 있습니다. 다시 오지 않겠습니다."

수진이 구두를 신고 마당으로 나가자 부인이 현관 앞에서 소리질렀다. "가지 마! 가지 말란 말이야! 무서워! 무섭단 말이야!" 수진은 그 자리에 섰다. 짐 보따리를 챙겨들고 집을 나가던 엄마. 수진이 엄마에게 했던 말을 그대로 하고 있는 부인.

수진은 모니터에 떠있는 글을 한참이나 본다. 마음을 다친 사람을 간병한다는 대목이 마음에 걸린다. 수진은 그 문장마저 삭제시킨다.

부인은 그 무엇도 삭제시키지 못했다. 특히 날이 어둑해지면 우리 안에 갇힌 맹수처럼 집안을 왔다 갔다 했다. 수진이 그만 가봐야겠다고 하면 울다시피 매달리며 무섭다는 말을 반복했다. 수진은 변호사가 오고 난 다음에야 갈 수 있었다.

변호사가 새벽 두 시가 넘어 온 날이었다. 수진이 숄더백을 집어 들자 변호사가 말했다. "물 한 잔만 주고 가지."

수진은 숄더백을 놓고 주방으로 갔다. 컵에 물을 따라 변호사에게 내밀자 변호사는 식탁 의자에 앉으며 말했다. "좀 어때? 우리 와이프 말이야. 좀 나아지는 거 같나? 히스테리는 여전하지?"

수진은 숄더백을 집어 들었다. "저는 전문의가 아니라 잘 모르겠습니다." 변호사는 물을 벌컥벌컥 들이켠 후 말했다. "안전한 대답이군. 동시에 모호한 대답이기도 하구. 서 있지만 말고 잠시 앉지 그래. 내가 불편해서 그래."

수진은 변호사 건너편에 엉거주춤 앉았다. 변호사가 뜻 모를 웃음을 빙글거렸다. "매일 듣는 얘기가 똑같을 거야. 내가 대낮에 여자와 호텔에 들어간다는 둥, 여자가 한 둘이 아니라는 둥… 내가 저 여자한테 이렇게 인기가 좋을 줄 누가 알았겠어."

수진은 시계를 보며 말했다. "더 하실 말씀 없으면 가보겠습니다. 너무 늦었습니다." 변호사는 예의 빙글빙글 웃어가며 말했다. "그렇게 딱딱하게 굴지 마. 그러면 내가 땡기거든. 으아, 공황장애, 분리불안증, 불면증, 환상증, 망상증, 우울증, 의부증, 나도 그런 거 없는 민간인하고 살아봤음 좋겠다."

수진은 숄더백을 메고 현관으로 갔다. 변호사가 뒤따라 나오며 말했다. "자네, 볼수록 매력적이야. 내일도 와 줄 거지?" 변호사가 갑자기 수진을 끌어안으며 입을 맞췄다. 수진은 변호사를 떠다밀었다. 숄더백이 바닥에 떨어졌다. 수진이 숄더백을 집으려 몸을 굽히는 순간 부인의 발목이 보였다. 부인은 언제 나왔는지 수진과 변호사를 빤히 지켜보고 있었다.

수진은 빠른 걸음으로 현관을 나와 대문으로 갔다. 안에서 유리병 깨지는 소리가 났다. 부인의 울부짖음과 변호사의 고함도 났다.

수진은 골목을 빠져나가 대로변으로 갔다. 구급차가 대로변에서 변호사 집 쪽으로 꺾는 게 보였다.

땅땅땅! 땅땅땅!

유리병 깨지는 저 소리, 수진은 뒤돌아보지 않는다.

땅땅땅! 땅땅땅! 땅땅땅!

숨통을 찢으며 부릅뜨는 저 소리, 수진은 뒤돌아보지 않는다.

땅땅땅! 땅땅땅! 땅땅땅! 땅땅땅!

구급차의 앵앵거리는 저 소리, 수진은 그제야 할머니에게로 간다.

할머니는 음산해 보이는 눈으로 수진을 쏘아보며 요강을 친다. 수진은 힘겹게 할머니를 들어 요강에 앉힌다. 할머니가 효자손으로 수진의 머리며 등을 친다.

수진은 할머니를 들어 요에 뉜 후 컴퓨터 앞으로 간다. 모니터엔 우울증을 앓고 있는 부인에게 말동무가 돼 주는 일종의 간병인이었습니다, 라는 대목에서 커서가 깜박인다. 수진은 그 다음을 치기 시작한다.

단체에서 운영하는 간병인은 급여가 정해져 있겠지만 개인이 부르는 경우에는 주는 게 급여였습니다. 첫 달 급여는 와인 바에서 일하던 것의 두 배였습니다. 두 번째 달엔 세 배였습니다. 세 번째 달엔 네 배였습니다. 밤 근무가 점점 길어졌기 때문이었습니다.

수진은 글을 쓰다 멈춘다. 달이 바뀔수록 급여가 좋았다는 건 근무 시간이 늘어서만은 아니었다.

유리병이 깨지던 다음 날 부인은 집에 없었다. 수진은 변호사에게 전화를 걸어 부인의 안부를 물었다. 변호사는 부인이 병원에 입원해 있다고 말했다. 수진은 병원으로 가볼까 하다 그만두었다.

며칠이 지난 후 수진은 부인의 전화를 받았다. 뜻밖이었다. 다시는 부인에게 갈 일이 없을 줄 알았거니와 부인이 전화를 건 것은 처음이었다.

부인은 잔뜩 잠에 취한 목소리로 말했다. "와 줘. 지금 당장. 아무도 없단 말이야."

수진이 도착했을 때 부인은 반쯤 졸며 소파에 앉아 있었다. 신경안정제를 먹어 그렇다곤 했지만 잠을 자는 건 아니었다. 부인은 병원에 입원하기 전과 달라진 게 없었다. 같은 말을 웅얼거리거나 발작적으로 신경질을 부렸다.

변호사도 매한가지였다. 거의 매일 늦게 들어오거나 술 냄새를 풍겼다. 부인은 변호사의 멱살을 잡고 소리를 지르거나 울었다. 구급차에 실려 가는 일도 잦았고 입원하는 횟수도 늘었다.

부인이 퇴원한 다음 날이었다. 변호사는 새벽 한 시가 넘어 들어왔다. 수진은 변호사가 들어오자 서둘러 핸드백을 챙겨들었다. 변호사는 나가는 수진의 앞을 가로막았다. "자네 참 풋풋하구만. 지옥구덩이에서 꿋꿋이 피어난 난초라고나 할까." 수진은 변호사를 밀치며 신발을 신었다. 변호사가 수진을 잡아끌었다. 수진은 변호사를 뿌리치며 목소리를 높였다. "왜 이러십니까? 이거 놓으십시오. 저는 근무를 하러 온 거지 이런 대접을 받으려고 온 게 아닙니다." 변호사는 수진의 입을 손바닥으로 막으며 귓불에 대고 속삭였다. "목소리가 커. 톤을 낮춰. 속삭임 톤이 좋아. 그러니까 이런 말이야. 자넨 사랑스러워. 사랑한다는 말이지."

부인이 식칼을 들고 변호사 뒤로 다가오고 있었다.

수진은 자리에서 벌떡 일어난다. 흐릿한 형광등 빛만이 좁은 방 안을 채운다. 그 아래엔 스텐리스 요강과 거대한 고깃덩이로 누워 있는 할머니, 작은 책상과 오래 된 컴퓨터가 있다. 수진은 숨을 몰아쉬다 문 쪽으로 간다.

문 앞 빨랫바구니에는 빨랫감이 반쯤 들어있다. 수진은 빨랫감을 들고 마당 수돗가로 간다. 수도꼭지를 틀어 대야에 물을 받고 오줌 지린 바지를 물에 담근다. 담근 바지를 꺼내 빨래비누로 벅벅 문댄다. 하나하나 비누로 문댄 옷가지를 물에 헹군다. 헹군 옷가지를 마당에 걸린 빨랫줄에 넌다. 다 넌 후 하늘을 바라본다. 빨래가 마르기엔 햇빛이 좋지 않다. 날도 많이 기울었다. 수진은 시린 손을 맞잡아 비비며 뒷방으로 간다.

컴퓨터는 밤 근무가 길어졌기 때문이라는 대목에서 움직일 줄 모른다. 수진은 키보드에 손가락을 얹는다.

마지막 달은 보너스와 퇴직금을 한꺼번에 받은 것처럼 많았습니다. 일종의 시간 외 수당 같은 것이었습니다.

수진은 뜻하지 않게 변호사로부터 큰돈을 받았다.

부인이 식칼을 들고 가해와 자해를 하고, 수진이 구급차를 부르고, 변호사와 부인이 구급차에 실려 갈 때, 부인은 수진을 향해 부르짖었다. "더러운 년! 할 짓이 없어서 이따위 짓을 해?"

부인의 말은 옳았다. 변호사가 퇴원한 후 얼마 지나 수진은 변호사의 전화를 받았다. "그동안 수고 했어. 덕분에 이혼은 잘 됐지. 살인도 위자료도 없이 깔끔하게. 여러 사람을 써봤지만 자네만큼 오래 견딘 사람은 없었거든. 통장으로 섭섭지 않게 넣었으니 다른 직장 구할 때까지는 쓸 수 있을 거야."

수진은 시간 외 수당이었다는 대목이 목구멍의 가시로 욱신댄다. 수진은 시간 외 수당이라는 문장을 딜리트하고 새 문장을 쓴다.

간병인 일자리를 그만두고 그때 받은 돈으로 몇 개월 할머니를 돌보며 지냈습니다. 이력서를 써 본 적은 없습니다. 쓸 수 있었다면 지금쯤 직장을 다니고 있겠지요. 이렇게 쓴 이력서가 이력서 구실을 할지는 잘 모르겠습니다. 졸업증명서와 건강검진표와 자격증을 가져오면 더 좋을 거라 하셨지만 제겐 그러한 게 없습니다. 열심히 살아온 걸 증명할 서류가 제겐 도무지 없습니다. 제가 가진 것이란 낙타의 봉과 걸음걸이가 전부입니다. 저는 낙타로 일하러 다녔습니다. 일을 끝내고 지하철 출구 계단을 오를 때면 두 개의 사막이 나타났습니다. 하나는 친걸한 사막, 나른 하나는 막막한 사막. 그런데 제가 하고자 하는 그 일에 굳이 이력서가 필요한지 의문이 듭니다.

컴퓨터 시계가 약속 시간을 일깨운다. 수진은 옷을 갈아입고 컴퓨터에 쓴 이력서를 처음부터 끝까지 읽어본다. 모니터를 채운 글이 어쭙잖게 분칠한 얼굴로 희번덕댄다. 수진은 잠시 머뭇대다 지금까지 쓴 글을 모두 지운다.

땅땅땅!

수진은 인쇄기 버튼을 눌러 백지가 된 이력서를 출력한다.

땅땅땅! 땅땅땅!

수진은 할머니를 일으켜 요강에 앉힌다. 쫄쫄쫄 오줌 누는 소리가 그치자 효자손이 수진의 어깨를 친다. 수진은 할머니를 일으켜 요에 넌다.

수진은 백지로 인쇄된 이력서를 들고 집을 나선다. 낮은 어느새 어둑하니 찬 기를 뿌리고 밤으로 접어든 골목엔 군데군데 불 켜진 집이 보인다.

수진은 지하철 출입구라 써진 기둥 앞에 선다.

저 아래엔 낙타가 있다. 낙타는 에스컬레이터를 타며 말한다. 이 계절을 재조립해 겨울을 없앨까. 이 도시의 성대를 수술해 친절한 사막으로 바꿀까. 낙타 발굽에 오아시스를 달고 한껏 노래를 부를까. 사막의 바람으로 밀짚모자를 해 쓰고 루시*를 찾으러 갈까.

수진은 계단 아래를 한참이나 보다 터벅터벅 내려간다.

계단 아래, 개찰구 구석에서 땅딸막한 남자가 수진이 오는 것을 지켜본다. 수진은 인터넷으로 약속한 남자를 향해 간다.

---

* 루시 : 아프리카 사막에서 발견한 인류 최초의 직립보행자로 판명된 여성의 이름.

수진은 개찰구 너머를 보며 남자에게 이력서를 건넨다. "난자만
도 좋고 대리모만도 좋습니다. 밀린 방값과 쌀, 연탄, 기저귀를 충
분히 살 수 있다면 난자와 대리모, 둘 다 하겠습니다. 괜찮은 난자
라는 증명은 이 이력서에 있습니다."

수진의 목소리가 낙타의 울음인 양 지하도 안을 웅웅 울린다. □